民國文化與文學_{研究文叢}

研究
文叢

十七編

李 怡 主編

第 **10** 冊

中國現代傳記文學理論的流變（1901～1949）（下）

馮 阿 鵬 著

國家圖書館出版品預行編目資料

中國現代傳記文學理論的流變（1901～1949）（下）／馮阿鵬
著 -- 初版 -- 新北市：花木蘭文化事業有限公司，2024〔民
113〕
目 4+160 面；19×26 公分
（民國文化與文學研究文叢　十七編；第 10 冊）
ISBN 978-626-344-850-6（精裝）
1.CST：傳記文學 2.CST：中國文學史
820.9　　　　　　　　　　　　　　　　　113009394

ISBN-978-626-344-850-6

9 786263 448506

民國文化與文學研究文叢
十七編　第　十　冊　　　　　ISBN：978-626-344-850-6

中國現代傳記文學理論的流變（1901～1949）（下）

作　　　者	馮阿鵬
主　　　編	李怡
企　　　劃	四川大學中國詩歌研究院
總 編 輯	杜潔祥
副總編輯	楊嘉樂
編輯主任	許郁翎
編　　　輯	潘玟靜、蔡正宣　美術編輯　陳逸婷
出　　　版	花木蘭文化事業有限公司
發 行 人	高小娟
聯絡地址	235 新北市中和區中安街七二號十三樓
	電話：02-2923-1455 ／傳真：02-2923-1452
網　　　址	http://www.huamulan.tw 信箱 service@huamulans.com
印　　　刷	普羅文化出版廣告事業
初　　　版	2024 年 9 月
定　　　價	十七編 11 冊（精裝）台幣 28,000 元

中國現代傳記文學理論的流變（1901～1949）（下）

馮阿鵬 著

目

次

第四章 「個體傳記」的「意義」
（1937～1940）

　　1930 年代中期以後，在域外傳記文學理論和作品不斷譯介，國內傳記創作也不斷增多的情形下，作為現代傳記文學的主要「成分」──「個體傳記」──進入人們的視野。「個體傳記」的發展及其意義的發現當然跟五四以來的個體解放、「人的發現」等有關。但本時期同時也是國家逐步陷入危亡的時期，「英雄崇拜」「文以載道」等有助於挽救民族危亡的思想自然盛行，如此，個體意識的發展必然和民族、國家利益要求的集體意識發生激烈的衝突。而「個體傳記」的「意義」正是在這樣的時代背景下顯現出來，即傳記的意義在於彰顯個體的價值，載「道」或者製造「崇拜」是傳記的歧途，不是真正的傳記。

第一節　現代傳記文學的「意義」定位

　　現代傳記文學和古代傳記不同，一般認為，古代傳記是「敘事」的，現代傳記文學是「寫人」的；古代傳記屬「史」，現代傳記屬「文」。這就意味著現代傳記文學和古代傳記，無論是屬性還是目的都有著質的差異。對此，《不列顛百科全書》（又稱《大英百科全書》）關於「傳記」和「傳記文學」的定義和解釋〔註1〕可以給我們提供一些啟發和幫助。書中提到現代傳記文學不是史學

〔註1〕 在定義和特徵上認為：傳記文學是最古老的文學體裁之一。它以各種書面的、口頭的、形象化的材料和回憶作為依據，用文學再現作者本人或他人的生平。

的分支，更不能僅僅只有史料的價值。其目的也不再是為了「敘事」，而是為了「寫人」──集中描寫一個人。而集中描寫一個人可以利用想像的力量化成生動的描述呈現出戲劇化的場景──以文學的形式展現，從而傳達個人的感受，有治療人類心靈創傷的功能。它和其他藝術形式的區別在於兩點：一個用「文字」作工具，另一個是以「事實真相」為基礎。對此，許德金和崔莉《西方文論關鍵詞》一書中編撰「傳記」詞條時從學界認為傳記「屬文」的時間、主要特徵、「屬文」的尺度和及其效果和目的以及現代傳記的定義以及「文學性」等四個主要方面給出了現代傳記文學的定義和解釋。〔註2〕從這些解釋中

傳記有時被認為是史學的一個分支，最早的傳記常被人們當作史料看待。現在舉世公認，傳記和史學是兩種明顯不同的文學形式。史書往往概述某個時期（如文藝復興時期）、某個時期的某些人（如北美的英國殖民地居民）後某種制度（如中世紀的寺院制度）。而傳記則往往集中描寫一個人和他的生平特點；在書寫尺度認為：出色的作家常把原始材料改寫成生動的敘述，並加以戲劇化，總有某種文字依據。作者不杜撰材料，但在藝術處理上個往往十分自由。……亦可視為想像文學的一個分支；在功能／目的上認為：通過創造性的富於同情的觀察，以傳達對於某種個性的感受和題材的意義。……懷有醫治人類心靈創傷的目的；認為傳記文學的優勢是：文字雖說已不是唯一的或主要的敘事工具，但就目前來說，要展示人生的全過程，文字仍然是最好的工具。由於傳記文學把基點放在事實真相的基礎上，因此，它的地位比文學藝術的其他體裁更趨穩定。（《不列顛百科全書》（第2卷），北京：中國大百科全書出版社，1999年，第467頁。）

〔註2〕學界認為傳記「屬文」的時間：「就東西方傳記的歷史淵源來看，傳記直到20世紀中期還主要被歸入歷史學的大範疇中，並作為歷史的一個分支成為史學家而非文學批評家的研究對象。傳記與文學的聯姻則更是十分晚近的事情，直到20世紀七八十年代，傳記的文學性才被大部分的學者所認可，大致經歷了美國著名的傳記家艾德爾所謂的『從向傳記中的藝術性表示口頭的敬意，到承認傳記是一種藝術這種實質性的變化』（楊正潤：4）。」（第892頁）

主要特徵：「與傳統的傳記創作觀比較便不難發現，現代傳記觀更加強調文學性，尤以20世紀二三十年代以來的吳爾夫、莫洛亞和尼科爾森為代表的所謂「新傳記」作家為甚。」（第893頁）「『新傳記』對『老／舊傳記』的最大反動就體現在『如何敘』上：藝術至上、闡釋為本和心理描摹成為『新傳記』對『舊傳記』得心應手的殺手鐧（趙白生：200～216）。正是在『如何敘』上，20世紀初的『新傳記』才出奇制勝，為現當代的傳記寫作開闢了一塊新天地。」（第896頁）「現當代傳記寫作一般遵循『再現事實』、『藝術寫實』以及『主動書寫』這三大原理。綜觀現當代的傳記文學作品，事實也正是如此：其突出特點就是真實性（史料性）與文學性（藝術性）的有機結合、傳者的主動敘說與對傳主客觀描摹的水乳交融。一方面，史料性與真實性讓傳記得以再現歷史上或現實中實有的人物，其主要事蹟和經歷符合歷史的真實；另一方面，傳記的文學性與藝術性讓傳記在真實可靠的基礎上具有了極強的可讀性和感染

可以看出，現代傳記文學因為「文學性」而「屬文」，而「屬文」這一區別於古代傳記的最顯著的特徵被學界認可也只有半個世紀，足可見其身上史學包袱之沉重。現代傳記文學強調文學性，所以自然也就把文學創作中的「藝術至上、闡釋為本和心理描摹」等拿來用，而只有把它們拿來用，才能獲得現代傳記的文學性。因為文學性是為私人性服務的，私人性的第一個要求就是要使真實的人物具有感染力，即追求接受價值。現代傳記文學重視文學性的目的是寫人，而寫人的目的則是感染人。這個感染是多方面的，而每一方面又都是極豐富的，對感染力多方面以及豐富性的要求是現代傳記追求文學性的第一驅動力。現代傳記文學追求文學性，是因為私人性，那麼必然有一些文學性是和私人性息息相關的，這些文學性是什麼呢？筆者認為，它主要指向兩個定位：文學是人的文學；文學是一種獨立的、自由的生存方式。

力，並通過傳記作家的妙筆進行必要的藝術虛構，使傳主的形象更加豐富完整，性格也更加鮮明生動。值得注意的是，現當代傳記作家在傳記創作中的地位發生了巨大改變，其意義十分重大，影響也極為深遠。從『事實的奴隸』到『駕馭事實的將軍』的改變使傳者／寫作者真正獲得了與傳主的平等地位，從而使傳記寫作由傳統的『事實和傳主主宰一切』論邁向了『傳者與傳主的平等交流對話』論，為現當代傳記文學作品的藝術性與科學性的高度和諧統一奠定了堅實的基礎。」（第 897 頁）

「屬文」的尺度和及其效果和目的：「主要事件必須是真實的，但某些情節允許合理的虛構與想像以達到『還原』歷史的最佳效果。……在確保傳記儘量再現『歷史真實』的情況下，又給傳者／作家留下了合理的藝術想像空間，從而在『帶著鐐銬』的條件下給他們以最大的創作主動性，以換取最佳的文學性和藝術效果。」（第 894 頁）「一個讀者進入一部小說，他就步入了作者想像的天地。而當他打開一本傳記，他卻同時闖入了兩個人的生活：傳者及傳主就好像孿生兄弟一樣結合在一起，直至這本書變成塵埃。從這種意義上來說，傳記寫作的過程就是傳者與傳主心靈契合互動的過程。一部優秀的傳記文學作品，不僅要寫人物『做什麼』，還要寫他『怎麼做』──怎樣以他／她自己的獨特方式從事富有歷史意義的社會活動，也要揭示人物行為背後的思想動因和歷史動因，寫出人物豐富的精神世界。這當然不能僅靠揣摩、虛構和想像，更不能胡編亂造，也不能憑藉敘述者親自站出來發表大段議論。傳記文學作品只能靠『事實』說話。『事實』就像一個『緊箍咒』，永遠套在傳者的頭上，讓她／他只能帶著鐐銬盡傳記之舞。既展現『生命的事實』，又富有文學性和藝術魅力，這就是一切優秀傳記創作的難點和獨具風采之處」（第 899～900 頁）「現代傳記的定義都強調其『文學性』（『文學的一個分支』）、『私人性』（『一個人』）及其『歷史性』（『生活／生平的歷史』）的統一」。（第 893 頁）（趙一凡等：《西方文論關鍵詞》，北京：外語教學與研究出版社，2006 年，第 891～900 頁；其中，「楊正潤」指「楊正潤的《傳記文學史綱》，江蘇教育出版社，1994 年」；「趙白生」指「趙白生的《傳記文學理論》，北京大學出版社，2003 年。）

一、文學是人的文學

　　從周作人提倡「人的文學」，到高爾基的把文學叫做「人學」，再到錢谷融提出的「文學是人學」。都是從「人」的角度出發討論文學的價值和意義，他們注意到了文學和「人」的存在是密切相關且關係至大。現代傳記文學之所以能從古代傳記的史學方向脫離，其重大的轉向就是從敘事轉向寫人，區別即在於，是敘事為寫人服務，還是寫人為敘事服務。而傳記之所以長期以來游離在歷史和文學之間，其屬「史」還是屬「文」引起長時間的爭論，主要問題還是在於對傳記文學書寫的目的認定不明，這一不明同樣發生在文學領域。錢谷融先生在提出他的「文學是人學」的觀點時，提出了兩個普遍存在的現象：

　　（一）只知道逗留在強調寫人的重要一點上，再也不能向前多走一步。

　　（二）往往把描寫人僅僅看做是文學的一種手段，一種工具。〔註3〕

　　這兩個現象在古代傳記文學書寫中也普遍存在，即所有傳記作者都知道傳記是要寫人的，也不乏主張強調寫人、注重寫人的思想。但是，他們往往卻把寫人當成了手段和工具。從中國傳記發展的歷史來看，無論是古代正史中史傳的書寫、地方志、家譜中傳記文學的書寫，還是桐城派、章學誠和梁啟超的傳記文學書寫，無一例外，都把寫人這一目的當做了工具。這一現象的癥結，錢谷融先生看的很清楚，他說：「藝術家的目的，藝術家的任務，是在反映『整體現實』，他之所以要描寫人，不過是為了達到他要反映『整體現實』的目的，完成他要反映『整體現實』的任務罷了。這樣，人在作品中，就只居於從屬的地位，作家對人本身並無興趣，他的筆下在描畫著人，但心目中所想的，所注意的，卻是所謂『整體現實』，那麼這個人又怎麼能成為活生生的、有血有肉的、有著自己的真正個性的人呢？而且，所謂『整體現實』，這又是何等空洞、何等抽象的一個概念！假使一個作家給自己規定的任務是『反映整體的現實』，假使他是從這樣一個抽象空洞的原則出發來進行創作的，那麼，為了使他的人物能夠適合這一原則，能夠充分體現這一原則，他就只能使他的人物成為他心目中的現實現象的圖解，他就只能抽去這個人物的思想感情，抽去這個人物的靈魂，把他寫成一個十足的傀儡了。」〔註4〕無論是古代史官、還是清代的桐城派、章學誠，還是現代傳記文學的開拓者梁啟超，其傳記文學思想的核心就是讓「寫人」為他們各自的「整體現實」服務，而現代傳記就是要打破

〔註3〕錢谷融：《錢谷融論學三種》，開封：河南大學出版社，2008 年，第 3 頁。
〔註4〕錢谷融：《錢谷融論學三種》，第 9 頁。

這個現象，把「寫人」當作中心、當作目的，而不是工具、手段和方法。

二、文學是一種獨立的、自由的生存方式

楊春時先生在其《文學理論新編》一書中，提出「文學是指向自由的生存方式」「文學是一種獨立的生存方式」。很明顯，獨立、自由是一直人類所需要、所追求、所向往的，是人類的理想。他給出了人之所以需要獨立、自由的生存方式的三大原因和目的：即「擺脫自然的壓迫」和「徹底解決人與社會的矛盾」以及「（不）被虛假的價值所蒙蔽」。〔註5〕雖然楊春時先生在論述文學這一價值時指向的「文學」主要也是指「虛擬」性質的文學。但是他的觀點依然能給現代傳記文學以很大的啟發，雖然傳記文學對於自然的壓迫、人與社會的矛盾、被虛假的價值蒙蔽這些種種「人」的痛苦與不自由只能據實書寫，無法以三大目的為導向在創作中去掉虛構，這只能表明傳記作家的創作是受限的。而且從非虛構小說的誕生起因來看，光怪陸離的現代社會，現代社會中人類的萬千痛苦，常有人類想像所不能及，在一定意義上，傳記的據實書寫和小說的虛構書寫其呈現的世界與人並無差別。而且楊春時先生對文學的「定義」也給了思考現代傳記文學的「意義」以很大的啟發，他說：「我們所說的文學，不僅指文學作品，而且指文學活動，它包括作者——作品——讀者之間的全部關係以及創作、閱讀、鑒賞全部活動。文學不僅僅是生活的一部分，而是完整的生活，是獨立的生存方式。在文學活動中，主體全身心地投入到作品展開的生活中去，與文學角色共命運、同悲歡。文學活動不僅吸引了全部自我，而且展現了全部世界，社會生活的各個領域都進入到我們的體驗中。這是另一種生存方式，在其中我們已經忘卻了現實存在，進入新的存在之中了。在文學活動中，我們經歷了一種自由的精神生活。精神生活是人的特殊生活，是一種更高級的生存方式，它嚮往著美，指向超越。」〔註6〕傳記因其真實性，真實的寫人和敘事，使得傳記文學書寫活動更易於作為一個中樞運轉生命個體的完整生活。我們被「虛擬」文學中虛擬人物反動，不是因為人物是虛擬的，而是因為我們不自覺把虛擬的當做了真實。從這個角度來說，如果傳記文學創作能達到同等的「虛擬」文學創作水準，其感染力是要更勝一籌的。更容易展現全部世界，更容易吸引全部自我，更容易獲得一種超越自我的生存方式。

〔註5〕楊春時：《文學理論新編》，北京：北京大學出版社，2007年，第9～10頁。
〔註6〕楊春時：《文學理論新編》，第10頁。

　　現代傳記文學之所以會走向「文學性」，是由它的「個人性」決定的，而它追求的「文學性」和「個人性」也有某種同構性，這一同構的「文學性／個人性」決定它基本的七個定位。

　　（一）求真：真實是現代傳記文學第一特徵，也是基礎所在，離開真實，現代傳記文學就不能成立。文學為建構世界的基石，作為文學體裁之一種，傳記文學以其真實性為建構世界最堅固之基石。相對於小說、詩歌、戲劇等文學體裁中隱藏的真實，傳記文學裏的真實更容易被讀者感受到，也更容易被接受。中國的古代傳記也追求真實，其主流「史傳」多由史官而作，史官的職責是書寫史實，其特徵是重「史」輕「文」，重「史」就是重視真實性。但是，眾所周知，史官既受當時政治環境也受史學和文化傳統的影響，難以據實書寫。主要存在於私人著作、地方志、墓誌銘的民間傳記則常受制於中國文化傳統中的「諱」而失真。到 20 世紀，中國的知識分子已普遍認識到：「真」竟然成了歐洲傳記區別於中國古代傳記的地方，歐洲傳記有一種中國古代傳記沒有的「真」，而這「真」正是現代傳記文學區別於中國古代傳記的首要特徵。中國古代傳記之所以失真，除了受制於專制體制和文化傳統外，其對真理、傳記的功能認識不夠深刻，是很重要的原因。1942 年，《文藝青年》登載的《論傳記文學》一文中提到了塞繆爾·約翰遜（Samuel Johnson）的一句話，他說：「如果，我們應當尊重死者，我們更應當尊重知識、道德，和真理」；為什麼要尊重真理勝於死者呢，他這樣說：「是否真正表現人生可以給我們安慰，我不知道，但從真理中所得之安慰，是堅定持久的；從荒謬中所得之安慰，正如其來源，是虛幻的，不能持久。」〔註7〕一個不真實的傳記，一個充滿謊言的傳記就是「荒謬」，而「荒謬」是虛幻的。歐洲學者認為真實的傳記能給人真實的安慰。中國古代傳記之所以失真，是因為它的功能不是給人安慰，而是載事、載道、表彰、讚頌等等。為了尊重死者，放棄了尊重知識、道德和真理，即使傳主本人尊重知識、道德和真理，中國古代傳記的撰者們還是會為了避諱或其他各種原因而放棄尊重知識、道德、和真理——製造荒謬——他們認為這是對死者的尊重。

　　（二）不寫「完人」、不寫「偉人」、不寫「神」：金無足赤，人無完人，寫「完人」，把人寫得像「神」，製造偶像的同時也製造荒謬。古人常以「完人」

<hr />

〔註7〕Ellazbeth.Drew：《論傳記文學》，周駿章譯，《文藝青年》（重慶）1942 年第 3 卷第 1 期。

自期進而自欺，又常出於統治或教化目的把人塑造為「偉人」或「神」。把「偉人」從神壇上請下來，寫「完人」的缺點，寫「偉人」普通的一面，在現代傳記文學書寫中成為共識。

（三）寫人而非敘事：中國古代傳記以敘事寫人，通讀這些傳記，讀者往往僅能知道傳主做了什麼事，對傳主本人卻往往沒什麼印象。敘事則也僅能傳遞一些關於品德、學識的固定的名詞或名詞組合，這些名詞進而構成僵化的傳主形象。現代傳記文學以寫人為主，敘事為寫人服務，且事件不指向僵化的品德或學識等標籤，而是指向獨特的傳主，和傳主獨特的心靈。讀者記住的是傳主，而不是事件。

（四）「文」重於「史」：在敘事寫人的文學技巧上，《史記》被認為是中國古代傳記的最高峰，這些技巧是現代傳記文學需要借鑒的。但是《史記》中的傳記是「史」重於「文」，現代傳記文學則「文」重於「史」，是一種獨立的文學體裁。承載史料只是其功能之一，它以呈現一部精美的文學作品為旨歸。在創作上，現代傳記文學不拘於具體的形式，不限於既有的文學技巧，允許一定程度上的聯想和虛構。

（五）傳主是讀者的「鏡子」：文學的重大作用莫過於模仿，而模仿的意義在於人類在模仿中可以看見人類自己，以增進人類自省和反思。傳記文學是對真實存在的傳主的真實模仿，人類通過閱讀傳記文學可以看見人類真實的自己，而這「看見」也並不指向——以見賢思齊，見不賢而內省——而是指向更廣闊的心靈領域。對於自傳，「鏡子」的作用更加明顯，傳主和讀者合一，傳主本人寫作、閱讀自傳的過程在不斷「照鏡子」。

（六）表現個體對於群體的意義：個體生而自由卻無往不在群體之中，個體的和群體的存在形式互相影響：群體總是傾向於將個體固定在既有的「形式」之中，以利於群體的穩定，而個體總是傾向於衝破既有的穩定，探索一種更利於群體和諧存在的形式。固定的群體存在形式易於固定個體的存在形式，消滅個體價值的獨特性、獨立性。現代傳記文學中的傳主形象：不固定、變化，推動更多「單向」「單面」的人走向複雜、多面。讓所有人都相對自由的走向複雜、多面，讓所有人都能自由地以複雜、多面的形象存在於群體之中，這是現代傳記文學所追求的。

（七）強調個體的獨立價值，為個體定位：人人平等是人類史上的重大發現，也是人類史上的重大轉折。這一轉折的重要意義在於：每個人對於人類社會

都有其獨立的獨特價值。因為獨特和獨立，人與人的個體價值就無法在同一個天平上進行比較，傳主獨立的個體價值可以超越膚色、地域、民族、種族、階級、階層、身份、地位等差異。任何人都可成為傳主，都能在傳記文學中傳達自己的獨立價值。人區別於動物，不但在空間上，而且在時間上也有他的位置，這一位置的定位由傳記文學的傳主、撰者和讀者共同完成，三方完成後的個體定位對人類群體有其重要的價值。傳記文學的意義還在於，即使一部沒有人讀的他傳，一部沒有人讀的自傳，它對個體的定位仍具有重要意義。且不說一部無人讀的他傳對傳主的定位至少有撰者參與。就是一部無人讀的自傳，仍具有自我體認的意義。這樣一種自我體認對於認識個體價值的獨立具有重要意義，這價值的「獨立」體現在：不依附他人，也不依附世界；不依附時間，也不依附空間。

綜上所述，現代傳記本質上是寫人的「記」，不是寫歷史的「記」，也不是寫政治或道德「記」；是個體傳記，不是民族傳記，也不是國家傳記。歷史、政治、道德、民族、國家維度的介入都是對傳記文學的一種「傷害」。但，很明顯的，傳記由人書寫，而人從來都是被歷史的車輪裏挾著前行。

第二節 「民族國家」維度的介入

抗日戰爭全面爆發，國家陷入危亡，這直接促使「國家至上，民族至上」思想的產生，「戰爭的手段是殘酷的。但戰爭的意義是嚴肅，因為它告訴了我們民族生存與自由的重要，而一切的自私思想和個人主義，在它的面前，也不免被擊得粉碎了。」〔註8〕對於這一思想也產生了很多解釋，以對其進行進一步確立和鞏固，譬如有人提出用「用生物學的理論來給它一個詳盡的解說」。認為既然「弱小的和平的動物，遇到強敵當前，危急萬分的時候，都有奮起抵抗的美德」，那麼我們國民「全群中每一個分子都克盡天職，始終站在戰鬥的最前線，非到獲得最後勝利的時候，決不輕易退卻」，因為「這少數個體的喪失生命，整個團體卻獲得了安全的保障。個體的犧牲是不足惜的，它們的目的是為保存種族的整個生命呀。」〔註9〕進而人的價值也被定義為是否為民族和國家獻身。「吾人要自命為人乎？吾人要自名為國乎？請犧牲一己之私利與幸福，以求正義之復興與活躍。中國前途實利賴之。」〔註10〕進而個人利益到了被完全排斥的地步，「在這

〔註8〕玄郎：《個人主義的潰滅》，《社會日報》1937 年 12 月 29 日。
〔註9〕賈祖璋：《個體犧牲與種族保存》，《中學生》1939 年第 2 期。
〔註10〕柳非杞：《正氣歌像傳序》，《大俠魂》1938 年第 7 卷第 12 期。

血肉鬥搏的全面抗戰期中，國內唯一的口號是：『提倡民族主義！打倒個人主義』〔註11〕。在這種情況下，「民族國家」維度介入傳記是不可避免的，即傳記的目的在於鼓吹民族、國家的利益高於一切，在於鼓勵為民族、國家的利益而犧牲個人的利益。「民族國家」維度介入傳記在本時期主要有三種形式。

一、政府提倡民族英雄傳記

1937 年 6 月 4 日，當時的中央文化事業委員會電告全國：「以我國歷史悠遠，代有特起人物，亟應表而出之，借作人群模楷，增強民族自信力」〔註12〕，並選定秦始皇、蒙恬、漢武帝、霍去病、張騫、蘇武、班超、諸葛亮、謝玄、唐太宗、李靖、元太祖、耶律太后、拔都、明太祖等總共四十八人，作為徵求傳記的對象，《益世報（天津版）》《民報》、《神州日報》《大公報（上海）》《新聞報》《時事新報（上海）》等報均於第二天做了報導。《新女性》雜誌有「民族英雄傳記」專欄，號召讀者「取法中外古今的民族英雄，來復興被敵人蹂躪了的祖國」！〔註13〕

二、個人號召編輯民族英雄傳記

「現在我們的民族的運命，就完全陷在這個被侵略，被蹂躪，被壓迫的漩渦中，我們的民族靈魂中，正需要一種羅曼羅蘭的新英雄主義的戰鬥的血注射入去。」〔註14〕1937 年，孫俍工在其《民族文藝底題材》一文中提出了當時文藝創作的方向。傳記文學作為文藝的一種，自然也難以例外。既然傳記的目的、價值或者意義都是為了抗戰，抗戰需要英雄，所以就要編英雄傳記，而當時定義英雄的首要標準就是民族國家利益至上：「凡是中華民族的一份子，為著民族國家的利益（包括民族的生命和榮譽，國家的土地和主權）而犧牲他自己個人的利益（包括個人的體力，智力，財力以及生命力）都是中華民族的英雄。」〔註15〕編輯民族英雄傳記則是因為「其鼓勵全民眾抗敵禦侮。實有深意存焉。」〔註16〕而民族英雄傳記的用處也以成為當時人們的共識，「關於民族

〔註11〕 孫偉真：《論個人主義與民族主義的衝突》，《崇德年刊》1939 年第 11 期。

〔註12〕 佚名：《表彰民族英雄中央選定四十名徵求傳記》，《大公報（上海）》1937 年 6 月 5 日。

〔註13〕 雯：《民族英雄傳記》，《新女性》1937 年第 5 期。

〔註14〕 孫俍工：《民族文藝底題材》，《前途》1937 年第 5 卷第 4 期。

〔註15〕 束榮松：《怎樣編輯中華民族英雄傳記》，《天風》1937 年第 1 期。

〔註16〕 張小潤：《編纂民族英雄傳記應把握兩點》，《新聞報》1937 年 6 月 20 日。

英雄傳記的寫作，現在大家都認為很需要的，因為它一方面不但可以發揚我們
先民所表示的民族的人格，一方面還可以激勵我們後生今日對於民族應有的
認識。」〔註17〕一些有識之士希望傳記能夠鼓舞青年，自強強國，「現在祖國
危若朝露，願全國戚哀的青年們從偉人傳記裏面，尋找生命的液汁，看見皎潔
的光輝」。〔註18〕

在這股提倡民族英雄傳記的潮流中，首先被提起的是古代的英雄傳記，
如岳飛、文天祥、史可法等民族英雄等。因為「民族名人的傳記，在歷代所
遺留者，何可勝計」，而「我們處在這個非常的時代，要激發青年志氣鞏固
精神國防，最需要應用這一類傳記文學」。所以，「後才智之士，苟有史識而
能濟以功力，尤應就歷史於民族有貢獻之偉人，為之詳考其身世行事，撰述
新傳記。以期對於我們所亟需的民族性的傳記文學作有益的貢獻。」〔註19〕
這些英雄傳記也確實有它一定的作用，譬如有人在讀了文天祥的傳記後說：
「現在國難頻仍，我們四萬萬同胞，人人都要有文天祥那種堅強不屈的精神，
為國犧牲的志氣，來和敵人決一個生死。把我們從前失去的土地，從新恢復
轉來，保得我國錦繡山河，完整鞏固。並且把我們最古的祖宗，所留傳下來
給我們的良好道德，發揚光大起來，以復興我們民族固有的地位，那才無愧
於古人哩！」〔註20〕

三、傳記的書寫以民族、國家利益為導向

有些傳記直接描寫當時的抗日英雄，以此激勵國人。譬如描寫趙洪文國的
《趙老太太》，裏面提到趙洪文國「不但教導她兒女們起來當東北義勇軍，還
能夠領導一切青年起來當義勇軍」，稱她為「義勇軍的母親，中華民族的英雄」，
認為「一般有血性的人看了這位女英雄以這樣的高年尚在幹救國的工作，而自
己卻以青年躲在後方，不免有些慚愧，再聽了她那樣慷慨激昂的演講，哪有不
感奮的呢！」〔註21〕有些傳記直接訴求某一類民族英雄，「當此抗戰的時候，
我國家最需要的是英勇的戰士，尤其需要偉大的空中英雄。……我希望我國也
有像雷秋芬那樣偉大的空中英雄，並且愈多愈好」。而且直接聲明想成為空中

〔註17〕澤夫：《關於民族英雄傳記的寫作》，《申報》1939 年 4 月 1 日。
〔註18〕簡貫三：《青年要多讀偉人傳記》，《青年嚮導》1939 年第 37 期。
〔註19〕孟暉：《全謝山的〈鮚埼亭集〉》，《時事新報》（上海）1937 年 2 月 22 日。
〔註20〕徐堃炎：《讀了文天祥傳記以後》，《馴驥級級刊》1937 年第 1 期。
〔註21〕惠清：《趙老太太》，《兒童世界（上海 1922）》1938 年第 41 卷第 5 期。

英雄的兩大條件「熱烈愛國」和「精研技術」。〔註22〕有些傳記專門針對當時一種「我不如人」的悲觀想法而寫，這對於那些「志氣消沉的國民」是一種「相當有益的刺激」，而如果任由悲觀情緒蔓延，在他們看來中華民族就「一定要老大，而衰弱，而滅亡」。〔註23〕

以上幾種傳記和「民族國家」的對接過於簡單，這樣在刻畫傳記人物時也不免過於草率，使的傳記人物形象也比較單一。所有的這些英雄無一例外都幾乎是完美的，即使有缺點，那也一定是白璧微瑕，他們「沒有一個講究物質上的享受」都是「刻苦奮鬥」，他們「偶然一時犯著一般青年的流行病，奢侈趨時，或酒肉征逐」，但是「不久便能覺悟，從這把自己振拔出來」。而且寫這微瑕並不是為了承認這些英雄有缺點，而是為了用英雄克服缺點的方法教育人，以他們從「墮落裏覺醒」的事實教育人，他們認為這樣的方式「很可以針砭一般都市青年，使養成高尚的志趣」，而這高尚的志趣則是不追求「高官厚祿」，「鄙薄厭棄」物質〔註24〕，一心只為民族，為國家獻身。

第三節 「英雄崇拜」的取向

在抗日戰爭全面爆發以前，當時人還不乏對書寫英雄傳記的理性思考，如針對中央政府號召編寫的「四十名民族英雄」提出疑問。秦始皇是中國歷史上有名的暴君，但是竟然被列為民族英雄，而且一些報紙在轉載這一消息時還直接把秦始皇的名字放在文章標題裏——《中央委會決議表彰徵秦始皇等人傳記》（《益世報（天津版）》1937 年 6 月 5 日）、《中央文化計委會表彰民族英雄：先選秦始皇等四十名》（《立報》1937 年 6 月 5 日）。所以當時很快就就有人發表文章提出疑問——《說表彰民族英雄，秦始皇竟然在內》，〔註25〕有人以「愛護人民」的標準衡量民族英雄，認為「屠殺人民」的秦皇應該從名單中刪除。〔註26〕也有人給出了編纂民族英雄傳記的建議：第一，要給予「正確的批判」，因為「蓋所謂民族英雄，雖有過人處。然其行事亦

〔註22〕 惠清：《偉大的空中英雄雷秋芬》，《兒童世界（上海 1922）》1938 年第 40 卷第 12 期。
〔註23〕 朱翊新：《黑奴教育家卜克・梯・華盛頓傳序》，《中鋒》1937 年第 3 卷第 6／7 期。
〔註24〕 李一飛：《名人傳記與青年修養》，《學校新聞》1937 年週年紀念特刊。
〔註25〕 佚名：《表彰民族英雄　秦始皇竟在內》，《盛京時報》1937 年 6 月 9 日。
〔註26〕 夫：《秦始皇能不能算民族英雄》，《立報》1937 年 6 月 15 日。

豈皆可取。如所擬民族英雄重秦始皇之暴虐。朱元璋之陰險。此在民族史上。亦不能掩其惡。加一味膜拜。不將此中史實。予以正確的批判。則一般閱史者。昧於取捨。勢必不知何去何從」；第二，要認識到英雄也是人，要描寫英雄作為「人」的一面，因為「所謂英雄，其實亦平凡人。故論英雄。須從其極平凡處著手。昔人做史。喜將英雄稱若神人。而為英雄者，亦自以為與眾不同。英雄既成為神人，而一般平凡人，愈覺其夐乎其不可及矣。對舊史上某人能敵萬人，某人能感動鬼神，甚至某人為大鵬鳥、文曲星轉世之說。均應知所取捨。然後英雄之所以為英雄處可見。而吾人亦知所取法焉。」〔註27〕以虛假的英雄觀、道德觀是難以鼓舞人的，這樣的說法是在當時就可以得到印證的。有一個前線的戰士直接說：「我們聽到說思想談道德我們便頭痛。聽到保衛國家，殺日本鬼，便龍虎精神。……官長叫我們守紀律，政訓員叫我們重道德。我知道聽命令便是守紀律，什麼是道德，他們說得不明白，我也始終不明了。」〔註28〕

但是民族、國家危亡的時代需要英雄是事實，英雄需要讚美、歌頌也是事實。在讚美和求真之間取得一個平衡是很難的。在抗日戰爭全面爆發以後，在首都陷落以後，以求真地態度寫英雄顯得非常重要。這時候，讚美英雄，歌頌英雄則往往容易陷入英雄崇拜。當時很多人都美化英雄，崇拜英雄。例如認為英雄「好像有一種不可思議的魔力，我們一接近他們，我們就得相信他們，驚羨他們，服從他們，崇拜他們」。英雄是「宇宙偉大的現象」，是「偉大力量的結晶」，是「人類意志的中心」，是「群眾的救星」。〔註29〕「英雄崇拜」的取向在本時期表現為三點。

一、提倡偉人傳記

在當時人看來「只有為多數人求幸福的，為民族國家求獨立自由的，偉人們的傳記，才會充滿著道德的善。從這一點上著眼，只有像總理，總裁，華盛頓，林肯，凱末爾，瑪志尼，加富爾，加里波的，甘地，愛迪生，巴斯脫等才是青年們最理想的師友，同時也是此地中國青年所應追蹤媲美的。」〔註30〕

〔註27〕張小潤：《編纂民族英雄傳記應把握兩點》，《新聞報》1937 年 6 月 20 日。
〔註28〕剛父：《一個負傷戰士的自述》，《宇宙風》1938 年第 73 期。
〔註29〕陳銓：《論英雄崇拜》，《戰國策》1940 年第 4 期。
〔註30〕陳友三：《青年與傳記》，《中國青年》（重慶）1939 年第 1 卷第 5／6 期。

二、盲目提倡

英雄崇拜的特徵是盲目，盲目地認為，不管是什麼樣的「英雄」，只要被認為能鼓起個人為國家、民族奮鬥之心就可以。這種盲目有兩個最明顯的表現，一個是把很多中國古代的暴君當作「英雄」，如前面提到的秦始皇。一個是把西方的法西斯領袖當作「英雄」，如希特拉和墨索里尼。有人讚美希特勒說：「希特勒，這是轟動了現世界的偉人了！是現今德意志獨裁的霸王！他把歐戰後支離破碎的德意志復興，到現在德意志已在國際間占到了戰前一般雄視世界的地位了。」〔註31〕有人讚頌墨索里尼說：「歐戰時他中了敵人的炮彈負傷回國，但他救國的信念分外堅定了，利用他的聲勢，糾和退伍軍人，學生，農民等份子組織法西斯蒂」，就這樣「墨索里尼領導了 50 萬黨員，和 30 萬義勇軍，浩浩蕩蕩的挺進了羅馬」。〔註32〕而希特勒更是在名為「世界現代偉人選舉」的調查中「當選第一」。〔註33〕這時候，前面別人否定不應該列入民族英雄的朱元璋也和希勒特並提，成為百姓學習的榜樣了。〔註34〕

結合當時的國情，這些對偉人的崇拜，尤其是對領袖的崇拜，其實暗合著製造崇拜蔣介石的需要：「十餘年來的苦幹，西安事變的轉圜，已明示中國民族的巨人肩荷起救亡旗幟，受四萬萬同胞的虔誠膜拜。他旋風般的權力已高駕於希特勒墨索里尼之上了，這是日任石丸藤太的讚語，也是我們中華民族可以誇耀的，所以本期中摘載石著《偉大的蔣介石》之後節，是表示我們對領袖傾佩的敬禮。」〔註35〕而之所以要製造蔣介石崇拜，根本上是為了使全國一切可以抗日力量，在統一的指揮下抗日。而不至於各自為戰，被日軍各個擊破。

三、塑造「完人」

不管是偉人崇拜，還是領袖崇拜，其首要的便是要把他們塑造為完人。譬如對中國軍閥吳佩孚，也有人說他是「千秋人倫之模範」〔註36〕。對蘇聯的克魯泡特金，有人認為「他是完人」：「世界歷史中，如果有「完人」，我不能不舉克魯泡特金的大名！」而且作者甚至認為「完人」的克魯泡特金的偉大是克

〔註31〕子真：《希特勒》，《新女性》1937 年第 6 期。
〔註32〕則夫：《墨索里尼》，《新女性》1937 年第 6 期。
〔註33〕佚名：《世界現代偉人選舉——希特拉當選第一》，《晶報》1939 年 11 月 30 日。
〔註34〕見丁澤：《希特拉與朱元璋》，《戰國策》1940 年第 11 期。
〔註35〕編者：《編後記》，《前導月刊（安慶）》1937 年第 2 卷第 3 期。
〔註36〕王幼僑：《吳佩孚傳略》，《讀書通訊》1940 年第 4 期。

魯泡特金「以一個革命的人格，以地質學家及生物學家的身份」，〔註37〕和他的自傳實現的。也就是說在作者眼裏，克魯泡特金的偉大，以及他對克魯泡特金的崇拜不是因為虛假，而是因為真實，即克魯泡特金的完美是足赤之金。

第四節　「思想」的因襲──「載道」

「民族國家」維度的介入和「英雄崇拜」的取向之外，在傳記文學發展中，「載道」的思想一直是「個體意識」的對立面。而在某種意義上，「民族國家」意識和「英雄崇拜」意識都屬於「載道」的範疇。

「閱讀傳記，雖然不是獵取智識的唯一方法，但至少是有趣的妙法之一。……從優良的傳記裏，去尋求我們最理想的師友。它不但會告訴我們各方面的智識，指示我們奮鬥的動向，它更能刺激我們，鼓勵我們，來磨練我們自己。」〔註38〕文以載道的思想是儒家教育理想的一種變形，主觀的認為作品所載之「道」是為讀者之必需。文章之所以要「載道」，從大的範疇來說就是作者主觀的希望文章有「用」，但是對客觀上是否有用卻缺乏關注。但是人們對於什麼是「道」，什麼是「用」，缺乏深究，難以給出詳細的闡述。於是，「道」的內容和它是否有用就完全取決於作者本人的主觀想像。這就導致出現一種怪現象，本來，「道」應該是恒定的，是先於「用」的。但是在實際上，卻演化為作者認為對有「用」的就成為「道」。表現在傳記文學書寫上，只要明確期望傳記有用的觀念都可以稱之為一種載道的思想，「載道」被庸俗化為「有用」。最簡單的有用表現為知識的獲取，譬如對於陳獨秀的自傳，時人認為它至少應該是「一部充滿豐富內容的歷史」，使讀者能夠瞭解「當時的中國經濟社會狀況」，所以當陳獨秀的自傳沒有這些內容時，人們就會「頗為失望」。讚美片山潛的《自傳》是因為它雖然「沒有作者特殊的記載」，但是把他一生中經歷的「社會經濟的發展」寫了出來，從而使讀者可以看到「明治維新前後日本的面容」。〔註39〕獲取了知識之後，可以用知識走向成功，這時候傳記成了一種成功教科書：「有百分之九十九在事業上或學問上能夠成功的人，幾乎是沒有一個不愛讀傳記或受到傳記影響的。」〔註40〕這是對傳記之「用」的最大

〔註37〕學稼：《讀「實庵」自傳》《青年嚮導》1938 年第 4 期。
〔註38〕陳友三：《青年與傳記》，《中國青年》（重慶）1939 年第 1 卷第 5、6 期。
〔註39〕學稼：《讀「實庵」自傳》，《青年嚮導》1938 年第 4 期。
〔註40〕青雲梯：《偉人傳記與青年》，《青年月刊》（南京）1939 年第 7 卷第 4 期。

肯定，也是傳記的最大之「用」，也是傳記需要載道的最大動力。所以傳記多寫英雄，因為只有他們的傳記才能充當成功教科書。

成功教科書之外，傳記又經常充當道德教科書的角色。德育一般表現為勸善，而勸善則一般和個人幸福、國家富強、人類大同等觀念聯繫在一起：「什麼是道德的善呢？那就是說，傳記的主人翁，他的言行思想，或他為民族國家，奮鬥犧牲的精神，或他對整個人類的貢獻，的確值得我們中國的青年去借鏡，效法的，才是傳記的最適切的人物。這裡我們排斥「一將功成萬骨枯」的英雄主義的傳記，也不贊成「只為個人或少數人謀利益而成功的」個人主義的傳記。」所以「優良的傳記，實在是我們青年最理想的師友。我們從它那裏，不僅獲得種種寶貴的智識，並且可以找出，我們生活的規範，人生的正鵠。所以青年人得讀名家傳記，確是他一生幸福的基點，同時也是他走上成功之途的第一聲」，而「坊間流行的傳記，誠然是汗牛充棟，但其中不少自吹自擂的傳記家，在那裏癡人說夢，也有不少的傳記文學作品，講些空中樓閣，這些對青年們，只會發生消極的，相反的，破壞性的作用。」〔註41〕傳記文學理論中的「載道」思想在創作和接受兩個角度都得以體現。

一、傳記創作的角度

從創作的角度來看，傳記的教育作用主要表現為引導的勸善和訓導的勸善。

所謂引導，就是傳記作者在文中不作明顯的說教，而是讓讀者通過文章引導讀者在閱讀的過程中通過本能的模仿向善。「讀傳記最感興趣的，便是把自己和書人物來比較，原來人類都有模仿性，尤其青年更其厲害，讀拿破崙傳，不覺以蓋世英雄自命，看托洛斯基自傳，也想做一個革命家」。〔註42〕所謂訓導，就是傳記作者在文中作明顯的說教。譬如《娼妓自傳》本來是一部難得的好傳記，但是作者在文中偏有這樣的語句：「她自己雖然接受了娼妓的生活，可是她對於娼妓生活的悲哀與墮落的客觀描寫，是比她所理解的更深刻的。因此她的故事可以做一種有力的警告與警戒」；「對，她的故事是轟動的，可是同時也寫得出色而真切。她說出她怎樣拉客人，他們的舉止與談吐如何，她感覺怎樣，以為怎樣，……可是她不僅寫了一個長篇轟動的故事！她叫我們瞭解那

〔註41〕陳友三：《青年與傳記》，《中國青年》（重慶）1939 年第 1 卷第 5／6 期。
〔註42〕李一飛：《名人傳記與青年修養》，《學校新聞》1937 年週年紀念特刊。

種成為重大社會問題中心的女子」。〔註43〕傳記要有用的毒深入代代傳記文學書寫的骨髓，難以去除。

二、傳記接受的角度

　　從傳記接受的角度，傳記的教育作用主要表現為無意識的、自然的接受和有意識的理性的接受。作品本身的感染力可以促成無意識的、自然的接受，因為傳記裏「潛流著一種感人的刺激力，這種感人的刺激力，有時會比詩歌或小說還堅強，還能持久，還有實效」。〔註44〕而有意識的理性的接受是因為讀者在閱讀之前先帶了目的。他的目的或許是為了「找尋人生的正鵠，獵取廣博的智識」，為了「鼓起我們奮鬥的勇氣，給予我們生命的動力」，以及為了「想做二十世紀的現代國家的國民」或「在將來做專家」。〔註45〕又或者為了得到一種「人生上的慰藉和生活的啟示」。〔註46〕所以對於「哲學，政治，經濟，社會，心理，文藝，等各方面，都非有廣泛的基礎智識不可」，〔註47〕所以對傳記要主動「去條分縷析，去徘徊吟味」，為的是「長我識見，增我想像，發我志氣。拓我胸襟，端我趨向，正我知識，植我德行，養我品性」。〔註48〕理性地主動地接受一種「 」歸納的工作，包含「個性的歸納」「成功原因的歸納」「失損因素的歸納」「事業之社會價值的歸」和「一般批評的歸納」。〔註49〕國家民族生死存亡之際，救亡壓倒一切是無可逃避的事實。所以民族、國家需要英雄的傳記，需要載道的傳記。但傳記文學為民族國家服務只是暫時的，也只能是暫時的。這是由人的多重屬性決定的，人固然是民族的人，是國家的人——集體的人。但人更應是獨立的人，自由的人——個體的人。傳記文學應該為個體「服務」，應該表現出充分的個體性。也正是這一個體性才能讓傳記文學徹底走出文以載道的強大傳統。但是傳統還是過於強大了，救亡的呼聲還是過於強大了，所以傳記文學書寫的純粹個體性之路難以被提出，比較容易接受的是一種中庸的，看似兩全其美的說法，如認為「最好的傳記不但是嚴正的科學作品，高尚的道德作品，同時也是卓

〔註43〕三思：《娼妓自傳》，《西風》（上海）1938 年第 24 期。

〔註44〕蘇民：《談名人傳記（上）》，《中央日報》1937 年 1 月 17 日。

〔註45〕陳友三：《青年與傳記》，《中國青年》（重慶）1939 年第 1 卷第 5／6 期。

〔註46〕蘇民：《談名人傳記（上）》，《中央日報》1937 年 1 月 17 日。

〔註47〕陳友三：《青年與傳記》，《中國青年》（重慶）1939 年第 1 卷第 5／6 期。

〔註48〕蘇民：《談名人傳記（上）》，《中央日報》1937 年 1 月 17 日。

〔註49〕蘇民：《談名人傳記（下）》，《中央日報》1937 年 1 月 18 日。

越的文藝作品」。〔註50〕實則，這既是一種不切實際，也是一種不能實現的
美好願望。傳記文學要發展，只能通過不斷譯介域外思想，不斷瓦解國人頭
腦中的傳統思想來實現。

〔註50〕陳友三：《青年與傳記》，《中國青年》（重慶）1939 年第 1 卷第 5／6 期。

第五章 中國現代傳記文學理論的系統化建構（1940～1949）

　　1940 年代是中國現代傳記文學理論發展的高峰時期，這一高峰有兩個表現，一個是西方傳記文學思想、理論的全面譯介及深化，一個是中國學者各抒己見，形成了一個傳記文學思想、理論的全面爭鳴。在這一全面爭鳴中，以周駿章、蔡振華、林國光、許傑、孫毓棠、沈嵩華、王名元、戴鎦齡、朱東潤等為代表的中國學者，無論是在西方傳記文學理論的研究上，還是形成自己的現代傳記文學思想上，都取得了豐富的成果。

第一節　域外傳記文學理論的全面譯介及深化

　　1940 年後，域外傳記文學理論的譯介趨向全面化，同時對歐洲傳記大師的譯介則進一步深化。而在域外傳記文學理論的譯介上也出現了兩個重要的人，一個是周駿章，對域外理論譯介的全面化貢獻很大，一個是戴鎦齡，對斯特拉奇譯介的深化貢獻很大。

一、域外傳記文學理論的全面譯介

　　本時期傳記文學理論的全面譯介主要表現在「他傳」和「自傳」兩種類型都有大量的譯介。

（一）關於「他傳」文學理論的譯介

　　本一時期，關於他傳理論的譯介主要以周駿章為主，從時間順序上，分別

是 1941 年發表的《傳記的做法》，1942 年發表的《論傳記文學》和 1948 年發表的《論傳記與自傳》，此外，他對斯特拉奇也有介紹，是發表於 1946 年的《論英國傳記家斯揣齊》。

《傳記的做法》〔註1〕一文的篇名是譯者根據所譯內容自取的，譯者之所以翻譯這樣一篇文章，可能是從當時中國傳記文學界狀態出發，即文中提到的關於傳記創作的幾個問題是適用於當時中國的傳記創作的。譬如從出版的角度，文中說「近代出版家最歡迎一部寫得優美的傳記，以一個有趣的人物為主題」；從市場的角度，作者認為：「書店最歡迎哪一類傳記，固然難於指出，但政治家的小傳占第一把交椅，似無疑義」；從傳記作者自身利益的角度，作者認為「傳記能夠一鳴驚人，較其他著述易於成名。野心的著作家，如果不甘心作賣稿的文人，最好決定搜集適當的題目，寫一部傳記，以供各書店迫切的需求。」而無論是從傳記的出版方、發行方還是著作方的角度出發，這無疑已經進入了場域的討論範疇，這樣的觀點是由當時這樣的傳記文學場域決定的。而文中傳記的寫法也正是從這一場域中的元素出發的。譬如對於有人認為傳記已經太多，寫了可能既不能出版，出版也沒人看的問題，作者認為「不要以為傳記已經太多，沒有再寫一部的必要。有些人是能令人長久的感覺興趣的。」對於時人認為一些「專家」的傳記只有專家才能寫的問題，作者認為「我們需要通俗的傳記，使大多數民眾瞭解世界上文化的一鱗一爪。」

在論述完這些傳記創作的外部因素後，作者自然還是將文章的重心落在傳記創作「本身」的探討上，探討作品的鑄成——怎樣寫出一部好傳記，寫出一部不容易被批評的傳記。因為之所以討論傳記創作，一定是因為傳記的創作出現了問題，惹來批評家的批評。譬如作者提到的一個常見的誤區：「從前沒有寫過傳記的人，也許小覷了傳記的困難；又因傳記容易成功的緣故，這種輕視的傾向時常引人上當？所以很多人輕易去寫傳記，而「直到仇敵似的批評家出來指謫，作者才知道他的錯誤太多」。作者肯定看過很多人「輕易」寫的傳記，也看到過很多傳記批評，所以才會想到寫這樣一篇文章，探討怎樣少犯錯誤，寫好傳記。而一個好傳記，或者說合格的傳記，在作者看來他「唯一的要素」是「故事必須鑿確可靠，雋永有趣」。顯然，這「唯一的要素」其實闡明了現代傳記文學的兩大特性，即兼具史學性與文學性，也可以說是兼具科學性

〔註1〕 Basil Hogarth：《傳記的做法》，周駿章譯，《讀書通訊》1941 年第 29 期。後面相關注釋除注明外皆引自本文。

與藝術性。「鑿確可靠」就是史學，科學裏的「求真」，「雋永有趣」就是文學，藝術裏的「求美」。在闡明了傳記創作兩大特性之後，作者的論述才開始對應標題──「傳記的做法」，也就是怎樣「求真」，怎樣「求美」。在論述怎樣「求真」時，首先作者明確說了「真」的重要性。他說：「如果你不能避免事實上的錯誤，世界上所有的空想不能救你的傳記脫險。」為了避免事實上的錯誤，就得辨偽，就得「不要把一切事件視為信史，只因為它已見於書籍，或在你以前，已有三兩個傳記家轉載數次，而未加修正，你就信以為真。你應該把它用顯微鏡來檢查；檢查它就像一個法官在法庭裏審問案件一樣。」對於傳主被發表的信件，作者認為「應當參看原物，查考有無刪削或竄改之處。」而對於口述材料，作者認為「人類的記憶力是靠不住的。你的報告者也許是一位至誠君子，但記憶錯誤是人人難免的。」而對於傳記創作中的經常引用其他傳記這一現象，他說：「傳記家最大的罪惡是轉載無根據的其他傳記。」而之所以出現這一「罪惡」無非是誤認為傳記體裁本身──傳記是個人歷史，而歷史為真──決定了它的真實性，而忽略了傳記的作者是人，只要由人書寫，就難免失實，就不能完全信任。況且，無根據的不值得信任的歷史比比皆是，何況傳記。

　　與「求真」密切相關的除了辨別材料之外就是在創作時的主觀態度，域外現代傳記文學的概念經常是通過對維多時代舊傳記的批判實現的，本文作者也不例外，他引用維多時代舊傳記作者的創作思想以說明在傳記創作中的「求真」。他提醒傳記家「千萬不可陷入維多利亞時代的錯誤」，「因為那時的傳記家被冠冕堂皇的謬見迷住心竅，他們都有一種固定的觀念，以為偉人的傳記必須矯揉造作，以便鼓勵我們，使我們也能把我們自己的生活提高改善，而將我們的足跡印在時間的沙土之上，流芳萬世。近代傳記家卻從另一方面來寫傳記。他極力避免去做沾沾自喜和洋洋得意的譽揚者。」對於這一點，他認為惠特曼的一句話足以成為現代傳記文學的座右銘──「你描寫我，務須詳實：不論你寫什麼，你卻不要把我裝潢美觀──要包含我的一切『地獄』和『該死』。」

　　辨偽求真是「求真」所不可少的，但是辨偽求真是要有對象的，它的對象就是材料，創作傳記必須佔有充足的材料，作者對怎樣搜集材料提出自己的心得：「傳記的材料也許藏在不倫不類的地方」。這一心得還有一層，那就是創作的快樂不僅體現在創作本身，而且存在於創作的準備階段，因為「忽然從無人過問的地方，發現前人忽略的重要證據──這是傳記家最快活的經驗。」而在

搜尋材料時，作者認為還需要一種精神，他說：「尋找新材料，或探索前人不會注意的舊材料，必須以獵犬般不疲乏的精神，努力搜尋。」搜集好的材料經過辨偽後就是整理材料了。在整理材料上，作者也提出了自己的觀點，他說：「在你企圖起稿以前，你應當將你所有的材料置於案頭。……將你的材料列為三種『快覽』，是一種很好的計劃。」這三種「快覽」分別是「事實類編」「年月日表」和「書目提要」。對這三種「快覽」，作者都給出了解釋說明。此外他還提出了一些處理材料的心得，譬如重視私人信件，因為這些信件中能看到「寫信者的心情，較其他各處更為明顯」，尤其值得注意的是，作者還提出了版權概念，提示在使用私人信件時「千萬不要侵犯版權」。另外，他還注意到彙編材料的價值，他說：「凡印刷品，稿本以及傳聞裏的材料，均應詳加研究。加入你所搜集的事實類編之內。你儘管在後來不用它，你儘管捨棄它，說它毫無價值，但至少你應該知道有這樣一件證據存在；如此，在你的傳記出版以後，就不怕存心搗亂的批評家拿這種證據和你作對了。」

搜集、辨偽、整理完材料之後，就是瞭解、消化材料了，作者認為「你必須徹底瞭解一切可以得到的材料。如果在著書以前，你沒有把這一堆材料咀嚼消化，絢爛的文采是於你無益的。」而且從批評的角度考慮傳記中之訛誤最易暴露；評論家所最歡迎的無過於一部拖拖沓沓的傳記；這樣的傳記可以給他們當箭垛，去射批評的箭矢。」而瞭解消化完之後才進入材料的剪裁組織階段，也就是傳記的創作階段。這創作首先體現在對材料的解釋上，在作者看來，一個傳記家「不僅是一個報告者」，他還是一個「注釋者」，一個「解釋性格的心理學家」。經常的，尤其面對已無新材料可發掘的傳主，解釋材料更能凸顯出一個傳記家的任務，且也是衡量一個傳記家是否合格的標準，一個不能正確解釋材料用來刻畫傳主性格的傳記家是不能稱作傳記家，也是不適合寫傳記的。在搜尋、辨偽、整理又能正確解釋材料上前提下，傳記家可以一展身手開始他的創作了。他創作的目的是「求美」，是要作品讀起來「雋永有趣」。為達成這一目的，成功的描寫傳主是必要條件，作者從出版的角度給出這一必要性的答案。他說「你必須使你所描摹的人物生氣蓬勃。如果你不能使他在你的篇頁裏復活，你就不必妄想付梓。因為出版家最忌接受毫無生氣的傳記，出版後就送往古物陳列所的。」而要使傳主生機勃勃，使傳記充滿生氣，刻畫出傳主的性格自然是非常重要且必要的，在他看來，「一本無生氣的傳記就往往因為人物描摹之草率而失敗：作者沒有把他的主要性格從周圍的瑣事中分析出來。」

所以傳記作者「須有一種技巧，披露性格在各種表現中逐漸發展。」而要真正做到「雋永有趣」，即要追求傳記的文學性和藝術性，在他看來，這就要求傳記作者有小說家的修養，他說：「寫傳記的人應該有充分修養，與文學中其他工作者，如小說家與短篇小說作者相同。他應有同樣擅長布局的手法，同樣描寫的能力，由淺入深，一步一步遞陞，乃至登峰造極，令人深信，然後又須為不可避免的結局，預作伏筆。傳記不能容納蹣跚的文筆，較之幻想的作品尤其不能容納。誠然，真理比虛構還要稀奇，但對於呆滯的散文，這不是適當的藉口。文字應反映作者的人格。」在這書寫素養中，作者認為「秀麗的敘事文體」是傳記家「必備的工具之一」；而「對於人類行為的主要動機有直覺的認識」則是傳記家「不可缺少的條件」。

綜合看來，作者在本文中對傳記創作論述幾乎是全面而完備的，涉及傳記創作的方方面面。他一改傳統上只從作者創作的角度討論的思路，從出版的角度，讀者接受的角度，評價家的角度都作了闡述，這等於無形中進入了傳記文學的場域範疇。作者論述不但是全視角的，涉及傳記文學場域的方方面面，而且是極為詳細的。這一詳細能通過一句話側面反映出來，他說「傳記家的主要危險之一是意見衝突；你最好徹底細讀你的清稿，以便發現可能的矛盾之處。」細讀清稿，這一對創作的提醒真是具體而微了。

而這一用具體而微體現的「完備」的傳記文學思想，作者也可以用幾句話說明白，不打算細讀本文的讀者，可以通過這句話明白關於傳記創作的思想。他說：「第一，先收集你的事實，鑒別真偽；第二，慢慢吸收它們，區別重要者與不重要者，相關者與不相關者。當你已將傳記的骨幹建立在事實的堅固基礎之上，你再試用有藝術的文字去表現它，以你自己的哲學輸入全書——讓你的書以你傳記的人格放出光芒。」這樣的思想是為了實現一個目的，即「你必須令讀者看見你的人物，就像和他同時的人看見他一樣。重新抓住那個時代，不要以為描摹它就算了事。重新使那時代出現，讓你的篇頁引起懷舊之心。」思想是擺在這裡的，目的也是確定的。但是具體的做法卻不是固定的，更不是唯一的，正如作者所說：「寫傳記的方法很多，和要寫的傳記一樣多；自一極端，即引經據典的「多肉的」傳記，讀起來很像國會議論錄和剪報的混合品，至另一極端，即莫洛瓦小說式的傳記或路德維希電影式的傳記，……」〔註2〕

1942年，《文藝青年》雜誌分兩次刊登了周駿章翻譯的《論傳記文學》一

〔註2〕Basil Hogarth：《傳記的做法》，周駿章譯，《讀書通訊》1941年第29期。

文，原文注明此文「譯自 Eliazbeth Drew：The Enjoyment of Literature」但並未
對作者「Eliazbeth Drew」進行說明。在文中，作者通過敘述 17 世紀至 20 世
紀英國的傳記發展史的方式論述了傳記文學思想。從約翰・奧布里（John
Aubrey）約翰・班揚（John Bunyan）和約翰・德萊頓（John Dryden）到羅傑・
諾斯（Roger North）馬遜（Mason）約翰遜（Samuel Johnson）再到鮑斯威爾
（James Boswell）和斯特拉奇 Lytton strachey。作者通過這樣的一個闡述思路
是為了告訴我們，斯特拉奇是怎樣誕生的，又或者說現代傳記文學在英國的基
礎有哪些，斯特拉奇之前的英國傳記家為現代傳記文學在英國的誕生做了哪
些鋪墊。做出第一個鋪墊的是 John Aubvey，他的書寫對應著現代傳記文學書
寫重視細節和瑣事的思想，作者認為他的傳記文學書寫在「傳記發展的過程中
是一樁大事」，因為他通過「收集名人軼事，描摹精微」表明了「記述詳實和
絮說瑣事的價值」；John Bunyan 的傳記文學書寫則對應著現代傳記文學重視
心理描寫的思想，作者認為 John Bunyan 在《天路歷程》中的「高超動人至今
仍然不可一世」的心理描寫向我們揭示了傳記文學書寫如何通過把「人類的心
靈」「裸呈於外」，用「精選的小事件和談話」去「創造一個人物」。John Dryden
提供的現代傳記文學思想則是打破英雄崇拜，1683 年，John Dryden 第一次用
Biography 稱呼「傳記」的同時也給出了傳記的第一次定義：「傳記是某人生活
的歷史」，對傳記的這一判斷，對於 18 世紀，對於現代傳記文學，對斯特拉奇
的傳記文學思想都有重大影響，它打破了英雄崇拜。他說通過傳記，我們看見
「人生的虛華被人捨棄」，看見傳記中的人不過是個「可憐的有理性的動物」
「一絲不掛」，就和我們剛「初生時一樣」。而看見他的「情感和愚蠢」之後，
我們會發現傳記中「那一半神似的只是一個人」。這些 17 世紀的傳記文學思想
促成了 18 世紀在作者看來是「三塊記路石」般的三部傳記，這三部傳記分別
是「諾士（Roger North）為他三個兄弟作的傳記，約翰孫的《塞維支傳》和馬
遜（Mason）的《格雷之生活與其信札》」。這三部傳記的共同特點是無一不「描
寫『那可憐的有理性的動物』之生活與問題」，無一不「敘事明白曉暢，前後
一貫，層次井然」。而 Roger North 對現代傳記文學的貢獻在於他認識到信札和
日記的重要性，因為它們是傳主「內心的影像」；對於傳記文學書寫中使用信
札的價值，相較於 Roger North，Mason 提出了更具體的見解，他說：「我深信，
我布置上文所用的方法有一種好處——它使讀者和那個人如此熟識，以致毋
須總結他的性格，下一評語」。即引用書札對於刻畫傳主形象，簡單、直接而

有效。但是 Mason 有一個缺點，那就是在「求真」上不夠嚴謹，摻入了太多的主觀，所以作者說：「假若馬遜不篡改信札原文，不刪去他自己所不贊成的地方，也許這本書會有更大的價值。」但是約翰遜對這一點進行糾正，他說：「一篇故事之價值，全靠它的真實性為標準，一篇故事一個人的畫像，或人性的籠統畫像：倘若它是假的，它便根本不是畫像了」。而作者認為約翰遜的《塞維支傳》「可以表明一切好傳記的兩種要素：一，它必須是一個人物的真實描寫；二、它必須以藝術品的形式表現那個人物。」此外關於傳記創作，約翰遜也有很多真知灼見，譬如對於在傳記文學書寫普遍存在的隱諱痼疾，他說：「有許多人以為隱瞞朋友們的缺點或過失，甚至當他們已不再因被指謫而受痛苦的時候，是一樁善事。因此，我們只看見一些人物，穿著頌揚的衣服，除去外表和偶然的環境以外我們看不出他們的區別。」對於出於「好心」做的「善事」，約翰遜認為意義重大，不能馬虎，他認為這樣的行為即使是為了尊重死者，但相對於尊重死者，我們更應當「尊重知識、道德和真理。」而且，在約翰遜看來，這樣的一種「求真」跟傳記的「安慰」功用有關係，他說：「是否真正表現人生可以給我們安慰，我不知道，但從真理中所得之安慰，是堅定持久的：從荒謬之中所得之安慰，正如其來源，是虛幻的，不能持久」。

至此，現代傳記文學的主要元素都已經具備了，首先它是「真」與「美」的結合。在內容上追求真實，在「形式」上追求美。同時在刻畫傳主時，不把傳主寫成「半神」，而且注重通過細節、瑣事和心理描寫刻畫傳主，同時注重行文。傳記不但能給人安慰，還能讓人尊重知識、道德和真理。

通過作者的論述，我們不難看出，在斯特拉奇之前，關於現代傳記文學的要素基本完備，按照這些要素去創作，定能產生優質的現代傳記文學作品。但是事物的發展往往是螺旋式的，傳記文學也是如此。本來，英國傳記文學從 John Aubrey 到 Samuel Johnson 經過一百多年的發展，已經來到現代傳記文學的起點，似乎萬事俱備，只欠斯特拉奇。但是斯特拉奇卻還要再等一百多年才能出現，正如作者所說的：「可是一百年以來，傳記的作者沒有人再顧到這種誠實良好的主張。」這是為什麼呢？這是因為維多利亞時代催生著、存在著一種在作者看來和「十七十八世紀現已被人忘卻的許多傳記相似」的傳記，這些傳記的特點是「不基於事實，而基於紀念的性質；凡事與思想不合於偉大與良善之通俗標準者，均被割棄。」對於這一原因，作者引用當時的英國詩人 Tennyson 的話加以佐證：「大家何必一定要曉得拜倫的狂妄邪行？他給大家很

好的詩歌，大家應該知足」。作者認為斯特拉奇的《維多利亞名人傳》打破了
維多利亞時代的傳記局面，使英國傳記從古代傳記時期邁入到現代傳記文學
時期。而斯特拉奇打破這一局面的工具是他所主張的在創作傳記時保持精神
的自由，這一自由表現在傳記家寫作不是為了「褒揚讚譽」，而是「依照他的
理解力將事實明白披露。」〔註3〕這正是斯特拉奇的最光彩之處。在作者看來
這句話的意思是指「依照他自己的見識來解釋事實；即加入他自己的個性，指
示讀者注意事實的評價。」這一種思想一方面在作者看來是正當的，因為傳記
「是材料與藝術家（傳記家）的合作物」，而「藝術家以其人格渲染其藝術，
是不能避免的」。另一方面，作者又認為這一思想也是一種「道德」傳記，其
內容帶有明顯的導向，作者說：「斯揣齊宣揚他的用意是在顯揚他所重新構造
的人物，而非單純的解釋；不過他自己的個性充塞全書，他絕不能寫出鮑斯威
爾那樣卓越的傳記。他雖然用超然的態度，但他居心是一個道德家。『他所理
解』的事實是由道德眼光看出的事實；這種立場雖與他的前輩大相徑庭，但同
樣積極。……他堅持理智主義者之見解，始終一致；我們讀他的書，他只准我
們從那一方面來觀察事實。」作者認為這樣的創作思想對斯特拉奇來說是一種
限制，也正是這些限制，讓作者認為斯特拉奇寫不出《約翰孫傳》。但這樣一
種批評是善意的，沒有人是完人，斯特拉奇寫不出《約翰孫傳》，鮑斯威爾也
寫不出《維多利亞名人傳》，各有專長罷了。更何況，在作者眼裏，《約翰生傳》
實在太好了，他甚至認為「世界上沒有一本傳記比得上鮑斯威爾作的。」作者
將英國傳記派系分為兩類，鮑斯威爾和斯特拉奇各為其代表，在他看來兩派的
目的都是為了「喚起人格」，但鮑斯威爾這一派的方法「沒有作者的個性」，而
斯特拉奇這一派則需要「摻入作者的個性」。兩派的寫法完全不同，所以斯特
拉奇寫不出《約翰生傳》並不足奇，更無損於他在傳記史上的位置，因為作為
他這一派的代表，斯特拉奇自有他的高超之處，對此，作者評價說：「傳記家
斯揣齊的偉大，全靠他運用材料，非常聰明巧妙。從最小處，他能將一個簡單
的情境放在讀者的眼前。……以技術而論，計劃的寬暢，排列的精巧，敘述的
熟練，或只是文筆的絢爛，沒有人是他的對手。……閱讀斯揣齊作的傳記，給
我們一種智慧上的喜悅。」「斯揣齊的傳記能得到迅速廣大的成功，不在他應
用特殊的心理學術，以解釋人物，而在將思想自由的精神，重新輸入傳記之中。

〔註3〕Eliazbeth Drew：《論傳記文學》，周駿章譯，《文藝青年》（重慶）1942 年第 3
卷第 1 期。

它使大眾從維多利亞時代庸俗的言論和態度解放出來；因此，傳記中有一種解脫的感覺。讀者呼吸誠實和自由的空氣，為之一快。」當然在作者眼裏，雖然斯特拉奇對現代傳記文學的貢獻很大，地位很高，但是在作者眼裏斯特拉奇的傳記顯然不是最好的，比他的傳記好的不只有鮑斯威爾的《約翰生傳》，還有高斯（Edmund Gosse）的《父與子》，作者認為這些作品「其藝術高超竟出於斯揣齊之上，而且它顯示傳記裏的感情價值和文學創造性應有一高等標準，這種前進的卓見超出了作者的時代。」〔註4〕

此外，作者文中的論述也有一些值得商榷的地方，譬如他認為「一部傳記的人物必須是要人，或出奇的人物。」〔註5〕認為一個人創作傳記時「除非他的人物卓絕」，他寫不出好傳記。而之所以有這樣的思想，是他認為「讀者的好奇心畢竟是傳記的要訣。凡傳記所敘述之人物，應該是值得記述的一個人。」之所以說這一觀點值得商榷，是因為僅僅從他自己的論述中也能推出他觀點的不合理，即「值得記述的一個人」並不能和「要人」或「出奇的人物」劃等號。

（二）關於「自傳」文學理論的譯介

上面提到的文章都是關於「他傳」的，本一時期還有兩篇涉及自傳的譯介文章值得重視，分別是周駿章譯介的《論傳記與自傳》和呂琪譯介的《談自敘傳》。在《論傳記與自傳》的譯者說明中，周駿章說：「此文譯自胡貝爾教授（Jay B.Hubbell）所著《文學之玩賞》（The Enjoyment of Literature）第三章，原題為《真的和幻想的男人與女人》。胡貝爾為美國寶克大學（Duke University 係美國煙草大王寶克所創辦）英文教授。」〔註6〕可以看出，這篇的文章的標題也是作者根據文中內容加上去的，並不是原文的標題。自傳本是傳記的一種，之所以用這樣一個標題從文中內容看只是一種簡單的對應關係。本文內容一分為二，前部分說的傳記，後部分說的自傳和書信，日記等自傳性質的文學。作者在論述傳記時提到了傳記家與歷史家的不同，雖然傳記家和歷史家都能使我們瞭解「對於造成現在的過去，對於長遠的過去」，但是歷史家卻「不見得

〔註4〕Eliazbeth Drew：《論傳記文學（續）》，周駿章譯，《文藝青年》（重慶）1942年第3卷第3／4期。

〔註5〕Eliazbeth Drew：《論傳記文學》，周駿章譯，《文藝青年》（重慶）1942年第3卷第1期。

〔註6〕〔美〕胡貝爾（Jay B.Hubbell）：《論傳記與自傳》，周駿章譯，《讀書通訊》1948年第152期。

能使過去復生，能使之重現於我們的眼前」。因為他「缺乏文學天才」。這就揭示了傳記家和歷史家的一大區別在於是否具備「文學天才」，而正因為歷史家缺乏「文學天才」，所以「不能吸引現代的讀者」，而傳記家因為具備「文學天才」，可以使傳記流行，「與小說爭衡」。這種流行的能與小說競爭的傳記是當時傳記發展的一個趨勢，「現代傳記家運用小說的技術。他知道如何將一個故事說得動人。……他善於布置和描摹他的人物。」在這種趨勢中作者認為「最有勢力的是英國斯揣齊和美國布拉德福（Gamaliel Bradford）」斯特拉奇經過多次譯介，國人早已耳熟。而 Gamaliel Bradford 是第一次出現在國人面前，也是唯一的一次。作者把 Gamaliel Bradford 和斯特拉奇並列，反映了美國學者的立場和視角，這是傳記研究在全世界有影響力的表現。歐洲的代表是斯塔拉奇，美洲的代表則是 Gamaliel Bradford，他們代表歐美傳記學界的最高成就，又同時可以代表全世界傳記學界的最高成就。他說 Gamaliel Bradford 的主要工作是「心靈描摹」，能以「二十至五十頁的篇幅，揭露一個人的底特性，其藝術幾至高超之境」。但是他「不假充學問高深的學者」，他所使用的材料，「大多數是任何人可以使用的」。這就意味著，在現代傳記文學書寫中，材料收集是次要的，決定傳記生命的是傳記作者。這也就意味著現代傳記文學書寫對作者的要求很高，不是一個可以輕易開展的工作。當時人們的認識有這樣一個誤區，人們以為「凡能寫作者就能編傳」。這讓我們不由得想起胡適的勸人寫傳記，傳記非人人所能為，胡適的勸人寫傳記即使成功了，也只能留下一堆傳記性質的材料，而不會是幾本好傳記。不過這同樣可以幫助我們瞭解胡適勸人寫傳記的主要目的就是為了保存史料，而不是經典的、傑出的文學作品。畢竟傑出的作品非一般人能為，胡適不可能不清楚，他所謂的為文學開一條生路也無非是說文學創作多了一種體裁而已。

小說化趨勢之外，作者認為現代傳記文學的另一趨勢是「挑剔其人物之缺點」，而這一趨勢的形成原因一個是對「維多利亞女王時代傳記底拘謹、傷感、英雄崇拜、矜持的神氣」「普遍的反動」；另一個則是因為「現代傳記文學家對於高貴的動機和不自私的行為表示懷疑，他喜歡暴露家庭醜事。弗洛德底心理學指示給他：一個人性質底關鍵，乃在於各種錯綜，不能滿足之欲望，尤其是性慾。」小說化的趨勢的弊端是催生了大量「無異於小說」的「時髦的傳記」。挑剔傳主的傳記家被作者稱為「耙糞者」，而佛洛依德的理論在作者看來不應該盲目亂用，畢竟「沒有一位偉人是可以用固定的公式來解釋的。」

　　第二部分論述自傳，作者在第一句就說：「偉大的自傳比偉大的傳記尤為稀少。」這既是一個事實陳述，也是作者基於對自傳書寫現實困難的一個判斷。首先，自傳書寫難以開始，他認為「能坦白自述其生活者已經不多，願意這樣敘述的更加不多。」其次，自傳書寫難以真實，作者認為自傳作者會「有意或無意之中使他的自傳為他自己的行為作辯護」。還有就是存在客觀的，難以避免的錯誤，因為「人類的記憶力不能完全憑信」。當然這些困難的存在既不是為了說明自傳的價值低，也不是為了反對寫自傳。而只是客觀分析自傳難以寫好，自傳作品難以有傑作的原因。作者關於自傳的論述中有一個值得注意的點，就是他認為最有趣的兩部自傳是「富蘭克林敘述其早年生活的自傳，以及意大利流氓藝術家齊里尼（Benvenuto Celline）直率的自傳」，而不是我們通常看到的，熟悉的，聖奧古斯丁、托爾斯泰或盧梭的『懺悔錄』等自傳名作。他對日記的定義是「與自傳極相似者」，能夠「記述作者之行動或思想」，能夠幫助瞭解一個時代。日記只是傳記性質的文學，僅僅是傳記材料，作者所謂的「極相似」，只是看到它的內容以及其史料價值，這跟作為「傳記文學」之一種的自傳是相差甚遠的。作者對信札的評價是它「使我們最能接近古人的事物」，因為當人們「知道如何能自然而然地寫信時」，他們「可以充分流露自己的人格」。〔註7〕從這一論述，我們可以推斷，信札在表現形式上比日記更接近自傳，因為人們在書寫信札時既需要表達自己，還需要一定的技巧去表達，譬如明白、通順，因為這是給人看的，而不是給自己看的。

　　在呂琪翻譯的《談自敘傳》〔註8〕一文中，作者認為一部合格的自傳需要是「一部有價值的文學作品」，同時在書寫中既不能「把醜事遮掩起來」，也不能「把那無趣的事實蒙蔽起來」。而對於自傳的內容，作者認為「不止於把自己的過去綴成文字」，還要有「反省自我分析，苦惱的重生，時代和個人的『暗面聯繫』底發見，前途的胎動底追求……等等。」這些都反映了作者注重自我心理發展過程的傾向。他認為聖奧古斯丁、托爾斯泰或盧梭的『懺悔錄』這三部書「誠實的表白著一個苦鬥的生活者的自我批評」，這一「自我批評」也是作者所謂的「對於自己的過度的主觀的一個剿滅戰」。此外他意識到了這三部書的文學價值，認為他們「本非以文學作品（自傳小說）為目標而寫成的，但

〔註7〕〔美〕胡貝爾（Jay B.Hubbell）：《論傳記與自傳》，周駿章譯，《讀書通訊》1948
　　　　年第 152 期。
〔註8〕〔日〕赤木健介：《談自敘傳》，呂琪譯，《新民報半月刊》1943 年第 5 卷第 19
　　　　期。

因為他們表現著生活和思想的核心，很有力量，所以反倒意外的有了文學性和古典性。」這就是說，他認為這三部書並不是文學作品，文學性只是這三部書的一個特徵而已，並且是通過在閱讀體驗中體現出來的。而從閱讀體驗上體現出的文學性卻是促進自傳流行的原因，作者認為自傳作為「人底記錄」，作為瞭解人的一個手段，可以是有益且有趣的。有趣就是閱讀體驗好，只有好的閱讀體驗，才能讓閱讀持續，從而實現自傳的「有益」功用。所以作者認為「文學色香濃重的作品」才能有趣，這就導致「文學者所寫的自傳」受人歡迎，這也就導致「文學者所寫的自傳，便佔了自傳的大部分」。而文學者的書寫，在作者看來「不單是寫自傳，而是寫自傳文學」。這就意味著在作者眼裏，自傳和自傳文學不是一個概念，因為他所認為的自傳文學實為自傳性質的文學，甚至包括文學性質的自傳，所以他認為「哥德的《威特之煩惱》，托爾斯泰的《幼年，少年，青年》，高爾基的《幼年時代》和《我的大學》等作品，雖然加了很多修飾和技巧，但終未離開自傳作品底範圍」。作者之所以有這樣的觀點，是因為他認為「任何作家，都是根據自己的體驗來寫作的，所以，即便一見彷彿不是那樣的作品，也其實是在談著自己」。雖然自傳文學可讀性強，但是作者本人喜歡的卻是自傳而不是自傳文學，他說「談來談去，弄成了『自傳文學』論了。但我卻希望那不加修飾的『自傳』，常常出現，並且不止於文學者之作，更希望其他的人們，也多多寫作，在我個人，尤其希望讀這種其他人所寫的素樸的作品。」

在論述自傳的性質及其涵蓋範圍之內，作者論述自傳寫作的一些思想，首先他認為「沒有深刻的體驗的作家，即便寫多少自傳作品也不會打動人心，這是自明的道理。因此，問題首在於生活——誠實的生活。」其次他看到自傳中的「失真」的「正面」價值，他說：「自傳裏面的虛榮，說謊以及自我批判的不足等點，會引起讀者的嫌厭。但在具有批評眼光的讀者，卻反倒很有好處。」在筆者看來，作者之所以這樣說，可能是因為這些「失真」之處正是自傳作者的自我表現，這些「失真」恰恰正是自傳作者的另一種「真實」。再有，對於自傳的意義和價值，作者也提出了自己獨特的觀點。首先他認為自傳的價值在於幫助自己「求真」，所以他主張「凡是要對人生加以思索的人，不應當只讀他人的自傳，並且也要自己動筆起來寫自傳。這主張，……是對一切人說的，這決不是誇張。即使沒有給人讀的意思，也應該著手探求『真理』，以便加深自我批判，這不一定要在一生的末尾，年輕的時代，為了結算自己的某個人生

階段，也應當寫自傳，……寫自傳確是一種『人生修養』」。這一主張的價值也是現代傳記文學的要素之一，即自傳不像一般的作品，為讀者而寫，作為一種自我批判，自我探索真理的手段，自傳可以沒有讀者，完全為自己而寫，這一價值是他傳不具備的。

此外，他也提到自傳的優勢，那就是「真實」。他說：「不管怎樣，我覺得當我們研究人生問題時，讀自傳，是一種很有益的事」，因為他傳「缺乏正確性和真實性，虛偽的程度，遠過於自傳。」〔註9〕

二、域外傳記文學理論譯介的深化——以「三大師」為代表

域外傳記文學理論譯介的深化主要表現在對歐洲傳記三大師——莫洛亞、路德維希、斯特拉奇——的繼續譯介上。

（一）莫洛亞

1933 年，黃燕生用《介紹〈傳記的各面觀〉》　文介紹了莫洛亞的《傳記面面觀》整整一本書，顯然無法詳細。1941 年，張芝聯用《現代傳記》一文譯介《傳記面面觀》第一章的節選，就詳細多了。《介紹〈傳記的各面觀〉》一文全部是轉述，而《現代傳記》一文則引用了很多莫洛亞的原話，這也就使我們得以從莫洛亞「原文」的視角瞭解莫洛亞的傳記文學思想。在這篇文章裏，莫洛亞主要論述的是「他傳」，所以在傳記文學思想內容的涵蓋面上不及黃燕生譯介的文章廣，也不及《論傳記文學》（《大公報（天津）》1928 年 6 月 25 日）一文中的提到的《近代傳記作者》一文廣。本文的特點有三：第一，這是莫洛亞的原文譯文，我們可以獲得莫洛亞的視角，引用他的原話來定義現代傳記文學；第二，本文在論述現代傳記的「現代性」這個問題上更加詳細；第三，本文中舉證主要以英國文學舉例說明，尤其是大量引用斯特拉奇進行說明，這跟他的演講地點劍橋大學及演講的主辦方——劍橋大學的 Clark 文學基金講座有關，這正如他在文章的開頭說到的：「為了忠於這個基金的靈魂，我們將從英國文學中取例。」

首先，我們來看看文中那些莫洛亞關於現代傳記文學的「現代」一詞意義及內涵的原話。莫洛亞認為現代傳記文學是「具有某種特殊的，永久的特徵使它異於前一時代的傳記」，這意味著現代傳記文學是一種新的，以前沒有的東

〔註9〕〔日〕赤木健介：《談自敘傳》，呂琪譯，《新民報半月刊》1943 年第 5 卷第 19 期。

西。之所以會產生一種新的，以前沒有的傳記，那是因為這新的傳記產生在一個新的時代，這時代對傳記作者的影響在莫洛亞看來有三點，第一是「學者的純理智方法之侵入心理和倫理的範圍」，這使得當時的傳記作者能具備一種自由研究的精神，大膽懷疑，勇敢探索，但都遵循科學規律、帶著理性的精神和客觀的態度。在這樣的精神和態度之下，就能避免舊傳記中的傳主偶像化問題，就能勇敢的追求真實。第二點則是注重人性的複雜，因為人性的複雜是現代社會才有的，或者說現代社會的人性比古代社會的複雜。所以，古代傳記追求人物的統一性，而現代傳記文學則追求人物的複雜性。第三點是現代人的不安和苦惱催生了現代傳記文學：「他渴望尋到和他有同樣苦悶的同志。他希望知道別人也曾經歷過他所忍受的掙扎」，而不是像古代人那樣追求傳記的道德教化功能。在文中，莫洛亞引用的一句話足以加深我們對現代的瞭解，足以加深我們對現代傳記文學的瞭解：「傳記，不是信念，而是疑難的搜索和慰藉」。

我們再來看看莫洛亞怎樣用英國文學舉例，他先是用斯特拉奇舉例來闡述「現代傳記」。首先，他用的是斯特拉奇那著名的對英國維多利亞時代傳記的批判：「傳記的藝術在英國的命運似乎不大好；這兩厚本，我們習慣用來紀念死者——誰不認識它們？有著大量未消化的材料，不整潔的文體，乏味的一味誇張的語調，它的缺乏選擇，缺乏超然的態度，缺乏計劃，實在令人惋惜。他們像辦喪事者的一群同樣臉熟，神氣也同樣帶著遲緩的，葬禮的粗俗。」其次，他通過比較英國已有的傳記去定義現代傳記文學，他說：「你不妨讀一頁維多利亞時代的傳記，然後再讀一頁斯屈齊先生的。你立刻可以覺得在你面前放著兩類很不相同的傳記。一本屈維廉（Trevelyan）和洛卡特（Lockhart）所寫的書，除了它組織得極完美之外，實在是一樣證件；一本斯屈齊先生所寫的書實在是一部藝術作品。」

再次，他引用伍爾芙夫人的話來說明新傳記的產生時間和原因，而這樣的一個引用間接也把伍爾芙夫人在世界現代傳記文學界的地位凸顯出來。伍爾芙夫人用極具文學性，極具感染力的話準確的說明了新傳記產生的原因和時間。原因是「所有人類的關係都已經改變了——主人和奴僕之間，丈夫和妻子之間，父母與子女之間的關係。人類的關係起了改變，宗教，道德，政治和文學也同時起了改變。」時間則是 1910 年左右。伍爾芙也對舊傳記的道德觀進行了批判，她說：「維多利亞時代的傳記家專為善良的觀念所支配。雄壯，正直，廉潔，嚴厲；維多利亞時代的大人物就是這樣呈示給我們。身材幾乎總是

高於常人，帶著高帽子，穿著大禮服；於是這種敘述的方法便變得加倍的笨重而費勁。」這裡我們明顯的看出，這樣的傳記道德觀和價值標準是和古代中國趨同的。對於這一現象，莫洛亞又用斯特拉奇舉例進行批判，他說：「維多利亞時代的傳記家寫下許多它們五體投地欽佩的英雄的生平，就為了欽佩他們才選他們；斯屈齊先生似乎因為他並不五體投地的欽佩他的英雄所以才選他們。」並認為「他選擇了維多利亞時代，因為在性格上他對於維多利亞時代的風尚有強烈的反感。他不再是古人的石像的雕刻家，而是一個完美的遺像的描畫者，帶著諷刺畫家的筆調——很清描淡寫的筆調。」

在論述現代傳記文學的求真屬性時，莫洛亞採用以子之矛攻子之盾的方法。秉持古代傳記文學思想而注重傳記的教育價值的英國學者，以教育為藉口對傳記中的誇張和虛飾進行辯護。他們說：「也許從前人所描畫給我們看的傳說的人物——英國的惠林頓，美國華盛頓的傳奇——不是真的人物。這是很可能的，但是這對於我們有什麼關係呢？把所有的真相都說出來原是不好的。我們常聽到了關於一個活著的朋友的殘忍的故事，我們很小心的不再將它重述出去。為什麼我們對於已故的朋友和大人物要表示較少的忠厚？當然他們不是十全的；當然在人們描畫的過於完美的肖像中含著傳奇的成分。但是這種傳奇不是靈感的一個泉源嗎？它可以當作人類的模範，而提高他們原來的程度。」而莫洛亞則認為：「自然，把偉大的模仿放在人類，尤其是青年前面是一件很好的事情，但是除非這些典型在生活中是真有的，他們不會努力去模仿。標準化的一味誇張的傳記並沒有教育的價值，因為沒有人再會相信它了。」莫洛亞說：「假如我是斯屈齊先生的一個英雄，我情願喜歡人家把我的弱點優點混在一起，而愛我的真相，不要為了我是一個比我更美麗的我所不能達到的靈魂而愛我。」這段話告訴我們：一個沒有真相的傳主就不是傳主本人，所以如果不愛一部傳記的真相，不愛一個傳主的真相，也就無法使傳主本人被愛。既然在虛假的傳記中，讀者愛的不是傳主本人，傳主本人自然就不會喜歡這樣的傳記，因為傳記中的那個人和自己沒什麼關係。除非傳主本人愚蠢的以為那個失去的真相的假傳主就是自己，並且樂意把他當成自己。就像女性愛上化妝後的自己，而無法面對卸妝後的自己一樣，雖然缺乏自信和愛美可以解釋這樣一種傳主的心理，但無論如何，真正的傳主消失了，它無法靠傳記繼續「活」在這個世界上。

莫洛亞還詳述了撰寫現代傳記文學的各種困境：首先是拙劣的摹仿，摹仿

者以為「只須運用同樣的方法就可以產生一本傑作」，但是他們「多半摹仿他的方法而不懂他的謹慎」。但是斯特拉奇「所創始而使流行的形式需要最細膩的文學技巧和精密的研究」，否則，就只能是一部「一本徒具虛名的書，充滿著諷刺的態度而實際上只不過是兇惡和膚淺而已。」而除了細膩的文學技巧和精密的研究，莫洛亞認為假如「缺乏人類同情和心理上的瞭解」也不能寫出一部好的傳記。〔註10〕

1943年，黎生翻譯了一篇莫洛亞的文章，名為《現代的傳記文學》〔註11〕，他沒有在文中提到這篇文章的出處，所以我們不知道這篇文章是他自己綜合了莫洛亞的文章而改寫，還是莫洛亞單獨的一篇論文。就本文的內容而論，依然論的是他傳，沒有論及自傳，且內容與張芝聯所譯的《傳記文學面面觀》第一章的內容多有重合，如是否有現代傳記文學的問題、伍爾芙夫人論及的現代傳記誕生時間的那段話、新舊傳記文學的不同等。而文中新出現的資料則有以下幾點：

1. 對當時法國傳記文學現狀的描述

在本文中，莫洛亞用簡短的幾乎話把法國傳記文學當時的發展現狀說清楚了。他說：「傳記文學在法國是一種新的藝術，但法國似乎想用大量的生產來追上失之交臂的過去數世紀，在最近三四年間，斯屈拉契風格的傳記文學，在法國就出版了好幾十冊。」這一段話含有五種信息：1.現代傳記文學在法國也是新興的；2.現代傳記文學是一門藝術；3.英國的現代傳記文學超過法國；4.斯特拉奇的傳記文學作品在法國很風靡；5.英法兩國之間在現代傳記文學的發展過程中有充分的交流。

2. 闡述古代傳記的起源

莫洛亞先是引用《傳記學原理》一書，認同傳記起源於人類紀念的本能，即「舊時代的傳記作者」作傳的目的是「為一輩性格與事業均與常人卓異的人物，留下一個活的紀念」。另外，莫洛亞認為在人類的紀念本能之外，西方古代傳記的作者還出於一種實用的目的寫傳記——「奉出版人的囑託寫傳記」。但是，出版人的囑託，其動機中是否也有一些出於人類紀念的本能，即傳記出版人是為了紀念自己的親朋好友或者紀念那些雖不相識卻很感興趣的人物而

〔註10〕 〔法〕Maurois.A.《現代傳記》，張芝聯譯，《西洋文學》1941年第5期。
〔註11〕 〔法〕A·莫洛阿：《現代的傳記文學》，黎生譯，《雜誌》1943年第12卷第2期。下文相關引用皆引自本文。

請人為他們寫傳記。另外，不管傳記出版人對傳記文學作品的期待如何，傳記文學作品本身，紀念能始終是它的功能，即出處於人類紀念本能而產生的傳記文學一直具備紀念的功能。

3. 避諱與傳記文學的關係

莫洛亞利用他對英國維多利亞時代傳記文學的認識說明西方傳記中的避諱問題，在維多利亞時代，「傳記的性質最為被傳者家族所重視」，代表著一種尊敬和體面，所以「被傳者的私生活，日常行為，他的弱點，愚行，錯誤，都不能觸及，縱使他的生活聲譽狼藉不堪，也只好輕貓淡寫的略過。」對此，他引用丁尼生〔註12〕對拜侖傳的看法予以回應，丁尼生說：「大眾有何必要去曉得拜倫的放蕩行徑呢？他已經給了他們優秀的作品，他們是應該滿足的了。」很顯然，莫洛亞是不同意丁尼生的看法的。所以他引用一位作家的話說：「在滿是德行操守的書中，我開始懷疑是否有任何德行存在。」如果一部寫拜侖的傳記只寫拜侖的好處，而不寫他的壞處，那麼結果很可能導致讀者不相信拜侖的任何德行。這樣的傳記其實對傳主是一種傷害，即它的部分隱諱最終導致讀者對傳主全部的不信任。這就意味著，如果一個傳記作者試圖在傳記中寫滿道德，那麼他往往只能得到相反的結果。

4 書寫人的正面和背面才能發現人性的真實

文中說：「縱使說維多利亞時代的傳記家都是優秀的歷史家和優良的作家，但我們對於他們仍不免有微詞，這是為的他們崇拜英雄的態度」。因為這種態度，他們的真實止步於描寫「大眾所熟知」的一面，而對傳主「他自己或他朋友所知道的」那一面則經常不寫。也就是，傳記家們「經常只描寫面具，而拒絕看一看面具的後面。」如果去「試讀莫爾的《拜侖傳》」，會發現「這只是拜侖的面具而已。」

5. 揭示傳記的價值和意義

莫洛亞是用他自己作《雪萊傳》的動機說明傳記的價值和意義，他說：「一個超人不能做我們的朋友，因為他離開我們太遠了，我們是不能理解他的。幸而超人並不存在。雪萊是一個偉人，不過他並不是一個超人。我盡我所能的理解描寫了他。我不需要去尋他的開心，因為我太崇拜他，太喜歡他了；但我也不必去隱匿他的任何弱點與錯誤，因為我覺得他的所以可愛，就正因為他這種

〔註12〕Hallam Tennyson。

人間味與偉大味的調和。……傳記的藝術和小說的藝術是相同的，雖不是說處理方法相同，而其工作著手的精神實是一樣的。」

6. 利用美術創作來說明傳記創作的藝術性

莫洛亞說：「我們且看一看肖像畫家。肖像畫家所須處理的對象，也不是某一個實在的人，他就憑著這一點材料，去創造一副線條和色彩的調和之作。他怎樣做的呢？他選擇；他去除許多東西；他並不在模型的臉上去增添本來所沒有的線條，但他利用印象，利用集中觀者目光於臉上重要特點的方法，加以創造。傳記家也正是如此的。」

7. 詳細論述傳記文學書寫的藝術性

這一點，他是通過斯特拉奇的《維多利亞時代名人傳》舉例說明，他認為斯特拉奇有「一個大幽默家的文筆」，同是「是一個深刻的心理學家」。而在創作上把他比作畫家，他說：「就一個畫匠而言，他的方法非常稀奇」。而在文學技法上，他認為這部作品有「現代小說所常見的所謂意識的流」。

8. 論述了斯特拉奇等現代傳記文學家之所以產生於英國的原因

莫洛亞認為「維多利亞時代的人太重面子，必然會引起一種反動。」這反動的結果就是這個英國現代文學的崛起，斯特拉奇的現代傳記文學作品是和英國現代文學一起崛起的，他說：「斯屈拉契，尼古爾生，及桂達拉諸人之於傳記學，一如赫胥黎，福斯脫，烏爾夫諸人之於小說。」還有最重要的一點，他認為斯特拉奇是「現代傳記文學的創始人」，這在目下早已是世所公認。

此外，對於選擇傳主，肯定偶然性的價值等等，這都是以前的譯介中沒有提及的。他認為即使是一個乞丐，只要他有思想也可以為他作傳，而對於偶然性的價值，他這樣說：「作者應該小心審慎，別使他的英雄的生活太顯得做作了，一個人的生活，很少會是他意志的鮮明意識所完成的。這僅是一部分而已，你應該為環境的活動留一餘地。……偉人的生活中，是常常帶有幾分瘋狂性的。如果你除去了命運的特異氣氛，你就喪失了人生中真實詩意的一面。」

最後他說：傳記應當幫助我們去忍受艱難的人生。幫助我們去瞭解生活的種種艱難。卡萊爾曾說：「一部寫得好的生活傳，一如有價值的人生一般難得。」不過，「偉大的人物，不論你怎樣接待，總是人生的益友。」這樣的一個論斷似乎與他的傳記文學思想是矛盾的，他似乎還是難以離開傳記之有用、有益之「用」，難以不說傳記有用、有益之「用」，雖然他強調對傳記「避免下道德的

斷語」。〔註13〕

　　1946年常風翻譯了莫洛亞的一篇文章，名為《小說與傳記》〔註14〕，作者在文中篇末注明這篇文章譯自《傳記面面觀》的第六章。在這篇文章中，莫洛亞論述的是傳記和小說各自所短長，而小說所長正好可以補充傳記所短，傳記所長又可以補小說所短。最後，作者認為用融合小說和傳記，兼用小說和傳記的長短之處，寫一種小說筆法的傳記或許是一種不錯的選擇。

　　文章一開始第就開門見山說出傳記的短處：「傳記家究竟能否捕捉住那一個影像——關於一個人的真實——在我們看來他似乎不能。」在作者看來，傳記裏難以有真正真實的人物，傳記中的人物只是「旁的人所觀察到的與記載下來的他們的行為。」有幾個點傳記家是無法做到的，第一點，他認為傳記家抓不住傳主「內在的生活」，在傳主去世之後，「他的思想與意象早已永遠消散的無蹤無影，不論如何耐心的探索所能給我們的不過是塵土」；第二點，他認為傳記家寫作的不自由，他舉例說當我為一個英雄寫傳記時，當「我們要嚴厲地責備他的行為的時候，他的心向的正直使得我們放棄了我們的攻擊。我們甚至被逼著說我們的知識只局限於英雄所表現出來的行為」；第三點，他認為一個傳記家，「假如一個特別有關係的文件（它最好是个存在的）个存在的話，他應該如何解釋。」

　　作者認為獲得一個「真實」的人，需要「一個生活的完全的證明」，而在作者看來這「只有在我們既有旁觀者的證明又有扮演員的證明的時候才能說它是存在的」；而這「完全的證明」是小說家可以做到的，所以「傳記家趕不上小說家」。既然傳記家趕不上小說家，那麼傳記家要向小說家學些什麼呢？以小說所長補傳記所短正是莫洛亞傳記文學思想的特點，莫洛亞在這一思想指導下創作傳記，成為「小說式傳記」的代表人物，成就了他在現代傳記文學史上的地位。這一創作手法被他形象的表述為「傳記中的人來到一個聰明的大夫的手中，大夫適當的注射劑能夠賦予他想像的人品所特具的那個內在生命——這個對於真實並無損害。」卻可以「像小說一樣充滿了情感，而且甚至像一部小說一樣構造」。

<hr />

〔註13〕〔法〕A·莫洛阿：《現代的傳記文學》，黎生譯，《雜誌》1943年第12卷第2期。

〔註14〕〔法〕Andre Maurois：《小說與傳記》，常風譯，《文藝時代》1946年第1卷第6期。下文相關引用皆引自本文。

　　但是小說自然不是完美的文學體裁，它也有它的短處，它的短處也恰是它的長處——傳記所不及的長處——自由——隨便寫的自由，結構自由，內容自由，人物自由，技巧自由……這些自由在作者看來反倒成了小說創作的困難，「有些小說的困難是它們的結構太自由了」。自由的可以「隨心所欲形成他的人物」，從而「把它們造成抽象的東西，讓它們解釋一個意見，或者把它們安排在一個預想的骨架幾何形的安排之中」。由此就會造出一批在作者看來是「結構惡劣的書籍」，這一種「結構惡劣」在作者看來屬於「結構的過分精細」，即作者認為「結構過分精細」的就是「結構惡劣」，而這「結構惡劣」在作者看來是「從自由的過分產生出來的」。他認為「最好的小說家往往給自己加上限制，在實生活中尋找各種情勢與文件」。而用「各種情勢與文件」描述「實生活」恰恰是傳記所長，這就意味著他認為傳記之長可以補小說所短。所以他說：「在我個人的意見看來，如是從現實生活借來的一串事件，再經小說家的藝術賦以形體總比較完全想像的事件給人以真實之感。」小說家在其充分的「自由」之上主動給自己加上一個限制看似不利於創作，但傳記創作恰恰一直在「限制」的基礎上創作的。作者將其形象的表述為「帶病延年」，傳記創作帶的「病」就是他不能離開真實的證據肆意想像。作者將其形象的表述為傳記家永遠找不到「一個完全環繞住一個情感完美地聚積起來的生活」，因為他「被逼迫著接受一個已經作好的工作的形式」。這雖然是「一件痛苦的事情」，但是在莫洛亞看來這「對於藝術家幾乎永遠是一個力量的泉源」，因為「一件傑作」正是「從內心與材料的這個鬥爭之中」的。莫洛亞的這一觀點也就是我們常說的帶著鐐銬跳舞的意思，只不過傳記家帶著的「鐐銬」——實在的生活——正好可以補小說所短而已。

　　此外作者通過比較小說中的人——「想像的人（Homo Fictus）」、現實中的人——「實在的人（Homo Sapiens）」和「傳記中的人（Homo Biographicus）」來區別傳記和小說。畢竟傳記和小說有兩點是共通的，第一，它們都以刻畫人物為特徵；第二，他們的人物都來自現實。區別它們各自所書寫的「人」，自然也就區別了它們。對於現實中的人，他這樣來形容：他「以食物與工作為當要，他也被愛情佔據著，一天一兩個鐘頭」；他「有時候花費幾天光陰無所事事，或者好幾天工夫迷失在飄忽幻想之中」。與之相對應的，小說中的人，他引用福斯特的話說：「他不需要食物或睡眠，他毫不疲倦的忙著人世的關係」。而傳記中的人「與其他兩種人不同的地方在他比他們的動作為多」。這裡的比

較是在告訴我們，現實中人的生活既不能全部被書寫在傳記中也不能被書寫
在小說中，小說中的人物會忽略現實人物的很多行為，而傳記中的人物主要以
行為刻畫一個人物，所以在內容上有更多的行為描寫。他又說：「想像中的人
談話極多或者自言自語沉於默想之中——借了小說所特有的奇蹟——我們能
夠聽他傾訴。傳記中的人卻極少與人談話，他獨自的時候永不思想。他寫信，
他也常寫日記。假若他不寫信也不記日記，這卻是最糟不過，果真如此，他事
實上已停止存在了。」這是通過談話和心理這兩種小說最擅長的，也是傳記最
不善長的描寫對兩種文體進行區分，對這兩種對刻畫人物形象非常重要的元
素，除非傳主留下的日記或者信札中有所表述，傳記家無法知道，自然也無法
像小說家一樣，刻畫一個栩栩如生的人物形象。

　　再有，他提到了傳記文學書寫在現代社會的困境。在作者看來，傳記中的
人「主要地是由書信與日記構成的」；而現代社會中人的生活方式「由於它的
繁雜與更迅速的通信方法」，使得「今日人生中最浪漫的階段讓給電話來表
現」，從而「把構成傳記中的人的血肉寫在紙上的一切東西都塗消掉了。」莫
洛亞的這一觀點在今日愈演愈烈了，因為今日生活更加繁雜，而取代書信和日
記的也不僅僅是電話，人們終日忙碌，卻不能留下生命的軌跡。莫洛亞這一思
想對我們的啟示可能在於，當代傳記不發達，傳記傑作稀缺的原因固然很多，
但是時代環境卻是其中一大原因。我們也盡可以理解為，對傳記發展影響最大
的是時代，可能不是傳記文學本身。所以莫洛亞說在文中說：「在文學上並無
所謂進步這個東西。丁尼生並不比荷馬偉大，普魯斯特並不比蒙田偉大，斯特
來齊也並不比包斯威爾偉大。他們只不過彼此不同罷了。文學若說是沿著一條
連續的線進行，不如說是沿著一條節律的徑路。」也就是說，是他們各自不同
的時代造就了他們的不同，不同的偉大和偉大的不同。他又說：「將來我們還
要再一度進入社會與宗教的確定的時期，到那個時期很少再有親切的傳記，頌
揚的傳記又將出現。以後我們還要再走到一個懷疑與絕望的時代，傳記將要再
出現作為信任與保證的一個源泉。」我們現在是「社會與宗教穩定的時期」，
莫洛亞則經歷過「懷疑與絕望的時代」〔註15〕。

　　這篇文章或許可以稱作莫洛亞傳記文學思想的核心，因為他不但向我們
揭示了莫洛亞之所以用小說的技巧創作傳記的原因，還向我們揭示了傳記發

〔註15〕〔法〕Andre Maurois：《小說與傳記》，常風譯，《文藝時代》1946 年第 1 卷第
　　　　6 期。

展的規律。莫洛亞的標識就是用小說的技巧創作傳記，他也因為小說式的傳記而位居歐洲傳記三大師之列。以莫洛亞為代表的這一傳記創作，既可以稱之為小說式的「傳記」，或許也可以稱之為傳記式的「小說」，它不但以真實為內容，且以刻畫／創造更真的「真實」為目的。

（二）路德維希

作為歐洲傳記三大師之一，他的傳記文學思想譯介相對較晚，在 1930 年代只有一篇，還是在 1931 年，直到 1940 年才有第二篇。後來在 1941 年，1946 年又出現兩篇，雖然只有四篇文章，但是對於當時的人們瞭解路德維希，以及對國內傳記學界的影響也已經足夠了。1931 年伍光建翻譯了《關於俾斯麥的一篇序》發表在《中國新書月報》上，在這篇文章中，路德維希通過自述撰寫俾斯麥傳的感受表達了自己的傳記文學思想，主要有三點。第一點他認為為一個人寫傳記，是為了「窺見他的內裏」，防止人們把他當作「一個石像」；第二點，他認為寫一個人需要寫出這個人「動作所由以發生的」元素；第三點，他認為書寫傳記應該「不用學院方法，不用許多注解以累描寫」；第四點，他認為傳記的功用是為了給世人以「榜樣與警告」；第五點，他稱書寫傳記的技巧為「美術家的事功」在於「從研究家所供的諸多材料，造成一個整的。」〔註16〕

1940 年，《一個傳記家的回憶》被譯介發表，這是一篇路德維希的傳記文學思想自述，基本包含了他傳記文學思想的所有。他認為「一個傳記家的目的是在創造一個人，不是創造一個銅像。是把立在方石上抽出刀的戰士，恢復到他固有的人的本色，使他復為世人替他建立銅像以前的人。」他認為作傳記的動機是「一些偉大工作的真正原動力是感情，不是慰藉。所以我們的工作，便是要發現這種感情，把這種感情和他的事業調合起來。」他發現了塑造傳主的方法，那便是不把傳主的「公私生活分開來，而是同時敘述他的公私生活。」他認為傳記的主要功能、價值在於「我們拿偉人的例子來研究人類心的故事，我們在偉人的身上反映我們自己，而尋求安慰和勇氣。」他關於傳記文學書寫的技巧有些成為經典陳述，譬如他說「我要發現一個當代人物的真性格，便跟他談論他所不熟悉的事情。例如我和一個銀行家談論雕刻，和一個偉大的音樂隊長談論獨裁。和一個獨裁者談論正義。在這種情形下，他們就難免膽怯，而

〔註16〕〔德〕盧時維喜：《關於俾斯麥的一篇序》，伍光建譯，《中國新書月報》1931
年第 1 卷第 6／7 期。

顯出他們的本性來了，當他們談論自己所熟知的事情時，他們便會裝腔和說謊的。」〔註17〕

　　他在文中用很形象的語言，很生動的典故傳達他的傳記文學思想，這是他的特色。譬如他這樣表述作傳記時的獨特視角：「我覺得過去的人物時常在我的眼前。可是我又時常把我所見的當代人物推到過去中去。我像用觀歌劇的望遠鏡一樣來觀察人物，把距我很遠的人物盡收眼底。我觀察距我太近的人物，我也用這個望遠鏡，但是我把望遠鏡反一轉看，使他們距離我遠一點。（按：這個比喻太恰當了，妙絕。）」他又很形象的說明他在創作時和傳主「交流」的方式：「我在開始為歌德……作傳以前，先把他們的肖像研究了好幾年。我把這種人物的肖像，時常放在我的案頭，使他們不斷向我看著。我和他談話，我問他各式各樣的事情」他說幾個典故早已膾炙人口，譬如他說芝加哥開電梯的小哥閱讀傳記的感受：「寫的好極了，我覺得自己正像一個拿破崙。」譬如他和墨索里尼的見面：「當你和他獨自在一起的時候，他是一個最自然的人。可是有一次電線出了毛病，燈光熄滅了，跑進一個電燈匠來修理，他不懂這個秘訣，所以墨索里尼足足為他矜持了五分鐘。」譬如他和羅斯福的對話，「我第一次碰見他的時候，我對他說，我喜歡寫已死的人物，底下又加上一句，『總統，你還活著，我真覺遺憾。』他笑笑回答我說，『這我也沒有辦法呀』。」譬如紐約一個青年問他：「你為什麼不為一個普通人作傳記呢？」他說了這話就不見了。我在這裡隔著重洋向那位不知名的讀者致意，我答允他逐漸研究一個無名者的心理。他用這段話說明「研究偉人決不比研究普通人更為重要。」〔註18〕

　　1941年6月，《西書精華》登載的《作傳記的經驗》一文，據譯者說本文譯自1940年8月號的《Parade》，從內容看，可以肯定，這篇文章和《一個傳記家的回憶》是同一篇文章，只是翻譯的略有不同，但內容的所指不受絲毫影響。而1946年登載《中華少年》的《我怎樣寫傳記》一文從內容看，也不出《一個傳記家的回憶》的範圍，這大概是由當時信息的不通暢造成的，所以在整個20世紀上半葉，關於路德維希的傳記文學思想的譯介文不過兩篇。而內容最豐富最足以代表路德維希思想的不過就是這一篇《一個傳記家的回憶》。

〔註17〕〔德〕羅特威 Emil Ludwig：《一個傳記家的回憶》，笙譯，《雜誌》1940年第7卷第2期。
〔註18〕〔德〕羅特威 Emil Ludwig：《一個傳記家的回憶》，笙譯，《雜誌》1940年第7卷第2期。

（三）斯特拉奇

1940 年，卞之琳翻譯的《維多利亞女王傳》由商務印書館出版，歐陽竟在其書評中對斯特拉齊在中國的譯介做了進一步的梳理。首先對於這本斯特拉齊的傳記名作，他說：「這是一本重要的書，而且早就應該介紹到中國來了。」其次，對斯特拉奇本人在中國的譯介現狀，他也做出了論述，首先他認為羅曼・羅蘭、莫洛亞以及路德維希「寫傳記的技巧」，「都及不上 Lytton Strachey」。認為斯特拉齊是「現代傳記技巧的創始者」，而且「到現在尚沒有人能超越他在傳記文學方面的成就和地位」。這是對斯特拉奇很高的評價，在歐陽竟眼裏，斯特拉齊無疑是西方傳記學界的第一高峰。但就是這樣一座西方傳記學界的高峰，「可是他的書我們一本也沒有，一直到現在《維多利亞女王傳》來填補這久懸的空缺。」他進而論述斯特拉齊創始的現代傳記文學創作技巧，主要是取捨材料和把英雄還原為人這兩點，這兩點在 1930 年代的譯介中已經論及。歐陽竟這篇文章的主要價值在於對斯特拉齊在傳記學界的價值提出了整體評判，譬如對莫洛亞的影響，他說：「在 Strachey 以後寫傳記的人都受他的影響。最明顯的例子是 Maurious 的雪萊傳（Ariel）裏面捨去了很多不重要的材料，但寫得非常動人。」〔註19〕作者在文中提到：「並希望卞之琳先生或其他對西洋文學有興趣的人，把 Strachey 的作品有系統的介紹和翻譯過來。」然而作者的這一願望始終沒有實現，雖然國內學者在探討傳記文學理論的時候對斯特拉齊多有提及和引用，但是對他的翻譯是遠遠不夠的。1940 年，卞之琳翻譯的《維多利亞女王傳》出版，1946 年，斯特拉齊的另一傳記名作《維多利亞名人傳》的序才被王盧翻譯進來——《論傳記藝術——維多利亞王朝名人傳序》〔註20〕。因為是翻譯的原文，所以這是國內第一次以「原文」的視角瞭解斯特拉奇的傳記文學思想。在此之前，序文中的內容多次被國內學者譯介，其中有三點多次被譯介：一個是批評英國舊傳記的像「辦喪事」似的寫出來的，一個是書寫傳記時的材料取捨剪裁，一個是創作時的精神自由。但是從斯特拉奇「原文」的視角，我們還可以發現斯特拉齊另一些東西。首先，雖然斯特拉奇一直被我們當作傳記文學大師，但是在這位傳記文學大師眼裏，他寫作傳記依然是做一件「史學」的事，這點與中國古代傳記的「史學性」是類同的。他在文章的開頭便說：「維多利亞

〔註19〕歐陽竟：《維多利亞女王傳》（評），《西洋文學》1940 年第 1 期。
〔註20〕〔英〕Lytton strachey：《論傳記藝術——維多利亞王朝名人傳序》王盧譯，《世界文藝季刊》1946 年第 1 卷第 4 期。下文相關引用皆引自本文。

時代的歷史是永遠編不成的：我們對於它知道得太多了。因為對於一個時代知道不多乃是做史家的第一條件」。很明顯的，他自認為自己是一個史家，寫這本書，也是在做一件史家的事。所以他說：「我試著，借用傳記的形式，把一些維多利亞時代的情景呈現到今人的眼前。」〔註21〕他寫這本書為的是要寫出「維多利亞時代的真相」。其次，我們知道斯特拉奇傳記文學思想的特點之一，也是他對現代傳記文學思想的一個重要貢獻——取捨材料——是有其歷史背景的，那就是維多利亞時代留下的史料太多了，他認為「以蘭克（Ranke 十九世紀之德國歷史家）之劬勞，也會為之淹沒，以吉本（Gibbon 十八世紀英國史家）之洞達，也會望而卻步。」這資料多的即使只是寫維多利亞時代「最簡括的概略」也會「鋪滿無數卷帙」。

此外，斯特拉奇在本文中有兩個著名論點：一個是強調傳記的藝術性，一個是強調人的永恆價值。他說：「無論從嚴格的傳記觀點來看，或者從歷史觀點來看，都能顯得趣味橫生。人是太緊要的了，不能單把他們作歷史的跡象來看待。他們有一種價值，獨立於任何一時代的進退變化之外——這價值是永恆的，我們必須針對它本身而體驗出這價值來。」這兩點是現代傳記文學的主要元素，沒有其中任何一個要素，是不能被稱之為現代傳記文學的。

再有，我們總是認為莫洛亞的成就得益於英國文學，得益斯特拉奇，卻不知道，斯特拉奇在傳記文學上的成績卻也受益於法國文學良多。他說：「在英國，傳記的藝術似乎碰上了倒楣的時代。我們的確還有幾部巨著，然而我們卻不像法國人那樣有一個偉大的傳記傳統；我們沒有許多像豐特南納（Fontenelles 十八世紀法國法家）和許多的龔多塞（Condorcets 十八世紀法國哲人兼史家）用他們無匹的誄詞，來把人們多方面的生活，凝練成兩三頁，而神采奕奕。」所以他向他們學習寫了《維多利亞名人傳》，他說：「我這本書裏的人物研究，在許多方面，不只一方面，都得歸功於那些作品——確實夠得上成為模範傳記的作品。因為他們供給我們的不僅有許多必需的知識，而且還有一些甚至於更寶貴的東西——一種示範。從它們可以得益多麼大呵！」〔註22〕

上面兩篇文章，一篇是借著《維多利亞女王傳》譯本的發行向國人介紹斯特拉奇，一篇通過翻譯《維多利亞名人傳》的序文向國人介紹斯特拉奇，

〔註21〕同前註。
〔註22〕〔英〕Lytton strachey：《論傳記藝術》，王盧譯，《世界文藝季刊》1946 年第 1 卷第 4 期。

都嫌簡略。對斯特拉齊譯介最詳細，最深廣的是戴鎦齡，1940 年 1 月在四川，戴鎦齡寫就《論史絕傑對於現代英國傳記文學的貢獻》〔註23〕一文，和 Eliazbeth Drew 在周駿章翻譯的《論傳記文學》一文一樣，戴鎦齡也是用敘述傳記發展史的方式闡述傳記家及他們的思想。所不同的是，Eliazbeth Drew 是以闡釋「傳記文學」為目的，而戴鎦齡以譯介斯特拉奇為目的。此外，在傳記發展史的敘述上，戴鎦齡也要比 Eliazbeth Drew 敘述的更廣、更深、更細。Eliazbeth Drew 主要敘述的是 17 世紀到 20 世紀英國的傳記發展史，而戴鎦齡則從整個西方傳記發展史的角度進行敘述，時間上至古代希伯來人時期而下至 20 世紀初葉。從羅馬帝國時期的普魯塔克、文藝復興時期意大利的瓦薩里，再到英國的薩克‧沃爾頓（Izaak Walton）、約翰‧奧布里（John Aubrey）、約翰‧德萊頓（John Dryden，1631～1700），然後再到陸克第（John Gibson Lockhart）、夫魯德（James Anthony Froude），最後到我們熟知的約翰遜、鮑斯威爾和斯特拉奇。這些人都是西方傳記發展史上的標識，我們只有通過這些標識，才能認識、瞭解斯特拉奇，才能知道斯特拉奇對英國現代傳記文學的貢獻，對世界現代傳記文學的貢獻。作者用五分之二的篇幅敘述斯特拉奇之前的那些人，包括約翰生和鮑斯威爾。而用五分之三的篇幅敘述斯特拉奇，而全文長達 47 頁，足可見作者論述之詳備。在論述斯特拉奇時，作者不但引用了那篇著名的《維多利亞名人傳》序言，還對斯特拉奇的幾部重要的傳記文學作品都進行了評價。其中，他對《維多利亞名人傳》的評價涵蓋了斯特拉奇的大部分傳記文學思想，他認為這部書有五大優點：「第一特長是其簡要；第二作者眼光獨到，能著重一般作者所最易忽略而又最能說明被傳者個性的一言一動；第三作者不捧場，不隱瞞，以絕大勇氣，描寫出被傳者的本相，善惡並列，是非同陳，使其為人不違情理；第四作者文筆高妙，善為生動緊湊的敘述。……讀來恰如小說或戲劇。最後，作者有從『獨立的心志』中所產生的觀點。……作者所推崇的是理智，真誠，思維及心力，所痛恨的是頑固，自滿及偏執。全書的整一性全靠這觀點。而作者之所以能陶鑄成近代的傳記精神，也就本於這觀點。」

　　斯特拉奇的傳記文學思想與科學和哲學有密切的關係，譬如體現在《維多利亞女王傳》中的心理視角有其「根據」，是一種合理的「真實」。戴鎦齡

〔註23〕戴鎦齡：《論史絕傑對於現代英國傳記文學的貢獻》，《國立武漢大學文哲季刊》1940 年第 7 卷第 1 期。以下戴鎦齡的相關論述引用均引自本文。

在文中引用一位美國批評家的話說：「維多利亞死得科學化。因其臨終心頭上所經過的一切，雖係虛擬，但與近代心理學，毫無不合。」戴鎦齡認為斯特拉奇的這一「心理觀點」確實是「科學化」的，他認為：「史絕傑的深妙精微的心理分析是有其時代背景的。除開杜思妥夫斯基等小說家的作風所給予傳記界的潛勢力，我們又得注意本時代的科學及哲學思潮。」而斯特拉奇在心理視角上的嘗試也成了他的標識之一，戴鎦齡認為「全書所著重的與其謂為可感觸的外部事故，不如說是人心動作及發展的一些本相。這樣的心理觀點，是作者對於傳記界的一大貢獻。」斯特拉奇在當時哲學和科學思潮影響下形成了「細密分析與求真精神」，這就使得他創作時自然如前所述，有「獨立的心志」，「自不願粉飾諂媚」，自然「不捧場，不隱瞞」，自然在「求真」時，有絕大的勇氣。

　　哲學與科學的思潮影響而外，斯特拉奇的傳記文學思想受當時的社會環境影響很大，尤其是其反對「英雄」崇拜的思想。在戴鎦齡看來，「名人的偉大究何在，這是十九世紀作傳者很少提出的疑問」，但是在第一次世界大戰中，因為「社會解體」，於是「人人趨於失望與消極，袞袞諸公已不能自命神聖地秘藏於通俗傳說的偉大暈輪中了」，所以戴鎦齡認為斯特拉奇在其傳記中「暴露書中人物的昏庸，狂妄，虛偽，鄙俗及貪婪」，是「時代的使命」。他在文中引用多不累教授（Bonamp Dobree）的話來闡釋這一點：「史絕傑幸而生於 1880年，……1918 年維多利亞代大人物問世，由於其時群眾的特殊心理狀態，雖響應極大。其能立刻受到歡迎，並不全靠其藝術手腕，或具讀來津津有味之妙，實因讀者覺得這位作家用精巧譏刺的筆調，從一切殃禍現世界的偽言偽行者的裝金外層下，揭露其鏽污。世人既受盡痛苦，處於失望及淒苦中，自歡迎能打倒偶像者，恰巧他能用巧麗恍述的槌子，敲破最美最堅的偶像。以後聽到的非難，在當日全為盛譽所掩。因在道德生活上至少消除了一層壓迫，很少人再崇拜前代的偶像了。」〔註24〕

　　斯特拉奇的傳記文學思想構成在作者看來是集英法兩國之長，「材料事實的搜集及忠實考證，這是英國本土的；材料事實的選擇，安排及生動敘述，這大半採自法國。」而作者剖析最完備，前人沒有論及的，也莫過於對斯特拉奇傳記文學思想的起源的分析：那就是對英國 19 世紀傳記風氣的反抗以及對法

〔註24〕戴鎦齡：《論史絕傑對於現代英國傳記文學的貢獻》，《國立武漢大學文哲季刊》1940 年第 7 卷第 1 期。

國傳記文學思想的借鑒。作者認為斯特拉奇「一生是傾向於拉丁民族文化的，最痛恨早先提倡德國文化的英國朝野名流。」而在當時，「繁證博引很有考據工夫與樸學意味的傳記在 19 世紀的英國幾於登峰造極」。作者認為「這半是彌漫的德國的學院空氣所造成」，這種傳記「雖不合法蘭西作者的口胃，卻大為英國人士所好。鮑茲威耳的約翰生傳因篇幅長，遂不為法國人士所欣賞」。英國傳記家的優點是習慣用「歸納的方法」和「幽默與遲緩的筆調」「安排出人生的一切」；能用「直覺或靈想的光明」解釋「散雜的事實」。但是缺乏「清澈，嚴正與邏輯」，因此「不善於綜合及剪裁其材料。」戴鎦齡進而在文中引用法國人丁納（Abbe Dimnet）的話用以證明當時英法傳記界：「英國人難得做好傳記家，但頗誠實拘謹，把事蹟混亂地排著，唯恐遺漏，有好的心理分析與清楚的倫理觀念，惜不能把那些形成完好的畫像的特點組織起來。」我們知道善於組織剪裁材料正是斯特拉奇的特點，他也正是從法國傳記家那裏學到了這一技巧，他「模仿法國，奉聖柏甫為大師」，對於聖伯夫（CharlesA.Sainte-Beuve，1804～1869）戴鎦齡在文中引用一位批評家的話說：「聖柏甫勝過其他作家，使這些傳說中的名字長出真的形貌，使這些已經模糊的影子，賦有皮肉血氣，而讀者因得估量他們的事業，瞭解他們的真義。」我們讀斯特拉奇的傳記，他做的也正是讓「模糊的影子」有「皮肉血氣」的工作。聖伯夫認為「讀好的名人傳記似最有益，最有趣，其最助長見聞」，這或許也是斯特拉奇作名人傳記的原因。而對於作傳記，聖伯夫則認為「要把握住作者的內心，不放開他，從各方面去審查他，使其復活，坐立談吐恰如生人。使其家宅及日常私生活都給我們看穿，使其和這現世的每一塊地，這真的存在，以至那些為通常人類所不可少的普通起居習慣，發生密切的關係。」讀斯特拉奇的傳記，很明顯的，都如聖伯夫所說。

　而他在總結斯特拉奇傳記文學思想的特點時，也如對鮑斯威爾的評價一樣，認為斯特拉奇的傳記文學思想與前代傳記家相比很少創新，他創作傳記的「長處」大部分「為前此作家所已有」，只是因為他的「藝術良心過分發達」，〔註25〕所以能融合前代傳記家的長處於一體為自己所用，融合諸家之長。雖然並不是傳記元素的創新，但卻能創作出傑出的傳記，而只有傑出的作品才能影響傳記文學的發展，斯特拉奇之所以在歐洲傳記史，世界傳記史上享有崇高的

〔註25〕 戴鎦齡：《論史絕傑對於現代英國傳記文學的貢獻》，《國立武漢大學文哲季刊》1940 年第 7 卷第 1 期。

地位，首先是因為他的傳記文學作品，而不是他的傳記文學思想。

　　戴鎦齡的這篇文章雖然以論述斯特拉奇為名，但是說它是一篇簡略的英國傳記發展史也不為過。因為他對英國傳記文學史上每一個代表人物都做出了精準的評價：他認為薩克‧沃爾頓（Izaak Walton）是「存心要寫藝術化傳記的第一個英國人，有決定，有條理。」他把從前傳記文學書寫中插入「原人信件」的方法恢復了，而且「又能敘事生動，以話語加入文中」；約翰‧奧布里（John Aubrey）則「長於寫實與詳覈的委細」；他引用約翰‧德萊頓（John Dryden）的原話以彰顯其區別歷史與傳記的貢獻：「歷史有其尊嚴，而傳記的趣味及教訓則過於歷史，因在傳記中，『人們的外飾消去。自然天真的面目顯出，赤裸裸地露出其情慾及愚昧，所謂神魔，也只是通常的人』」；他引用陸克第（John Gibson Lockhart）的原話表明現代傳記文學的一種「現代性」：「我是竭力將凡我們所能把捉著史谷脫（Walter Scott）的個性的各方面，就其所表現於畢生所言所行中的，復述於讀者前。在可能範圍內，寧利用他親筆的信牘和日記，不取其他材料。作者決不摻入任何按語，只願讓主人翁去發露自己。」他對大魯德（James Anthony Froude）的評定是：「在傳記中不揭櫫英雄崇拜主義，而加入攻訐並譏刺主人翁的意味……他是在作品中攻訐並譏刺被傳者第一人」；他認為鮑斯威爾的大才在於「戲劇化其場所，以事實真相為依歸，於敘述中夾入生氣。」並認為鮑斯威爾的傳記寫作態度和技能「都是前人所已有的」，但是「惟他能本藝術良心，彙集眾美，一再刪淘增益，安排錘鍊其二十一年中積稿，故有最後完善的成績。其書出而前此記述約翰生各書幾全受淘汰，後出也很少能越其範圍。」他這樣評價約翰遜：「直到約翰生博士，傳記界才起了大變化，他認為「約翰生是深明傳記性質的一人」並多方引用約翰遜的原話闡釋他的傳記文學思想，譬如「傳記家應略於能使一般人認為偉大的事蹟，多留心家常猥瑣，表現出平素生活的細節，於此外層的裝飾掃除後，人和人相比，單靠內潛的德行與智慧」；譬如「說真話的傳記，究能於讀者幾何安慰，倒很難說。但如事實真相中能產出安慰，也應是永固的安慰。造詍瞞蔽也自可逞快，但這樣的逞快，正如造詍瞞蔽本身的不可靠」以及「傳記最切於人生，任何文學，不比它有用有益」等。〔註26〕

〔註26〕戴鎦齡：《論史絕傑對於現代英國傳記文學的貢獻》，《國立武漢大學文哲季刊》1940 年第 7 卷第 1 期。

第二節　中國批評家的理論闡發

在域外傳記文學理論的全面譯介和深化中，中國批評家的理論闡發也就自然的發生了。這些理論闡發主要分為六類：1.中西傳記文學比較視野下的傳記文學觀；2.中西傳記文學比較視野下傳記文學要素的闡述；3.中西傳記文學比較視野下中國古代傳記的審視；4.西方傳記文學考察；5.史學與傳記文學；6.關於自傳的理論闡釋。

一、中西傳記文學比較視野下的傳記文學觀

這一時期，在西方傳記文學作品和思想的影響下，中國傳記文學批評家的傳記文學觀普遍表現出「中學為體，西學為用」和「洋為中用」的特徵；所謂的「體」實際上指向傳統的文學（作為「文」的廣義文學）工具論，所謂的「用」主要指政治、道德之用。

（一）任美鍔的傳記文學觀——培養國家和民族思想的主要工具

1942 年，任美鍔發表《莫洛亞著傳記文學兩種》〔註27〕一文，本文的特點有二：1.以傳記為實用工具；2.主張傳記的文學性。當然這兩個特點是相互聯繫的，即他認為只有文學性的傳記才能作合格的實用工具。作者的實用主義傳記文學觀離不開抗日戰爭的大背景，他認為在「抗戰建國時期，我們要爭取光榮的勝利，完成建國的大業，除須在軍事經濟政治等方面加倍努力以外，尤須建立健全完美的國家觀念和民族思想。」而「歷史的激發」在他看來是「培養國家和民族思想的主要工具」。考慮到已有的歷史教育「偏於枯燥」，所以提倡「趣味化和大眾化」，所以作者想到了「新傳記」，因為「民族英雄的傳記，假如寫得生動，寫得大眾化，其對抗戰建國的影響必將非常深巨。」

作者雖然主張傳記工具論，但是在引用莫洛亞的傳記，從中西比較視野闡述何為生動、有趣味的「新傳記」時，他又不自覺地深陷其中，使其闡述流向現代傳記文學核心討論範疇——文學性。首先，作者一方面認為在中國「傳記本不是一種新的學問」，但又以莫洛亞的兩篇傳記說明「在中國似乎尚沒有代表的作品」。因為中國古代傳記「好像一篇流水帳，枯燥無味，只可以說是一種彙纂的史料」，而現代傳記文學中的材料是「已經溶化過」的。缺乏剪裁的

〔註27〕任美鍔：《莫洛亞著傳記文學兩種》，《思想與時代》1942 年第 8 期。下文相關引用皆引自本文。

中國古代傳記多是平鋪直敘，而溶化材料的現代傳記文學則表現為「刪去平庸一般的部分，選出最精彩的事實而加以發揮」，從而使一部傳記「充滿了活潑潑的生趣」；中國古代傳記中的品評從道德出發，且以中國古代史學家「春秋褒貶」為圭臬，現代傳記文學則「常用心理學的科學方法來解釋和檢討人物的性格和事蹟，根據科學的合理推論來判斷事蹟的真相」。結果就是「中國舊式傳記，記述人物，常只是表彰好處，把他們描寫成為十全無缺不合情理的聖人」，現代傳記文學對於傳主則「不掩飾他們的過失」，使他們成為「合乎情理的動物，不是超越現實的神仙」。作者認為「這種不掩飾的忠實的描寫常更能顯出人物的偉大，因為太虛緲的褒揚或反會引起讀者的懷疑」。這就揭示了一個道理，即作傳的手段和作傳的目的是否能統一的問題，很明顯，中國古代傳記的作傳手段與其目的恰恰相反，欲彰反誣。這也是作者主張發展新傳記的原因，因為舊傳記不能發揮傳記的應有作用，不能成為培養國家和民族思想的工具。其次，他主張莫洛亞小說化的傳記，他認為：「只要在不背乎史實的人前提之下，行文的小說化正是增加傳記趣味的法寶。……莫洛亞的文筆是有名的美麗，不但辭藻豐富，而且把許多幽默故事插入在適當地方，使傳記格外生動，格外有趣，這種富於變化的美麗文格，確可供我們將來傳記作家的借鑑。」這就回應了他以趣味化的傳記文學作品作為培養國家和民族思想工具的主張。

在創作實踐上，任美鍔也提出了自己的觀點。他認為「新傳記是選擇的，批評的，同時又是文學的，趣味的。」於是對傳記創作提出三個要求，其中「選擇」約等於上面所說「歷史的研究」，即對材料的選擇和剪裁。而「批評」則約等於上面所說的「心理的分析和判斷」，或者說「批評」離不開心理分析和判斷。要實現「文學的，趣味的」必須用「文學的筆法」。他認為達到這三個要求，「用美麗易解的文筆，選擇最精彩的材料，而加以批評和分析的敘述，這樣的傳記才能成為傳記文學，才能為大家所愛好。」「文學的筆法」是「傳記文學」區別於「傳記」的最大特徵，用「文學的筆法」寫「傳記」是傳記文學之所由來，自然「傳記文學」也就不能脫離傳記的第一屬性——真實。基於此，作者在文中給出了「傳記文學」定義：「用文學的筆法，來描寫歷史的事實」。並說明說：「史料是它的根據，文學是它的方法，它是文學和歷史兩者的結晶，有歷史的忠實，小說的動人。」作者注重傳主的選擇，認為「傳記的成功不單要看作者的才力，還要看所描寫的人物本身的事蹟。」他看到了刻畫傳主的兩個主要部分：傳主的「生活經驗」和所依存的「社會背景」。很明顯，

「生活經驗」指向活生生的人，而「社會背景」不但有利於塑造人物，更有利於營造一個真實的傳主活動的時空；不同的時空，因真實而不同，因不同也更加真實。在創作技法上，他認為創作傳記需要「文學的筆法」和「歷史的研究」加上「心理的分析和判斷」。另外，他強調「沒有橫溢的才氣，寫不出小說化有趣味的傳記」。〔註28〕這也就意味著，知道什麼是傳記文學，知道了傳記文學怎麼寫，可能依舊是徒勞的，我們依舊不能對傑出傳記文學作品的出現報太多期望。

（二）許君遠的傳記文學觀──啟發民族性，建立民族文學

許君遠在《論傳記文學》〔註29〕一文中明確的說：「作者私意認為，在以黨治國的今日，在抗戰六個年頭的今日，民族性的啟發和民眾對於黨義的認識，只靠理論文學，力量恐怕不夠，對於我們民族聖哲英雄功業的宣揚，其重要性是絕對不容忽略的。」所以他認為應該用民族文學實現這一目的，而傳記文學就是民族文學的一部分。他呼籲：「我們缺乏傳記文學，我們需要傳記文學，一本好的總裁傳記便是一本豐富的抗戰歷史。新中國在誕生中，希望大家能夠在這一方面努力，創造一本劃時代的傳記文學。」和任美鍔一樣，許君遠傳記文學觀也是實用主義的，同時這一實用主義的導向使他發現了西方傳記的價值，在中西比較的視野上對傳記文學展開了全面的研究。這一研究有兩個特點，一方面，他看到了傳記文學的雙重屬性──「介乎歷史與小說之間」，認為在傳記創作中小說家「靈活的文筆」又要有史家的「政治的眼光和社會學的智識」，他認為傳記文學「有別於歷史」，看到了「寫傳記的手法也和寫歷史與小說為近。」同時「也有別於小說，因不能如小說隨意離開事實太遠。」〔註30〕另一方面，他對小說化傳記的提倡無形中顯示了他內在的傳記文學的文學屬性傾向，在「二十世紀的傳記文學幾乎完全走入小說的領域」的背景下，他確認小說化為中國傳記文學的發展方向：「無可懷疑地傳記文學是在向著一條嶄新的路線上走：離歷史的邊緣更遠，距小說的核心愈近」。而他之所以強調小說性的傳記文學，主要的原因是「歷史單純地板起面孔記帳」不能做啟發民族性的合格工具；也即，他對小說式傳記所謂提倡，

〔註28〕任美鍔：《莫洛亞著傳記文學兩種》，《思想與時代》1942 年第 8 期。
〔註29〕許君遠：《論傳記文學》，《東方雜誌》1943 年 39 卷第 3 期。下文相關引用皆引自本文。
〔註30〕許君遠：《論傳記文學》，《東方雜誌》1943 年 39 卷第 3 期。

對傳記文學的文學價值的發現，無形中觸及了現代傳記文學的核心要素，只是一種「副產品」；其研究傳記的出發點，在於什麼樣的傳記文學可以啟發民族性，其「正產品」是什麼樣的傳記文學才是適合啟發民族性的民族文學，怎樣建立它，而不是去除這一目的下對傳記文學的思考。

二、中西傳記文學比較視野下的傳記文學要素闡述

在西方傳記文學作品和思想的影響下，中國傳記文學批評家開始思考現代傳記文學的要素，這包括：去英雄化；反對過度文學化；反對評傳；選擇傳主。

（一）去英雄化

在《由傳記文學看羅曼羅蘭的托爾斯泰傳》〔註31〕一文開始，作者提出了這樣的問題：「一般人常常懷疑到傳記文學是不是能同其他的許多文學部門一樣具有高度的藝術價值？在小說中在詩歌中在散文中甚而至於在戲曲中，我們都可以找到許多的不朽的名著，它們的藝術價值一直可以存留到和人類不息的生命一樣永遠。但在傳記文學中，你能找到幾部不朽而燭照人類光明的傑著呢？」這就把藝術價值作為衡量傳記文學作品的標準，一部不朽的傳記文學作品必定有極高的藝術價值。而傳記文學作品的藝術價值取決於它的真實，作者在文中說：「藝術失去了真實性還有多大的藝術價值呢？」而真實性的傳記文學在實踐中的喪失是因為「傳記文學需常常顧全社會的道德影響」。這表現在傳主一方，其立傳的目的是希望「把自己的功德事業表彰後世」，而不是「把一個小我人生的模型表白給大我的社會看」。表現在傳記作者一方，一般因為「虛榮的社會道德觀念」，從而「不得不歪曲事實，犧牲真實的藝術以服務於實際的人生」；表現在傳記文學作品上就是神化傳主，傳主都成了「不得的聖者智者」，而不是「現實人間所能產生出來的人物」；表現在寫作技巧上，就是「惡的方面，儘量隱藏，即或要表露也只是放寬到某一個非常狹小的範圍，但在善的方面，便不惜用種種的方法加以渲染和強調」，其結果或者本質就是使傳主「脫離了真實的人而進入到寫作者自擬的神人觀念中去」。但是作者看到的人的庸常性和複雜性，他認為「沒有一個人是超現實的神人，現實的人是在正義與暴力，罪惡與良善，光明與黑暗，交結在生活的中心而成的人」。所以

〔註31〕蘿海：《由傳記文學看羅曼羅蘭的托爾斯泰傳》，《前線日報》1945 年 5 月 20 日，下文相關引用皆引自本文。

傳記文學之所以難以出現不朽的名著，是因為缺乏藝術價值，根本的原因在於不能寫真實的人，寫人的真實。作者進而以分析羅曼・羅蘭的《托爾斯泰傳》的方式說明「要把巨人的人生、荒唐與無聊，全部表現出來，且不失其本來面目的真。」

許傑在《從傳記文學看王士菁的魯迅傳》〔註32〕一文中也表達了其去「英雄化」的觀點。古代的傳記幾乎全為英雄傳記，這就導致現代傳記文學的一大重要使命就是對英雄傳記的反對。因為魯迅作為「一個劃時代的巨人」也是「英雄」，以《魯迅傳》為觀照，就很容易看到英雄傳記的問題。首先，作者認為我們「不一定要反對英雄」，否則為魯迅作傳是不成立的，但作者反對的是「故意把他神秘化傳奇化起來的箭垛式的人物，他的存在幾乎是半神半人的神話的綜合物」。那麼，英雄的「神話」是怎樣發生的呢，在作者看來，一方面由於接近「英雄」的人出於一定目的，利用一般人不瞭解「英雄」的事實，而故意神話英雄，使其成為一種「架空」的「概念」。環顧古今中外歷史中的英雄崇拜很多是這樣操作的。但這樣的傳記自然不是傳記文學，因為文學的生命在作者看來是「現實生活的具體的再現」，具體到傳記就是現實人生、個人人性的具體再現。而人生、人性的表現在作者看來「時常在許多看來不甚重要而其實卻可以代表他的至情至性的流露的一些日常生活的瑣碎中」。英雄也是人，所以寫「英雄傳記」不能忽略他的生活，而這部《魯迅傳》在作者看來就是忽略了魯迅的生活：「強調他英雄的一面，而忽略了平凡的一面」。這樣的話，就很難寫出一個真實的魯迅。

（二）反對過度文學化

1946 年，《世界文藝季刊》登載了一篇名為《傳記文學的歧途》的文章，旨在批判現代傳記文學的過度文學化。他在文中的主要論點如下：鮑斯威爾是「科學傳記」的代表，斯特拉奇是「文學傳記」的代表，傳記作者應該學習鮑斯威爾，而不是斯特拉奇。斯特拉奇代表的傳記文學創作方向是傳記文學的歧途。

他之所以認為斯特拉奇的傳記創作方向是傳記文學的歧途，理由如下：他認為斯特拉奇的傳記藝術「更向文學走進一步」，同時「更離歷史遠了一步」。他傳記中的人物「已不是他父母的產品而是傳記作家的產品了」，雖然這在讀

〔註32〕許傑：《從傳記文學看王士菁的魯迅傳》，《同代人文藝叢刊》，1948 年第 1 卷第 2 期。下文相關引用皆引自本文。

者看來，斯特拉奇的傳記藝術「復活了」傳主，使傳主的「聲音與笑貌，行動與舉止，都活現在我們目前」。「父母的產品」代表真的傳主，「傳記作家的產品」代表假的傳主，而傳記是求真的。但很明顯的我們知道沒有哪一個傳記作家可以描寫一個完全真實的傳主，也無法描寫一個傳主的全部真實，而斯特拉奇塑造的傳主那屬於「傳記作家的產品」的那一部分，也許不但離真實更遠，反倒離真實更近。

　　本文的有價值之處在於他批評的是被認為「傳記到他手裏，已臻善美，從前傳記上的問題已經解決，以後只有遵循模仿」的斯特拉奇；是打破了「舊日的傳統」，創立了「近代傳記」的斯特拉奇，是被稱為「近代傳記的泰斗」的斯特拉奇。之所以在現代傳記文學剛發展的時候就開始批評現代傳記文學的泰斗和先驅，其實不過在闡釋一種進化論的文藝思想，即任何文藝思想都有盡頭，都有死亡的那一天，都會被後來的文藝形式所取代。正如他在文中用普魯塔克舉例說明，他說：「普魯泰克的傳記方法，自二世紀到十六世紀，一直被人遵循與模仿著，到了把傳記寫死為止。」按照作者的邏輯，司馬遷的傳記文學書寫策略，其命運也是一樣。

　　作者寫作這篇文章的本意當然是好的，他希望傳記文學能夠良性發展。他所擔心的不過傳記文學家受斯特拉奇、路德維希、莫洛亞的影響「聞風而起」從而「隨意馳騁想像，忽略事實」。而他之所以擔心，是因為看到這一小說式的傳記文學已經「風靡了整個世界的文壇」，當然，所謂整個世界的文壇是大大的誇大了，有以歐洲代替世界的意思。至於他感到不解的「素重傳統的牛津大學字典」也把「傳記」看作是「文學的一支」在一定意義上確實可以代表歐洲文化界的認同。他對鮑斯威爾和斯特拉奇最真氣的批評其實就是一句話——「學鮑斯威爾學若失敗，刻鵠不成尚類鶩；學 Strachey 若失敗，則畫虎不成反類犬。」〔註33〕這一非常接近事實的客觀判斷被作者用藝術的形式形象的表達了出來。直接來說就是——學鮑斯威爾易，學斯特拉奇難。這背後是幾個簡單的道理——學容易的自然容易成功，或者不會相差太多；學難的自然難以成功，而且很容易謬以千里。當然，只要瞭解傳記文學的人都知道，沒有人會認為鮑斯威爾容易，朱東潤就認為這樣的傳記難以模仿。這裡所說的容易是從兩篇作品的「形式」出發的，鮑斯威爾的形式看似是可以模仿的，史記模仿起來很難。而斯特拉奇的作品則會直接告訴你很難模仿。任何一種摹仿也都是避難

〔註33〕楊振聲：《傳記文學的歧途》，《世界文藝季刊》1946 年第 1 卷第 4 期。

就易的，一個傳記作者如果有足夠多的資料，他會學鮑斯威爾，如果資料很少，他會學斯特拉奇。但是一般說來，他不會有鮑斯威爾的預見、勇氣和毅力，用二十一年的時間去為一個傳記準備材料；他更難具備斯特拉奇的天賦去剪裁、組織材料，去合理想像，從而用簡約的篇幅刻畫一個活生生的人。而所有的學習也正如作者在文中提到的，一般都會「像春風秋蟲似的自生自滅」，既然摹仿的結果大多如此，那麼作者所建議的摹仿也不過如此，不可能產生名著。

一部理想的傳記文學作品當然史文俱佳的，作者說，他理想的傳記的「嚴格的史實」結合「適當的文學的描寫」，其目的則是要使刻畫的傳主「虎虎有生氣而又恰恰正是那個人」。既然是理想，作者認識到這是不現實的，最多只能由天才的作家妙手偶得之。進而作者即使難得，也不要氣餒，而是多多實驗，屢敗屢戰的去嘗試。作者說出了一切文藝創作的真諦，第一個真諦就是傑作，可遇不可求，一般被認為是超人所為；第二個真諦，就是充分嘗試。就像傳記寫作中的追求真實一樣，勇敢且永恆的嘗試，生命不息，嘗試不止，傑作的誕生也就始終意味著可能。

此外，作者在文中把傳記創作的文學性或者是藝術性在中外的發展簡史簡明扼要的說清楚了。在中國則是司馬遷一出道即巔峰，司馬遷作為「第一個寫傳記的人，也是第一個把歷史與文學配合的最好的史才」和被魯迅稱為「史家之絕唱，無韻之離騷」的《史記》一樣，都是前無古人，後無來者。而造成這一局面的三種原因，作者的判斷都能切入肯綮：第一，是因為自從班固著《漢書》之後，史傳的寫作越來越嚴格，尤其是我們知道的唐代官修史以後，「歷史性」越來越多，而「戲劇性」越來越少，真正的傳記在作者看來早就「壽終正寢」了。第二，古代帝王利用其極權干涉傳記寫作，這主要通過官方頒布入史傳資格執行。在文中，作者認為這是帝王將其「生殺予奪之權」「不獨加諸生人並且及於死鬼了」。作者的意思也許是古代帝王不但管臣民生前事，就連死後立傳的事也管，這堪稱極權之極了。正是利用這極度的極權，古代帝王進一步加強了他對臣民的控制，鞏固自己的極權統治。第三，作者認為「一般的學者，又以列傳始於史記，便一口咬定必史官才可寫傳」，這一般的學者只能說是對傳記，對歷史缺乏瞭解的人。司馬遷雖是史官，但《史記》卻是私撰，並非官修史書。綜合以上三種原因，作者認為中國古代的傳記文學已經「死於史官之手」，〔註34〕所以發展不出真正的傳記文學。《史記》的文學性得自於私

〔註34〕楊振聲：《傳記文學的歧途》，《世界文藝季刊》1946 年第 1 卷第 4 期。

人著史。在西方，作者認為從普魯塔克開始，傳記文學一直由私人寫作，文學性自然可以得到發展，而不會被扼殺。

（三）反對評傳

1948年，《從傳記文學看王士菁的魯迅傳》一文中，作者借王士菁的《魯迅傳》明確表示反對「評傳」，他說：「這一本《魯迅傳》，正確的說，可以說是一本《魯迅評傳》；或者我們也可以給他另一個名字，叫做《魯迅思想發展史》。」接著，作者闡述了自己的認為的傳記文學特徵，即「所謂傳記文學，是既要傳記，也要文學。」作者認為這樣的傳記文學則要求「以嚴格的史實，配以適當文學描寫和藝術形式，活生生的把這一位傳主的生活思想的全貌表現出來。使我們讀了，非但覺得這一個人，的確是一個虎虎有生氣的活人，的確在我們身邊生活過來，是一個人，不是一個神，是一個有血有肉的人，不是一個抽象的零空的理論或概念；而且他所表現出來的人，又恰正是那個人，一切都適如其分的。」〔註35〕

（四）如何選擇傳主

在《如何選擇傳記人物》一文中，作者論述了傳主的選擇問題。首先，作者認為這一問題是傳記的「主題」。對於人物選擇，作者談了他的三個觀點，第一個觀點作者認為「傳主是否需要是偉人的問題」「不應再是一個嚴重的問題了」，因為「一個新的時代正在開始，現代人民與其祖先具有不同的價值觀念，對於個人與群眾，以及個人對歷史的作用也有新的瞭解。在今日看來，倘若傳記家能分析，一個平凡人物的生活，這種分析的結果可能比凱撒的生活還更美麗和豐富。」而作者之所以反對偉人傳記則是其《現代傳記的特徵》一文中「認識人性的複雜」這一觀點的延伸。首先，選擇偉人作為傳主容易因為「誇大強調統一性」而看不到人的複雜性，把傳主寫成「雕像」而失真——「使讀者幾乎不敢想像他是一個一如你我的真人」，從而「違反了傳記的基本條件——傳記應為真實的寫照」，而這是「現代傳記作家最多反對的」。但是平凡人的傳記也面臨兩個問題，一個是對創作者來說，缺乏內容，難以書寫；另一個是其本人難以成為讀者學習的榜樣。但是對於這兩個問題，作者認為傳記作者是可以解決的。作者的第二個觀點是認為「血緣太近的人不宜作為對象」，因為

〔註35〕許傑：《從傳記文學看王士菁的魯迅傳》，《同代人文藝叢刊》1948年第1卷第2期。

難以客觀描寫，而且即使客觀描寫，讀者又不會相信。寫親人的優點「有偏袒的嫌疑」，寫缺點則「與社會的倫理觀念衝突」。第三個觀點是應避免「把傳記人物作者化」。〔註36〕

三、中西傳記文學比較視野下對中國古代傳記的審視

在《中國的傳記文學》一文中，作者明確的說明他對中國的傳記文學的看法：一方面認為中國「是傳記文學最發達的一個國家」，另一方面認為「我們的傳記文學，還真得說是落伍的很哪！」這裡提到的最發達其實指的是數量概念，即中國傳記數量最多，因為中國歷代的正史、方志、野史，文人文集中的「行述，墓誌，傳略等等」等都是傳記。之所以認識中國的傳記文學落伍了，是因為這些傳記文學作品不但不符合「真正傳記文學的標準」，同時也不是「純文學或歷史學」，中國的傳記文學既不是真正的史學——失真，也不是真正的文學——無可讀性。中國傳記的落伍還表現在其目的上，這既包括傳記作者的目的，也包括傳記委託人的目的。傳記委託者的目的多為頌揚傳主，傳記對書寫者的目的則為阿諛傳記委託人。作者諷刺的說：「中國人又是最喜歡受人阿諛的民族，求之不得，且不惜出重金收買。所以即使剃頭的阿貓，或大茶壺的阿狗，只要大發財源，死了以後，他的兒孫只要肯出高貴的潤筆，即可求名翰林撰文」。作者中國古代傳記的認識是在中西比較視野下產生的，作者認為「歐美那種長篇大論，獨成專書的詳傳」才「稱得上傳記文學」。而中國的傳記在西方傳記視野很多只能算「速寫，素描，或小品」，至於在篇幅上可稱長篇的年譜，在作者看來又是「一種表格性質」，「去文學太遠」。可見，作者是按照「文學性」來定義傳記的，不但在內容上是文學的，在形式上要像一部長篇小說那樣，是一部獨立的文學著作。

作者認為「傳記是跨著歷史和文學兩種境界的」，只屬於歷史，則「讀之不免覺其乏味」，只屬於文學，則「讀之又不免覺之言過其實，有向壁虛構之嫌」。認為像莫洛亞一樣「融歷史與小說於一爐的」中國傳記是鳳毛麟角，並以此批評當日的中國傳記，並以當時出版的《中國歷代名賢故事集》（潘公展、印維廉主編：《中國歷代名賢故事集》，重慶勝利出版社 1944 年版）為主要批評對象。作者認為其毛病有三：首先，是和歷史「混成一團」，認為錢穆寫的黃帝「不過是一部變相的古史而已」，顧頡剛寫的秦始皇「只是一本以始

〔註36〕寒曦：《如何選擇傳記人物》，《人物雜誌》1949 年第 4 卷第 1 期。

皇所名的秦國興亡史罷了」，吳晗寫的朱元璋「只不過是一本大明開國史而已」。其次，是「缺乏活潑潑生動的文學意味」，缺乏文學意味其實和歷史性過強是一體的兩面，作者認為傳記作者的身份「只是史家，不是文人，故缺少小說家和詩人的大膽和奇妙的幻想」是一大原因。最後，其主旨是在「宣揚和教訓」，作者認為這是最大的失策。而這一主旨在作者看來由東西方對傳記的定義不同造成，在作者看來，僅從各自語言的字面上理解，西方的傳記含義——life 或 Biography——是「是生活或生平之記載的意思」，所以看重在傳記中表現「個人生活中的一切」，包括「心理分析及私事描寫」，唯有如此，才能「把一個人的真像寫出」。而中國的「傳」字則「和傳佈之傳是同義」，所以「側重宣揚」傳主，所以選擇那些「足以流芳百世的好事，大事」而「私生活中的無關國計民生，或個人功名事業者」則「往往是為大事所掩，不及一提的」。〔註 37〕這就再一次證明，中國的傳記是屬於史學的，由史家書寫傳記是傳記文學書寫的「正統」所在，中國的傳記又不是屬於真正的史學的，而是只屬於中國史學，因為它離史學的「求真」又很遠。作者進而提出中國傳記文學難以發展的原因，他把傳記文學書寫分為三類：「今人為古人作傳」和「今人為今人作傳」以及「自寫自己的生平」。第一類的困境是想寫但是沒材料；第二類的困境是有材料但卻不寫，導致的結果是「不是成了謬讚，便是妄評。或是忸忸怩怩，不能暢所欲言」；第三種的困境是自己難於坦白及難於發現自己的短處。所以作者認為「往往只能當小說看，若真以為是信史，那是一個不可救藥的錯誤」。

最後作者在篇尾呼籲「多多翻譯些歐美傳記文學名著出來，以充實我們這尚在孩提時代的中國新傳記寫作的借鑒」，而且申明翻譯的目的是「純以提倡傳記文學」，而不是「純以傳記所寫人物之當令與否」，或「以著者之時髦與否」和「該書在歐美之暢銷與否」為目的。很明顯的，作者想提倡傳記文學這門藝術的無功利，或者提倡這門無功利的藝術，而不是追求傳記之用——「當令」之用、「時髦」之用、「暢銷」之用。作者認為最理想的傳記，應當是「忠於事實，而又妙於文學。是好的歷史，同時也是有趣的故事。」〔註 38〕這是作者希望通過翻譯歐美傳記文學名著提倡的傳記文學，或者稱之為傳記文學藝術也可。

〔註 37〕梓坡：《中國的傳記文學》，《昌中校刊》1948 年第 3 期。
〔註 38〕梓坡：《中國的傳記文學》，《昌中校刊》1948 年第 3 期。

四、西方傳記文學考察──歷史及特徵

在域外傳記理論的廣泛譯介下，中國學者對西方傳記歷史以及西方現代文學的特徵有了自己的認識，這些認識是本時期中國現代傳記文學理論發展的重要組成部分。

（一）蔡振華的西洋傳記「概論」

蔡振華的《談談西洋傳記》一文有兩大特點：同時期引用西方傳記著作最多；論述全面。「談談」兩個字，帶有閒聊的意思，作者在文章的一開頭就說「長夏無事，看了點關於西洋傳記文學作品的源流，隨手迻錄，頗覺津津有味」。〔註39〕這一段話說出了本文的特點，即論述繁多，而沒有絕對的重心。作者引用大量的西方著作來主要闡述西方傳記文學發展史、傳記文學書寫的困境、怎樣寫作一部好傳記、傳記的功用、傳記家的任務。

1. 西方傳記文學發展史

作者論述西方傳記發展史直接簡單，其源頭在「史書裏面」，後來則「脫離了史書的範圍而獨立」。對於一路上的人物，他的標記如下：舊約──希羅多德──普魯塔克──瓦薩里、以薩克・沃爾頓──鮑斯威爾──斯特拉奇。而之所以如此標識，是用了寫作「技術」這個標準，首先他認為普魯塔克在「技術」上確實「無懈可擊」，這一技術，他解釋為「先把所寫人物的性格，畫出了輪廓，然後再加一段短短的總述。」而瓦薩里和薩克・沃爾頓的傳記寫作技術，他認為是在普魯塔克的基礎上「加上一點變化」，而加了這一點變化的普魯塔克的傳記技術「便奠定了傳記的形式流傳至今」。至斯特拉奇，他認為「用的也還是這一套」。但是鮑斯威爾不在這一技術線路上，而是自己一條路線，他和約翰遜的相遇，他的傳記藝術和《約翰遜》的相合都是可遇不可求的，正如作者所說：「作者所用的藝術，恰與傳中主人所處的環境相合，更沒有較好題材，可以顯其寫作之才的了」約翰遜只一部《約翰遜傳》，就可以在世界傳記史上擅名千古，任誰寫西方傳記史都把他當作重要標識，這是歷史上絕無僅有的。作者對他的評價也是如此，他認為鮑斯威爾的《約翰遜傳》是一部「最完美」的文學作品，以如此之長的篇幅而「不能增減一字」，在人類傳記文學史上也只有鮑斯威爾做得到。另外從藝術的角度去看這部做你，作者認為「在傳記，甚至在小說中，我們不會見到比鮑斯威所寫的更戲劇化」。這部作品的

〔註39〕 蔡振華：《談談西洋傳記》，《青年界》1947 年新 4 卷第 4 期。

成就是如此之高，所以使得「後來作家想學他的，都失敗了」。對於這一點，可以和楊振聲在《傳記文學的歧途》中一文中對鮑斯威爾和斯特拉奇的評價相對比，即鮑斯威爾的傳記只是看起來比斯特拉奇容易學，其實不然，他和斯特拉奇一樣，是世界傳記文學發展史上兩座高峰，區別僅在景色不同而已，但是都不可企及。

2. 傳記文學書寫的困境

在論述傳記文學書寫的困境時，作者主要從傳記文學的形式，傳主的不同兩個方面來闡述，從全文看，作者在本節用力最多，其獨見也多見於本節。作者先用自傳的優勢反襯他傳寫作的困難，他說：「自己寫傳，當然最好，立身行事，只有自己才知道的最清楚。」而後話鋒一轉，開始論述自傳寫作的困難，他說：「但自傳確有吃虧的地方，自己寫傳，總不免於偏袒，講話是一方面的，去取之間，大可隨意所欲。並且自己看自己，反不明白，非有他人來估計一下不可。究竟有自知之明的人還少，下筆每欲坦白而不得，尤其寫的是自己的短處。」偏袒自己在筆者看來是有力無心──該坦白的不坦白，而視野的局限則是有心無力──自己想坦白，卻不知該坦白些什麼。

傳主不同，寫作的困難也不同，對這一論題，作者依據與傳主關係的親疏進行論述，認為「為關係密切的人作傳，浮誇的居多數」，而論及夫妻間互相給對方寫傳記時他認為因為「關係太密切」，所以「最難下筆」。而至於他提到的「大概妻子給丈夫寫傳，可說沒有一本是好的，還是丈夫替妻子寫的，有的倒還不很差」，則只是敘述他的觀點，而沒有闡明原因。至於他說「子女替父母做傳，同樣不能自由，批評則近於不孝，稱譽則令人生疑」，〔註40〕也只是他的一個判斷，沒有舉出充足的例證。只是舉例說明為了避嫌應該怎樣為親人作傳：「戴尼生（Hallam Tennyson）替他父親寫傳，很會避嫌，只寫事實，至於估計他一生的話，則讓他父親的朋友來說。」在這種情況下，他認為「除非寫成小說體裁，子女說話才能自由一些」。這當然是文學家常幹的事情，也是小說存在及發展的一個誘因。而即使為親密的人作傳想求真，想坦白，還是會碰到自傳書寫一樣的困境，畢竟自家人、自己人只是自我的一個小小的擴大，一個大一點、集體的「自我」，所以在「互相估計其成就時，錯誤難免，關係愈密切，判斷力愈難準確。」這與書寫自我時難以發現自我是同一個邏輯。

既然關係密切的傳記不好寫，自然作者會認為「關係較淺的，則錯誤自較

〔註40〕蔡振華：《談談西洋傳記》，《青年界》1947 年新 4 卷第 4 期。

少」，也就是說主觀的錯誤會少，書寫時容易保持客觀，容易得到真實。

但是不管寫自傳、寫他傳，為關係親密的人寫，為關係較淺的人寫，寫出人格總是書寫的目的，寫不出人格，傳記就難以成立。而人格，在作者看來「無論如何總帶點神秘性，外間人難以知道」，並講了一個小故事來佐證。他說：「卡萊耳夫人有一次對她丈夫說，達爾文曾問她，誰能替她丈夫作傳。卡萊耳想了一想，便說無人能做，因為有好多地方，是沒有人能深切地知道的」。

3. 怎樣寫出好傳記

文中論述了寫傳記的方法，簡單來說，傳記無非寫兩種人，今人和古人，作者認為「寫今人但就耳目所及，便可直接找到資料。寫古人則除了專靠書本以外，並無他法，頗與史家相似。」這段話裏提到了寫古今人面對的主要區別是材料的不同。而寫古人因為材料的限制，導致其方法和史家有很多相似的地方。這當然是事實，第一，傳記本由史書而來；第二，傳記也是個人的歷史。而且他們的目的相同，都是「求真」，只不過歷史求的「事」的「真」，傳記求的是「人」的真。歷史絕不是史料的堆疊，傳記更不是，如果不會剪裁材料，便會使傳主「淹沒在這些材料中，不再出現了」。所以無論是史書還是傳記，它的成功與否還是取決於書寫者，就像作者說的，一個傳記作者「寫的成功與否，還須看他的本領」。這本領在作者看來就是「設身處地」，而「設身處地」則需要「豐富的想像力」。畢竟在作者看來，「寫一個不相識的人，無論材料怎樣多，總不會栩栩如生。除非你有透視人生的本領，再加之以豐富的想像力。」所以作者提倡在書寫傳記時，要有同情心，因為同情心為「寫好傳記者所必不可少」，所以作者贊成用弗洛伊德的學說寫傳記，認為「精神分析，當然是方法之一」。無論是同情心還是精神分析法都是有利於作者「設身處地」進入作者內心去發現真實的。

作者說斯特拉奇「並不自承有何新發現」，也就是說斯特拉奇在傳記寫作技術或藝術上並沒有創造，他無非是「只把舊材料整理一下，給以新解釋而已」，但很明顯的，面對同樣的材料，不同的人解釋也不同，斯特拉奇的不同是罕見的，且讓世人驚訝的。在剪裁上，他把「枯燥無味」的去掉，而「新解有趣」的全部採納，在辨別這兩種的才能上，斯特拉奇也是獨一無二的。斯特拉奇的獨一無二就在於他能「打破一般人的見解」，把「無關宏旨的材料」，全部剔除了。再有，他的方法「有點像小說家」，又說「他的情調近於法作家而不近於英作家」，這也是在說明斯特拉奇是從法國作家那裏學到了用小說技巧

創作傳記的，而不是英國本土的歷史資源催生的。

4. 傳記家的任務和使命

作者用一句直白且精準的話來說明傳記家的任務和使命：「把死人寫成活人，本不是件容易的事情，但這正是傳記家的任務」。人類的本能是趨難從易的，做一件自己認為是很難的事情，除了不可缺少的興趣之外，最重要的就是任務或者使命了。「把死人寫成活人」是歷史書寫中讓往事再現在傳記文學書寫中的表達，遵循的是同樣的目的——獲得真實。又或者和摹仿藝術的再現不同，是讓真實再現的藝術。

5. 傳記的功用

人們之所以認為傳記家有任務和使命，無非是看到傳記的價值，而價值的外在表現則是功用，在作者看來傳記的功用是提供「門檻」，使人能夠「做人」的門檻。他說：「怎樣做人是個人問題。我們想從他人的生活中，學得一些『門檻』。多讀傳記，使我們更能瞭解人類天性，經驗更豐富，應付更容易。」〔註41〕為何不知自己的天性，而需要通過別人看到，這在前面關於自傳寫作的困境中已經提到，人很難發現自我，但是人可以借助他人發現自我，因為自我和他者都是人類，都有很多共同的天性。

（二）寒曦論現代傳記文學的特徵

在《現代傳記的特徵》一文中，寒曦闡述了現代傳記文學三個主要特徵：求真、發現人的複雜性和寫作時的藝術技巧。其中，求真是現代傳記文學的精神和態度，發現人性的複雜屬於時代和科學的發展使然，而藝術技巧則是強調傳記的文學性。

文中對現代傳記文學特徵的論述也是在新舊傳記的比較批評中展開的，但是他舊傳記的論述限制在 19 世紀的英國傳記文學作品，也就是在英國現代傳記文學之前的維多利亞時代的傳記文學作品。其論述的邏輯是後一時代的誕生建立在對前一時代的反動上。

文章開篇開門見山地說維多利亞時代傳記的壞處：「十九世紀的西洋傳記，和中國的傳記性文字類似，作者大都帶有濃厚的道德意識，極盡隱惡揚善的能事。……由那些二流以下的作者寫來，就是聖經上使徒列傳式的『諛墓中人語』」進而說這一舊傳記的特點源於 19 世紀的時代環境：「維多利亞時代的

〔註41〕蔡振華：《談談西洋傳記》，《青年界》1947 年新 4 卷第 4 期。

西歐社會，資本主義正欣欣向榮發展著，一般讀者都是虔敬與尊重傳統的人物；對於此種富有倫理教訓價值的傳記，自然愛好與讚美之不暇了。」與之對應的，等到時代環境不同了，和前面提到的相反了，就像作者說的「資本主義的社會毛病百出，原有的信念與道德教訓都動搖了。二十世紀的新人物。深受科學洗禮，不再相信，那些書中德性完美的人物是真實的寫照。」自然也就產生了作為舊傳記反動的新傳記。作者認為新傳記的代表是高斯（Edmund Gosse）和斯特拉奇，而伍爾芙，莫洛亞，路德維希，茨威格，美國的狄伯爾（R.F.DibbBle），英國的哈羅德·尼科爾森（Harold Nicolson）等「現在知名的傳記家」都是「他們的模仿者」，「師承」了他們倆的「基本的精神與態度」的。而這些「精神與態度」在作者看來是上面提到的三個特徵。

對於求真，作者認為「在現代的作者與讀者看來，傳記應為『個人的真實歷史』，其基本的條件就是所寫必須是真的事實」。對於原因他則用舊傳記最追捧的「教育」作用進行反擊，他說：「即就傳記對讀者品格的影響言；崇高的行為之為人模仿，必須也因其是真實的；如果讀者知其虛偽，絕對不會想去模仿。況且我們如能知道，傳記人物也和你我一樣同具許多缺點和過失，而能借自身努力的緣故，終於完成偉大的事業，這對我們的安慰與鼓勵是更大了。」而認識人性的複雜和求真是一體的，不能認識人性的複雜，是無法描寫出真實的傳主的。舊傳記作者之所以難以真實描寫傳主的原因也在於他們不知道人性是複雜的，反而認為人性是「不變的單純的」，所以在寫傳記的時候就「刻板地抓住某些性格的特徵，然後選擇與其符合的事實加以表現」，把人「變成雕像」而失真。在討論創作傳記的藝術技巧時，作者不斷提到了小說，還提到了詩歌、美術、戲劇、電影的技巧，而且認為所有的技巧其目的在於「著重細目的描寫」，因為只有細節才能把人物刻畫的活靈活現。

此外，作者對中國當日的傳記文學現狀的評價是恰當且發人深思的，他認為當日中國的傳記有兩個特徵，一個是「訃文一類文字非常流行」，一個是「傳記文學不夠維多利亞時代水準」。回想文章在開頭說的「十九世紀的西洋傳記，和中國的傳記性文字類似，作者大都帶有濃厚的道德意識，極盡隱惡揚善的能事」〔註42〕，我們可以知道，所謂「類似」，只是寫作目的的類似，都抱著道德追求去隱惡揚善，至於在傳記本身的綜合水準上是不如的。

〔註42〕寒曦：《現代傳記的特徵》，《人物雜誌》1948 年第 3 卷第 2 期。

五、史學與傳記文學

　　史學與傳記文學的聯繫自不必多說，這主要表現為三點：舊史學對傳記文學的限制；新史學對傳記文學的促進；史學名著《史記》的深遠影響。

（一）新史學影響下的傳記文學

　　在《新史學與傳記文學》一文中，作者闡述了新舊史學和傳記文學的關係，首先，作者從古代傳記的起源、弊端及其原因闡述舊史學與傳記文學的關係。

1. 傳記文學的起源

　　作者在文中說：「傳記和歷史，到了今日，雖有嶄新的區別，然在古代，它們卻是形跡不大容易區分的混合物。」作者認為古代西方史詩就是這樣一種「混合物」是歷史與傳記的「二而一」，認為史詩是傳記文學的起源，而且作者認為這一結論不但適用於西方也適用於中國，他進而引用朱光潛和梁啟超的觀點加以佐證。在這一觀點下，他認為西方史詩中那些「大人物大英雄功業的敘述」，「與其說是最初的歷史，無寧說它是傳記來的妥當。」而中國的二十四史，在他看來就是「大人物的傳記」。

2. 古代傳記的弊端

　　古代傳記的弊端表現在傳記與歷史混淆後造成的傳主選擇、神化傳主、描寫僵化等問題。大人物對歷史的影響大，古代史詩、史書的人物多是大人物，中西皆然。受歷史書寫的影響，古代傳記中的傳主都是大人物，正如作者所說：「滿紙都是君主或君主手下辦事人」，這些人都是作者眼中的大人物，在作者看來這些人「不是流芳百世的大人物，即是遺臭萬年的大流氓，人品雖分清濁，卻不失其為大者卻是一樣」。對於這一點，作者認為「當然不是中國一國是這樣，世界各民族的歷史，也都是如此，不過中國特多這樣歷史，特別比較別國為甚罷了。」所以他認為中國古代傳記雖然種類繁多，有正史、別史、雜史、異史、野史、年譜、小傳，別傳、哀啟、行狀，神道碑、墓誌銘、壽序等等，不勝枚舉，形形色色，汗牛充棟，但是「無論它的量的多少，無論它是出自官家，或出自私人之手，他卻如梁任公所謂如『鄰貓生子之事實，往往有讀書一卷，而無一語有入腦之價值者。』」〔註43〕

　　古代傳記作者描寫大人物的一大錯誤就是將人物神話，他說：「過去傳記作家的謬誤，就是在把他所要寫的『當大權的個人』提高上去使其達於超時空

〔註43〕湘漁：《新史學與傳記文學》，《中國建設》1945 年創刊號。

的地位，而使他變為完全無缺的具備一切美德的『神』。而完美的「神」是沒有缺點的，所以一旦把傳主神化為神，則如果他有缺點，就會被傳記作者根據「為在上者諱，為親屬諱，為賢者諱的因襲觀點」而隱藏。這樣刻畫傳主就不能「深入他的靈魂」，就使得他所描寫的傳主「雖則外表是衣冠楚楚，嘉言懿行，充滿了篇幅，豐功偉烈，照徹天地，然而他的個性卻是如一塊雕刻的石頭，具有人的構架，而沒人的氣息的」。而這樣描寫的後果就是「不獨不能引起人的興趣，並且使人懷疑究否有這樣完人存在過」。

神化傳主是一種人物形象的簡單化，而人物形象簡單化的另一種表現在作者看來就是古代傳記作者「囿於過去因襲的道德觀點」，把傳主「硬生生地規限於道德與罪惡的兩個範疇以內」。作者認為這是古代傳記最大的缺點，而究其原因，在作者看來是因為古代作者對傳主「缺乏心理的接近」，也就是缺乏真正概念的瞭解。他們多用「先入為主的因襲道德觀點，把他們所欲寫的人物僵硬死了」，而不能把他所搜集的傳記材料，不管善惡，「貫穿起來，造成一個人整個人格的形象」。

傳主形象簡單化的結果就是千人一面，缺乏個性。傳主的事蹟以「陳陳相因的公式」寫成「虛榮溢美之文」。而這些「美文」，則可以「從甲頭上可以搬到乙頭上，然而甲和乙可以是不同時代不同地域的人」。這樣描寫的人物在作者看來「不是蠟人院的蠟人，就是城隍廟的無常鬼，雖有善惡之分，美醜之別，然而他們的無生氣則是一樣」。

3. 古代傳記弊端的成因

既然古代傳記和歷史是不容易區分的混合物，古代的傳記文學思想自然也和古代史學思想是不容易區分的混合物，或者說古代的傳記文學思想主要或全部來源於古代史學思想，那麼古代傳記的弊端也自然由古代史學思想負責。而古代史學思想對古代的傳記影響最大的就是它的「英雄史觀」，這種觀點認為古代傳記作者由於時代的限制，看不到「廣大的群眾」，只能看到「高高在他們上面少數幾個特權階級」等少數人。而這少數人在他們看來是「歷史的推動者，形成者」，離開這些少數人，則「無歷史」，歷史為這些人所「獨佔」，所以他們只要寫傳記，就像必然像寫歷史一樣——只寫「大人物」，而古代傳記也就只是「大人物的傳記」。〔註44〕

〔註44〕湘漁：《新史學與傳記文學》，《中國建設》1945 年創刊號。

　　新歷史是與舊曆史對應的，新歷史評判「大人物」的標準和舊曆史不同，在舊史家的眼中，所有「因緣時會爬上高位的個人」都是「大人物」。而在新史家的眼中，只有那些「能影響過去社會到若干程度，而對於後來社會開啟道路的人」才是「大人物」。但是如果細心比較起來，我們可以發現新舊史觀的「大人物」儘管不同，但卻也有個相同點，那就是都不是普通老百姓，當然我這裡所說的普通老百姓不是指階級或身份而言，而只指對社會的影響而言。雖然作者認為在新史家眼裏「歷史中的人物，已不是以少數幾個特權階級為中心。大多數的史家，已注意到那些在少數大人物以外的『無數的人與無名的人』」，而且認為「把目光從個人移往大眾，從個別的本質，移往普遍的本質，從個別民族，移往全體人類，這正是現代史家應有的認識。」但是他在說明這一新歷史觀影響下的新傳記人物的選擇時，仍然不自覺的傾向於寫「大人物」，這些被作者稱為具有「偉大人格的人」，之所以應該被寫入傳記「不在他們的功業而在他們人格上的成就，或者他們的一生，足以引起人的注意，而有著社會的意義，或者足以反映一個時代的真相。」這即表明評判「大人物」的標準由虛假走向真實，由表象走向本質。又或者直接了當的說，這標準取決於古今的效用不同，取決於對古今人的影響不同，古代的一些「大人物」在現代人看來沒有價值，現代的一些「大人物」在古代看來也沒有價值。

　　但不可否認的，無論如何，新歷史觀影響了傳記文學書寫，促進了古代傳記向現代傳記文學轉變，這主要體現在關注傳記人物的背景上。在這一點上，作者認為「傳記的寫作應有的觀點，與新史的觀點，並沒有什麼重大差別之處」。作者認為「中國過去傳記者最大的缺點，往往在這個地方，就是他們忘記了個人是社會環境的產物，寫一個人物的歷史人格的發展，而忘記了他的歷史背景」，而對於傳主歷史背景的闡釋，也是作者的出彩之處，因為他應用了繪畫理論，他說：「這如中國畫中，有前景而忽略了背景。……當前景重於背景的時候，那是傳記的寫法，當背景重於前景的時候，那就是歷史的寫法」。很明顯，這裡說的前景是指傳主，而背景則是指產生傳主、制約傳主的當時社會。新的歷史觀點則認為「人類主觀的運動方面，要被客觀條件所規定」，所以「偉人如果離開社會而獨立，不獨不能成其為偉人，連『人』的資格也將失去」。

　　新史學促進了新傳記文學的誕生，舊曆史和舊傳記是「不大容易區分的混合物」，新史學和新傳記文學卻有著明顯的區分，儘管新史學和新傳記文學都

關注人物的歷史背景，但是「歷史家的任務，是不同於傳記家的任務。歷史家所注意的，既是這一人在歷史戲劇中所演角色的動作。而大眾所要求這個人的，不僅是在特定社會中的他的特殊動作的表現，而要求看其作為這個時代的演員以外的東西，那就是這個人自身的事，換句話說，寫那人的人格的形成，乃是傳記家的事。」〔註45〕

　　不過需要提及的是，不管傳記家的寫作與歷史家有多麼不同，但有一點是肯定的，那就是他離不開歷史，這是它和歷史最真實也是最確定的關係。作者稱傳記人物的背景問題是傳記的「歷史本質」，對這一本質，作者解釋為「傳記必須有很相配合的背景，才能把它的前景十分有力地烘托出來。然後我們才能完全瞭解書中人物的個性，與那時代的精神。」離開歷史背景，無法塑造前景──傳記人物，所以歷史背景才能成為傳記的「歷史本質」。按照作者的思維邏輯，恐怕這樣的「歷史本質」還有一個，那就是求真。作者認為「傳記家的最終目的，是在尋取真實。」並認為如果「不能達到這一目的」，那麼「他的全部工作的重要性就將失去」。而傳記和歷史也正因為「求真」這個「歷史本質」緊密聯繫在一起，舊傳記和舊歷史如此，新傳記和新歷史也如此，而且與舊歷史相比，新歷史更有益於「求真」，否則就不可能催生新傳記。前面提到的傳主人物的選擇、傳主人物價值評判標準的變化、描寫傳記人物的不忌諱等都是新歷史觀下的「求真」。而這一「求真」的要求在作者看來就是「在他未寫作以前，首先研究他所要寫的主角的真實性，尤其是一個主角的『人格』的真實性」。因為「如果一個傳記作家，對於一個人的人格的矛盾性與統一性，不能完全有深切的瞭解，而只注意個別事實的真實性，他就不能把一個具有弱點與優點的真實的人刻畫得恰如其分。一個傳記家不僅要注意他傳記中人物生活的大節，並且還要注意他的生活中的細節」。而且作者認為即使「一個人的生活中的細節有時是可笑的，或者形之於筆墨，足以減弱傳記中英雄的威信」，但是如果想描寫「一個真正的活人」〔註46〕就不應該隱瞞。

　　以新史學闡釋傳記文學的還有張芝聯，通過《傳記文學》和《歷史與文學》兩篇文章，他闡明了新史學和傳記文學的異同。傳記文學和歷史最大的不同在於它不是歷史，所以他要避免成為歷史的附庸。他說：「傳記家的目的和歷史家的完全不同：歷史家所研究的是時代的大勢，遇到造時勢的英雄則約略的提起他的

〔註45〕湘漁：《新史學與傳記文學》，《中國建設》1945 年創刊號。
〔註46〕湘漁：《新史學與傳記文學》，《中國建設》1945 年創刊號。

事業；傳記家卻要細細的研究那個英雄的生平，注意他的言行，分析他的性格，而當代的歷史只充作一個淡淡的背景。雪特奈李（Sidney Lee）以為歷史家帶著望遠鏡觀察人類；傳記家將個人放在放大鏡底下分析，這個譬喻再確切不過了。當傳記家的對象是一個時代的英雄，他更宜謹慎，不要讓他的作品成為一部時代史，結果埋沒了那個英雄的性格在過重的事實之下。」〔註47〕回顧我們的歷史、我們很多歸於史學的傳記中的人物，正是這樣被歷史淹沒的。這段話把傳記和歷史的區別說的非常清楚，也即歷史是敘事的，傳記是寫人的。而寫人就要寫人的性格，這是傳記明顯不同於歷史的地方。對與傳主，作者認為「我們不但要研究他的感情、思想、作品或事業，我們還要傳達他的性格──前者原只是後者的表現。大抵從前人注意紀念而不大注重性格，從前人以為人的性格是從小不變的，而現在人特別注重內心的衝突。」傳達性格就必須求真，而求真毫無疑問正是歷史的本性，所以，作者認為「一本好的傳記就是能夠傳達那個人的真正性格，不事掩飾，不加褒貶，坦白是傳記最好的領導。」〔註48〕

在這個不同之外，更多的是相同點和緊密的聯繫。在《歷史與文學》一文中，他認為歷史的「目的和意義」不是為了滿足人們「無饜足的好奇心」，如果只是為了滿足人們的好奇心，歷史就會成為「無窮盡的故事述說者」。〔註49〕在《傳記文學》一文中他說：「傳記並不是為了滿足好奇心而存在的」，不能把傳記「當作滿足好奇心的工具」。〔註50〕即傳記和歷史有著同樣的特徵──不是為了滿足好奇心；在《傳記文學》一文中，作者認為「傳記家先要做三種戒備，不然他就很容易淪為其他學術探索的附庸」，三種戒備指的是避免淪為倫理、歷史和科學附庸的戒備。對於淪為倫理學附庸的戒備，作者這樣說：「傳記不是倫理學的助手，它的宗旨不是垂訓。」對於科學附庸的戒備，作者明確說：「傳記學更不應該作科學的附庸」，對此他解釋道：「假如傳記家的工作在無形中能夠幫助科學的實驗，這自然再好不過；但是傳記如成了發見科學真理的工具，這未免離開傳記的目的太遠了。」作者看到了科學和道德的成見在某種意義上呈現出一種同構，他說：「一個抱著成見的科學傳記家，無異於一個揚善抑惡的道學家：他們都誤解了傳記的真義。」〔註51〕而在《歷史與科學》一文中，他認為歷史同樣也

〔註47〕 張芝聯：《傳記文學》，《燕京文學》1941年第2卷第4期。
〔註48〕 張芝聯：《傳記文學》，《燕京文學》1941年第2卷第4期。
〔註49〕 張芝聯：《歷史與文學》，《燕京文學》1941年第3卷第1期。
〔註50〕 張芝聯：《傳記文學》，《燕京文學》1941年第2卷第4期。
〔註51〕 張芝聯：《傳記文學》，《燕京文學》1941年第2卷第4期。

要擺脫倫理學和科學的束縛，他認為科學僅僅是組成歷史的一個因素，而不是歷史，更不能把歷史變成它的附庸，科學對於歷史的作用在作者看來主要體現在「搜尋材料」和「考訂材料的真偽」等「求真」的方面。作者認為「為極少部分人，歷史僅僅是材料的搜集，制度的考證，古書的變為和校勘；為一大部人，歷史的意義當然比這廣泛得多。」對於倫理的束縛，和傳記一樣，作者同樣認為不能把歷史「看做『垂訓』或『資治』的工具」。〔註52〕比較這兩段話可以看出，傳記和歷史其對倫理和科學的戒備是同一的；這兩段話在歷史和傳記的創作上，也有明顯的相似之處和關聯。在《傳記文學》一文中，作者認為傳記創作應該採取「科學家的謹嚴，歷史家把握事實的能力，和道德家的熱情。」因為「傳記家沒有科學家的謹嚴，他也許會遺漏重要的證件；沒有歷史家把握事實的能力，他便分不出主要與次要的資料；沒有道德家的熱情，他的作品便失去了激動讀者的生氣和活力」。〔註53〕傳記創作的方法和態度上，傳記文學和歷史也是相同的，在《歷史與文學》一文中，他認為「一部歷史佳作必能融科學，哲學，文學於一爐——它的方法是科學的，態度是哲學的，表現是文學的。它的作者必須有科學家的謹慎和正確，哲學家的沉思與把握要點的能力，還有文學家的熱誠，想像力，與表達的技巧。」〔註54〕首先，單單只從各自的創作三要素學科看，傳記需要的是科學、史學和倫理學，歷史需要的是科學，哲學和文學。其中只有科學是同一的，但因為各自的交叉關係，「歷史家把握事實的能力」無疑是史學，而「文學家的熱誠，想像力，與表達的技巧。」則又是傳記必不可少的。所以唯一的區別似乎只在於「哲學」的「態度」了。作者在《歷史與文學》一文的開頭就說他認可麥考萊對歷史的定義——「哲學與詩的化合物」。作者在文中認為這一「哲學」是指追尋歷史的意義，而歷史的「哲學」意義在張芝聯看來是它含有和「現代」在精神上相似的東西，含有「現在」的「種種基礎」，「歷史知識決不是一堆死的東西，它是幫助我們瞭解現在的工具。歷史是一種解答；它是瞭解現在的泉源。」正是在如此定義「哲學」基礎上，作者認為「歷史的目的和哲學沒有根本的區別。一時代有一時代的『現在』，所以每一個時代都有它的特殊『現代歷史』；這也是為什麼歷史常常在重寫，而且必須重寫。」如果「歷史」只是「過去」，歷史的價值只在於「過去」，和現在沒有關係，那麼歷史就沒有「哲學」的意義。而這

〔註52〕張芝聯：《歷史與文學》，《燕京文學》1941 年第 3 卷第 1 期。
〔註53〕張芝聯：《傳記文學》，《燕京文學》1941 年第 2 卷第 4 期。
〔註54〕張芝聯：《歷史與文學》，《燕京文學》1941 年第 3 卷第 1 期。

樣一種「哲學」意義也正是傳記所具備的，傳記作為歷史的一個組成部分，歷史包括歷史中的人──傳主。所以上一段關於歷史的思想也是適用於傳記的，即傳主也同樣不是一堆死人，而是幫助我們瞭解我們自己的工具，是一種解答，是瞭解我們現在的泉源；在一定意義上，「傳主」也是「現代人」，就是「現代人」。雖然歷史和傳記的對象不同，但是貫穿於其中的「邏輯」則是同一的。另外，作者提倡「蓋棺論定」的作傳思想也與史學的書寫邏輯相同，凡是被寫作的史，只能是過去了的，結束了的，不能是正在發生的，還未結束的。歷史的敘述必須以一個時期為結點，這與為他人寫傳必須以他的生命或者生命的一個時期結束為結點一樣。

（二）《史記》影響下的傳記文學觀──史文俱佳

「世界上哪一個偉大的歷史家不同時是偉大的文學家？司馬遷，司馬溫公，希羅多德，吉朋……」〔註55〕史文俱佳是那些偉大的史學家的史學著作（很多是人物傳記）的共同特徵，這一特徵也就進而成了後來歷史學者著史的一大追求。其實，史學著作本身並不強求文學性。歷史那些文學性強的偉大的史學作品之所以成為後代學者的一個追求，其實際上的原因還是追求可讀性，即對於一篇「文章」，對任何一個「作者」而言，其目的都是被接受──必須具有可讀性。可讀性越強，其被接受的範圍就越廣，時間也越長，最高的成就今天依然在被接受的那些偉大的歷史作品所顯現著──永恆被閱讀的經典。1941年，曹聚仁在一篇名為《傳記文學》的文章中闡明了自己的傳記文學觀，他的傳記觀是通過批評關於魯迅的傳記開始的。他先是批評當時這些傳記不能「勾畫出魯迅先生的靈魂」，所以「算不得一部完整的傳記文學」，由此我們可以推斷在他眼裏，傳記文學必須能「勾畫」出一個人的靈魂才算及格。以這樣的標準衡量中國的傳記，他自然看到當時的中國傳記「沒有一部夠得上傳記文學水準」。既然中國沒有一部像樣的傳記，這就意味著如果要向真正的傳記學習，只能將目光轉向國外，所以他認為「斯特萊基的維多利亞女王傳，莫羅亞的屠格涅夫，愛克爾曼的歌德對話錄」是傳記創作「可取法的上品」。因為「這些作品，不僅是好的傳記，而且是好的傳記文學！」這意味著曹聚仁認為「傳記」與「傳記文學」不同，「傳記」是史學的，「傳記文學」則是指那些可稱為文學作品的傳記，好的傳記能稱之為好的傳記文學，但是好的傳記文學是否也是好的傳記呢，

〔註55〕張芝聯：《歷史與文學》，《燕京文學》1941年第3卷第1期。

這個他沒有說。在強調傳記文學的文學性之外，他以藝術價值衡量傳記文學作品，他說：「一部好的傳記，必須傳記本身也是精美的藝術品」。一般說來，藝術價值這一價值適用於評價文學作品，所以我們可以理解曹聚仁這句話依然強調的是傳記文學的文學性；他認為莫洛亞的作品「以生動活潑見長」，讓人「一卷在手，愛不忍釋」，是從接受經驗的角度讚美其文學性。對於文學的傳記，也就是他定義的「傳記文學」，他在文中稱之為「正格的傳記文學」，首推的作品是《維多利亞女王傳》，但是他首推的標準確實《史記》的垂範──史文俱佳──即魯迅先生所說的「史家之絕唱，無韻之離騷」。首先，他讚美這部作品的史學性──首「取材之豐富，斷制之謹嚴，文字之簡潔，在大史家面前可以昂首獨步」，他說：「我是治史的，讀完此書，也只能掩卷（歎觀止矣）！」而且，他認為這部書「其最成功的一點，即如巴比賽的各種史泰林傳一樣，能從一個人的生活看到了一個世界的橫斷面，從這傳記中，可以理解十九世紀的末期的英國」。其次，他讚美這部書的文學性，他認為斯特拉奇「把維多利亞女王寫成一個『富有人性』的常人，其喜怒聲笑啼哭，和愚夫愚婦一樣平凡。」二千多年以來，《史記》始終被史家奉為圭臬，遺憾的是，司馬遷之後，不但無人能出其右，而且一代不如一代。所以當曹聚仁再次看到與《史記》異曲同工的作品，他的第一反應，也是最自然的反應就是仍然把傳記文學放在史學範疇內去思考，所以他在評論斯特拉奇時才會引用司馬遷，他說：「前人謂司馬遷作史記「舉重若輕」，「舉重若輕」，方見史人之功力，此非一朝一夕所能草率成就的！」〔註56〕實際上，對於大部分人來說，就算在史學上持之以恆的努力，依然難有司馬遷的成就。一方面，個體天賦在很多情況下依然具有決定性的因素；另一方面，司馬遷自己和好友李陵的遭遇，以及他父親對他的著述，他對孔子意志的領悟，這些都是《史記》之所以成為千古名作的重要原因。當然，史文具佳作為著史的一個要求本身沒有疑問，而且，很顯然的，好的「文學性」一定是促進讀者對史學的理解的──「詩」經常更接近「真」。

（三）《史記》接受經驗下傳記文學觀──趣味化

在《論傳記文學》一文中，程滄波從人類的本能出發提倡傳記文學的趣味化。他認為：「人情樂於懷舊，亦喜思古，所以關於古人的行誼事略，很自然地會發生興趣。」進而他以自己的個人經歷說明傳記文學和懷舊、思古的關係：

〔註56〕曹聚仁：《傳記文學》，《前線日報》1941 年 1 月 26 日。

「我們自己的經驗，小時候讀史記漢書，對書志絕不感覺興味，本紀次之，惟對列傳則直如聽彈詞，或講故事……這種情形，在啟蒙的幼童中可謂極其普遍……這又說明我們對於傳記的興趣，是人類性情中所固有。」在這裡，程滄波把傳記文學和故事性──趣味性──聯繫了起來。進而，他從傳記文學的故事性提出了傳記文學書寫的要求──「使過去或同時的特異人物之言行，常常呈現出於人們的記憶中」──如此才能有趣味，使人愛讀。而正是從傳記文學的趣味性出發，他認為「傳記的功效，不僅是道德的，應當是藝術的。」而且認為「藝術的功效，實過於道德」。這一句話也是對他少年讀《史記》中列傳的回應，即《史記》中列傳的藝術價值大於道德價值。另外，作者並不是否認傳記的道德，而是從趣味的角度分析，如果一部傳記文學作品其藝術價值高，有趣味，才有可讀性，被接受，其所載的道德才有功效。

　　需要指出的是，在程滄波這裡，趣味性是和真實聯繫在一起的。對此，他以梁啟超的《李鴻章傳》說明：「數千年中，唐宋元明清各代的傳記墓誌，都是刻板的式樣。直到庚子以後，李鴻章死後新民叢報發行梁啟超著的《李鴻章》，當時讀者感覺這篇大文章，似列傳非列傳，似墓誌非墓誌，雖然人家對於這種文體感覺有點怪誕不經。但讀後回味，似乎比什麼行狀墓誌，神道碑來得親切逼真。」作者別出心裁的以繪畫理論說明傳記文學的創作，也是為了說明逼真，他說：「新傳記家與畫像家的原則是相同的，他們的任務同是面對著一個已定的真實。在現成的材料中，要造成線與色的調和。他們要選擇，要淘煉，在模型的面部上，不能多加一條線紋，用壓抑用集中的各種手法使觀者一望而得著畫像的重要印象。……不能對描繪的人，於其真相，主觀的有所發明，他們對其手中之模型──畫像或傳記，要忘記自己，不要以意為之妄自發明。」〔註57〕之所以以繪畫比喻傳記文學的創作，還是為了傳記中的古人呈現出來，還是滿足人的思古之情──這一濃濃的趣味。

六、關於自傳的理論闡釋

　　傳記文學包括「他傳」和「自傳」，我們上面三節所說的傳記文學理論既有關於傳記文學總的理論，也有「他傳」視角的理論，但卻不包括「自傳」視角的，本小節所闡述的「自傳」的理論，其中一部分理論是只適用於「自傳」

〔註57〕程滄波：《論傳記之學》，《讀書選刊》1945 年第 4 集上冊。下文相關引用皆引自本文。

的，但大多是適用於整個傳記文學的。

許君遠在其《論傳記文學》〔註58〕一文中對自傳有專門的論述，涉及對中國古代自傳的批判，對自傳不發達的分析，以及對自傳寫作特性的分析。

（一）批判中國古代自傳

對於中國古代自傳，他認為除了陶淵明的《五柳先生傳》和陳繼儒的等少數幾篇之外，看不到再有價值的自傳。這兩篇自傳根本沒法跟西方的自轉相比，因為它們的篇幅太短了。雖然我們都知道胡適說的《羅壯勇公年譜》是中國古代傳記裏的寶藏，但是一方面可能是作者沒看到，一方面也許作者並不承認，畢竟作者提到的這兩篇以現代學者的眼光看來也並不算什麼寶藏。而且作者在評價西方自傳時也有同樣的問題，他說：「西洋自傳文學算是相當流行，但是好的作品也並不多見，最好的當然要推《佛蘭克林自傳》，《尼赫魯自傳》，《丘吉爾自傳》等寥寥數種。」我們且不論西方的傳記寶藏比中國多，只看他推崇的三篇自傳就知道他的標準是和現代傳記文學的要素相違的，而且他自己竟然認為《尼赫魯自傳》的價值之一是因為「幾乎完全著眼於民族運動」，以現代學者的眼光，這樣的自傳不但不是寶藏，而且不能算是真正的自傳。至於作者為什麼對西方自傳作出這樣的判斷，這是因為我們通常認為的自傳名作在作者看來不是傳記，他在文中說，如歌德的《詩與真》、盧梭的《懺悔錄》在作者看來是一種「似自傳而又非自傳」的「純文學」。

（二）中國古代自傳不發達的分析

他認為中國古代自傳不發達的原因有二，一個是因為中國人「不肯說實話」和「顧慮太多」，所以「素為中國文人所不取」；另一個是因為傳統思想作祟，寫自傳容易被認為「其人怪誕不經」或者以「小說家言」擯斥。所以導致「中國學者缺乏寫傳記文學的風氣」，即使偶而要勇敢去寫的，也不能「暢所欲言」。他以胡適的寫自傳為例做出說明，譬如胡適在寫《四十自述》這一自傳時，關於戀愛這一極具個人化的事情卻「隻字不提」。

（三）自傳文學作品寫作特性的分析

作者首先肯定認為寫自傳時只要合理應用文學的技法，即用文學做些的方法來剪裁材料，然後以求真的態度去寫，就不會「過分失敗」。一個顯而易見的事實是任何一個有過文學寫作經驗的人都知道寫自己的事情，只要願意

〔註58〕許君遠：《論傳記文學》，《東方雜誌》1943 年第 39 卷第 3 期。

求真，是可以得到真實的。最起碼的，不會把自己神化。由此，作者進而從留美名的角度分析寫自傳的動力，一般來說，古代很多的優秀傳記文學作品之所以能流傳下來是「文以人存」的一個結果。但是作者認為，其實通過一部好的自傳文學則能「人以文存」。這看似功利的追求流芳百世的一種創作態度，在一定意義上可以促進自傳文學的發展的，因為，很明顯的，只有真正的自傳文學才能流傳下去。另外作者認為自傳和他傳的寫作區別還在於「自傳很少超出文學的範疇，傳他人則易陷入歷史的軌跡。」或許是自傳多屬「文」，他傳多屬「史」這一傳記文學的存在現狀使作者得出這樣的結論，而作者的傾向則是調和，即自傳多一些歷史的因素，而他傳則向「文學的範疇」靠攏。〔註59〕

1942 年，柳存仁在《古今》雜誌第 10 期上發表《談自傳》〔註60〕一文，論述了自傳的定義內容、價值和意義等。文章一開始，作者就說：「蓋以西洋傳記觀點衡之，則不過為人生之表現，為事實之記錄，為歡贊興歎之所從由。故流浪者可有自傳，而英國戲劇家蕭翁序之；愛與性可有自傳，而文豪赫理思為之。準是以繩，則引車賣漿者流，皆可秉筆自道其實，不博人憐，世間自有為之一灑同情淚者。」從這段話我們知道，作者認為自傳是一個人的「人生之表現」和「事實之記錄」，而在內容和傳主選擇上都不設限。自傳的目的不是「博人憐」，而只是寫自己；只是寫自己的自傳便會有一個必然的結果——讀者中自有為其感動者，自傳的這一價值其實就是文學的價值。文學的價值不是求可憐，而是寫自己，寫自己的目的有一部分是求同道，而求同道一方面也是在找知音，而一旦讀者看懂你的書，你反而先成了他的知音，雖然你不知道，但是你極大的慰藉了他的靈魂，這是文學價值的偉大。

再有，作者文中強調的傳記的史料價值，作者認為傳主「其人」「其事」「其生活思想情趣癖好」「其交遊」「其所囿而不自覺之家庭環境社會背景國家大局」都是「人類生活史料之一部分」；而如果沒有傳主的「個人生活之真實記錄」，又或者有卻「語焉而不詳」，或「敷陳浮辭，支離破碎」，那麼即使「後世有千百第一流之歷史家考古家社會學家經濟學家，又奚以為。」而作者之所以如此重視自傳的史料價值，是因為他看到它的功用——「可視為社會人生讀本之啟蒙篇」。

傳記的內容不拘，人物不拘，重視傳記的史料價值，這都是傳記文學通用

〔註59〕許君遠：《論傳記文學》，《東方雜誌》1943 年第 39 卷第 3 期。
〔註60〕柳存仁：《談自傳》，《古今》1942 年第 10 期。

的。只有論及寫作傳記的合適人選時，作者才提出適用於自傳的思想。他說：
「傳記以記個人生活梗概為體裁，自以其人之本身為最適宜之撰述人，不得已
而思其次，則為其親屬友朋，及其他一切在其生活思想及事業上有關係者，更
次，自為其同時代之眾人。」當然，作者這樣的思想只是考慮到了寫自傳的有
利的方面，而忽視了不利的方面，譬如在前面幾節中，我們已經提到的兩個不
利因素，一個是個人不敢暴露自己陰暗的一面，再一個是個人的當局者迷，難
以發現「自我」，看清「自我」。〔註61〕

　　水兆熊的《小人物自傳序言》一文從個人創作的視角闡釋了他的自傳思
想，涉及自傳定義，自傳的功用，自傳的價值，以及自傳的創作思想等。作者
認為自傳是「文藝創作之一種」，這就將把自傳歸定義為文學。至於功用，並
未逃脫「文以載道」──他希望他的自傳能作「一般青年的借鏡」，作者認為
自傳的價值有三：

（一）史料價值──時代信史的一角

　　作者在文中說：「雖然自覺渺兒微末，但是將他的半世生涯活生生的記出，
也是為這一時代的記錄，也可由此傳達出大時代的脈搏，渺小也罷，微末也罷，
沒有豐功偉績也罷，總之，只要是真實的寫作，也正可作為這一時代信史的一
角」。

（二）傳記文學的創新

　　作者認為自傳是傳記文學的一大創新，這一創新在作者看來表現為兩點：
傳主選擇和內容展現。作者看到「中國歷來的史傳多是王后將相之作」，小人物
鳳毛麟角。所以小人物的傳記在作者看來是「別開生面的創作」；再有就是在內
容展現上，帝王將相的傳記往往「太堆砌於英雄豪傑的敷陳」而不能使人看見
當時「活躍的民間人物」和「生活真趣」以及「世俗變遷」。而這些顯然都是作
者受西方的影響而產生的，作者在文中提到：「歐西自傳之作漸興，流浪者可有
傳，愛與性可有自傳」，「流浪者」指人物不拘，「愛與性」指內容不拘。而這兩
個「不拘」的價值體現在「其意義其價值固不在其本身是否為巨公名人，但求
其真誠逼肖，則自傳得大眾之歡贊興歎。這正如繪畫寫照，王公大人固可表現
其一派威武；蒼老鄉農，年幼稚子也可傳其情態。再比如看戲，英雄角色固照
演來有聲有色，但是民間男女的悲歡離合，也一樣的能使觀眾可歌可泣。」

〔註61〕柳存仁：《談自傳》，《古今》1942 年第 10 期。

（三）情感慰藉的價值

作者在文中提到自己寫作這部自傳的個人原因，他說：「少年以來，兄死弟亡，在極度哀痛來，更欲借自傳以消悶。」另外作者還提到他要在自傳中「痛快地表現我的思想，我的信仰。」〔註62〕

此外，作者還提到自傳的創作思想。在創作手法上，作者欣賞「詩人的天才」和「寫小說的筆力」，因為這可以「在事實之外，憑空激起如煙如雲的波瀾」。但是由於他自認為沒有「生花之筆」，而且他的個性「板實」，所以選擇只能「老老實實」的寫，「直截明快」的寫；在採用的體裁上，作者說「我將從心所欲的，學取英國文，散文大家所慣用的那一種不拘形式家常閒話似的體裁 Informal or Familiar Essays……」，因為作者認為「散文最能表現個性，最富有自傳的色彩」；在創作態度上，他主張「以赤裸裸的態度，將自己擺上解剖臺，也想將與我接觸過的人物擺上解剖臺，細細剖開，坦陳於大眾之前，作為大眾觀摩研究的資料」，作者這一坦誠的態度是現代性十足的，是現代傳記文學最為追求的。綜合來說，作者自陳：「我的寫法，又是記敘的，又是抒情的，更將作為我的思想的結晶。總之，我要竭盡我的蟻力寫這一篇自傳，來代表我的整個人生」。〔註63〕

蘇芇芷在其《談談幾部白話文自傳》中通過傳記批評的方式提出了自己關於自傳的思想，她認為中國自傳中國不發達的原因之一是「寫自傳大都是免不了為自己吹噓替自己辯護的，所以一般作者生恐招此嫌疑，乃索性擱筆不談此套。」作者從而提出「自傳的意義在乎赤裸裸地坦然表現自己，使得讀者知道一個作者所走的路線，是如何的為時代背景及社會情象所影響感受，與夫某一人生階段和客觀環境的錯綜複雜的關係法則，假如一味誇張，一味掩飾，那不但失去了「自傳」的意義，且亦估低了生命的價值，破壞了人格的健全。」文中批判《一個女兵的自傳》「犯了冗長與不扼要的毛病」，認為巴金的自傳有「恒久的熱情」，看到《沈從文自傳》和他的小說技巧的關係，認為胡適寫作《四十自述》「自傳文開闢的新路徑，還未發揚，又遭堵閉，實在可惜。他之所以未能在序幕之後繼續保持那新的表現手法一貫的寫下去，還是他的舊文學的修養害了他。」〔註64〕這些都是關於「傳記文學」的而非自傳特有的理論，至

〔註62〕水兆熊：《小人物自傳序言》，《寧波人》1946年第6期。
〔註63〕水兆熊：《小人物自傳序言》，《寧波人》1946年第6期。
〔註64〕蘇芇芷：《談談幾部白話文自傳》，《新動向》1943年第75期。

於這裡提到的胡適的「舊文學的修養」，所指乃是「史學性」而非「文以載道」。

亢德在其《關於實庵自傳》一文中借陳獨秀回覆編輯的一段話闡述了一種傳記文學思想。但這思想雖由自傳而發，但卻適用於所有傳記，而不只是自傳。他說：「弟對於自傳，在取材，結構，及行文，都十分慎重為之，不願草率從事，萬望先生勿以速成期之，使弟得從容為之，能在史材上文學上成為稍稍有價值之著作。世人粗製濫造，往往日得數千言，弟不能亦不願也。普通賣文糊口者，無論興之所至與否，必須按期得若干字，其文自然不足觀，望先生萬萬勿以此辦法責弟寫自傳，倘必如此，弟只有擱筆不寫，只前寄二章了事而已，出版家往往不顧著作者之興趣，此市上壞書之所以充斥，可為長歎者也！」〔註65〕在這裡，陳獨秀對傳記文學提出了自己看法，而且切中了現代文學的幾個要素。

李玄伯在《望國人多寫自述》一文中認為自傳屬「史」，所以他的傳記文學思想也都是從自傳的史學屬性出發的。他說「自述只是史學作品，而非文學的。」認為寫自傳第一要「詳盡」，第二要「忠實」，第三要「重視年月」都是關於史學性的。而且作者明確認為一部自傳「寧失於文筆不佳而不失之材料欠多」，對於傳記學者普遍推崇的史記漢書，作者提出了自己的觀點，他認為「國人舊習重視文學而忽視史學，世人之重史記漢書者以其文學的價值，其實以史料考證來說，史記遠不若明史。」所以他認為「寫自述者能兼有文學天才固佳，然此非其所重，所重者史料是忠實敘述的詳盡而已。」在這樣的觀點之下，才能達到促進自傳的繁榮，因為在作者看來，既然文筆不是必須的，而重視史料為第一，所以寫自傳者在作者看來只要大膽的寫就可以，而「不必顧及文筆而為之趑趄不前」。總而言之，在自傳屬「史」的思想主導之下，作者視保存材料為第一要務，提倡寫自傳的目的也是為了避免「史料因久而湮沒」，在這一目的之下，作者認為「一冊冗長而含材料甚多的自述總比一冊簡短而含史料少的有用處」。〔註66〕材料的多少是衡量古代傳記和現代傳記文學的一個重要尺度，胡適最早發現了這個問題的重要性，這一問題經常被討論，而且一直保留到現在。

1941 年 2 月 19 日，《新聞報》登載了一篇《滬地名流推行自傳運動》的簡訊，第二天的《申報》發表了同一篇文章，標題略有不同，為《推行自傳運

〔註65〕亢德：《關於實庵自傳》，《古今月刊》1942 年第 8 期。
〔註66〕李玄伯：《望國人多寫自述》《週報（上海1945）》1945 年第 14 期。

動》。這兩篇簡訊是為了推廣《青年文會》雜誌發起的「現代人自傳運動」。而這一次推廣自傳的運動主要在闡明傳記的功用，屬於「文以載道」的範疇，離傳記這門藝術的內涵很遠。文中提及發起這個運動兩個原因。第一個因為「自傳文章，為古今中外重要歷史性之文字，舉世公認」，第二則是因為我國自傳的落後，也就是文中說的：「在近代則有胡適之先生等為之積極提倡，但皆未能獲致佳果，較諸西洋各國之普遍推行，則相去遠甚。」雖然作者認為我國的自傳和西方比差距很大，但只是看到普及性，也就是存量的差別。而對於自傳這一傳記藝術則缺乏基本的認識，這表現在作者認為自傳是「歷史性」的文字，說明作者未在傳記藝術的視野內思考傳記。當然這一篇文章只是簡單介紹「現代人自傳運動」，意在廣而告之：「凡欲發揮個人意志與生平經過，而欲加入該項運動者，可徑與本埠戈登路 275 號青年文會社接洽。又甫出版之青年文會 2卷 10 期中載有該項運動之詳章。」〔註67〕另外，這場運動明確提及了自傳的功用，那就是「供助史料」和「裨益青年修養」。〔註68〕而對這一運動的功用解釋更詳細的則是由發起人共同署名的一篇文章《現代人自傳運動緣起》。文中也明確了自傳的功用也是史料價值和教育價值，而史料是為教育服務，兩個價值是合一的。作者這一看法自然不是新意，離現代傳記文學的屬性太遠。實際上，這只是一場現代人發動的古代傳記文學書寫運動。當然，如果只是從文字表面含義看，本文有些語句似乎也可以引出一些值得肯定的觀點，譬如文章開首就說「宇宙之大，惟人獨尊」，這可以引申為對「人」的重視，對個體的重視，表露出一種人人平等的意識等等。但是從他之所以認為人尊貴的原因看──開天闢地，營食求生，克險阻，抗猛獸，征疫癘，訂信約，聚族而居，以禦外侮，送死養生，以盡人道──這裡的「人」是作為群體的「人」，強調的是「人」對於「集體」的「公價值」，而不是對於個體的「私價值」。正因為重視「公價值」才會認為傳記的價值是教育價值，因為集體價值離不開，更得益於教育。譬如作者也通過西方傳記看到了傳記的文學性，文中提到「歐美人士之自傳，文字既富麗可誦，而質復一字一血，披瀝肺腑，讀者必為之歌其所歌，泣其所泣矣。」但是，作者雖然看到了西方傳記的文學性，卻不知道原因，而且也不去追查原因。而只是懶惰的蒙混而過，簡單的認為「但此或由於異地環境不同而使然，可置勿論。」在此情形下，這群人怎麼能有資格提倡真正的自

〔註67〕《推行自傳運動》，《申報》1941 年 2 月 20 日。
〔註68〕《現代人自傳運動簡章》，《青年文會》1941 年第 2 卷第 10 期。

傳，怎麼能推動自傳的真正發展？所以他們即使看到了「歷代鉅公偉人，歿世後縱有史家之記述，亦僅舉其犖犖大者」，從而主張記述「其私人生活與夫一生言行」，但是原因卻是這些生活與言行「皆屬推動歷史之原力者」，也就是自傳的史學價值。文中他們也論及了提倡自傳的另一大原因，即在不能「聽令史家為身後之記述」。儘管作者也提倡「赤裸裸的描寫個人生活」。但是無論作者有多少看起來對自傳有益的建議都會在「供史料」和「遺後世以榜樣」以及「給自己以傳」〔註69〕這三個目的下失去價值，失去意義。

最落伍的自傳思想，莫過於周越然的《何必自傳》，周越然的迂見是通過論述他的觀點——什麼人可以寫自傳——進行的。「我以為寫自傳的目的，常在教導後人，不在『表揚』自己。」作者用這一目的引出可以寫自傳的人，那就是年老而有經驗有道德的人，因為「倘然寫自傳的目的，必在教導後人，那麼，年輕無經驗可言者，不必寫自傳；年老而言不正，行不端者，亦不必寫自傳。」也正是從教導的目的出發，作者認為自傳的傳主需為後人的模範。於是他讚美《樊克令的自傳》，因為樊克令的「言行」足以當「後人的榜樣」。看中《從奴隸而上將》中的華盛頓所做的事「件件是大眾的模範」。所以作者反對盧梭的《懺悔錄》和赫里斯的《我的生活與我的戀愛》，因為他認為「兩書中最重要的部分，是細講著者的婚外行為——玩弄對性。他們還沒有消滅的緣故，因為人皆好奇，想要看看著者怎樣老臉，不怕羞恥，並不希望效學著者的行為。」他認為這樣使得兩人「極暢達」的文字所表現出的「優雅」「被惡濁遮著了。」他將這兩本自傳比作「紅妓」，而閱讀他們的著作好比行人看到過馬路的紅妓，一定會「駐足」和「注目」。作者純從道德教化的目的看待傳記，所以他認為如果一個人的道德不過關，即使他「用盡心思」寫成一本「很忠實的自傳」，讀者的反應也只能是：「不是搖頭，就是暗笑」。〔註70〕但是這種自傳只是沒有「教導後人」的作用，但卻有可能是暢銷的，因為有「不道德的故事」可講，因為有「無行的事實」可以引人注意。但這是呼應了人們的好奇心，不是從傳記藝術的角度討論傳記，而是從傳記的可讀性，傳記的發行角度所作的思考。

作者在文中明確提出了適合寫自傳的四條標準〔註71〕，並進而從文學性

〔註69〕《現代人自傳運動緣起》，《青年文會》1941 年第 2 卷第 10 期。

〔註70〕周越然：《何必自傳》，《文友》（上海 1943），1944 年第 3 卷第 7 期。

〔註71〕1.我是不是聲譽卓著，大眾欽佩的人？2.我一生所作所為，對於國家，對於人民，有何實益？3.除了我的至親好友及子孫之外，我所作所為者，別人是否不可知？別人是否急於求知？4.我所要寫的事，是否確切可靠？可否不欺閱者？

和傳主選擇兩個角度提出了自傳的標準，即一部自傳的傳主要有可書寫的行為，同時，還需要用好的文字把他的行為表述出來，而「倘然有文而文不雅，有行而行不高」那就不值得寫自傳，或者說這樣的自傳沒有價值。作者的自傳理論也確乎可以用他的「歪詩」來概括：「確有天才者，應該寫自傳。平凡無特識，何必丟臉面。」〔註72〕這一理論難定對錯，卻有很大的傾向性，即作者認為非凡有特識的人才能寫自傳，其實這還是一種英雄傳記論。

　　正如自傳文學不拘形式一樣，自傳的序文也不需要拘於固定形式，雖然它在我們的印象裏似乎有固定的形式，一般表現出我們「期待」的樣子。衡芹的《自傳自序》是一篇行文特殊的傳記文學思想論文。作者以口語書寫，文中滿是戲謔，簡潔，暢達而不乏幽默。在一定程度上，這也是一篇自傳性質的文學，因為它坦白的表露了作者的一種心理，一種觀點。文中涉及的內容主要有對當時傳記序言的批評，對中國古代傳記的批評，對傳記價值的認識，對自傳的認同等。

（一）對當時傳記序言的批評

　　作者直接了當的批評當時傳記序言的功用，一個是「借光」，一個是「銷路」。借光則要「請要人或者文豪之流」，要有銷路則不能請「無名小卒」。所以「借光」和「銷路」基本是合一，所謂借光一般是為了有銷路。同時我們也可以從作者對傳記序言的批評中發現當時傳記的創作常有以「銷路」為目的，而不是單純的從事傳記文學創作。當然，我們也不會否認極少數單純的傳記文學創作也需要「借光」以打開「銷路」。另外作者在批評傳記序言時也坦白的表露了自己的心跡，這一表露自然也就成為他的自傳的一部分。他一方面說請名人寫序是讓他「難堪的一件事」，一方面又對讀者說：「讓我偷偷告訴您吧，根本我就請不動要人或者文豪之流」，同時坦誠請無名小卒作序，擔心會影響到「這本自傳的銷路」，所以「不能不加以慎重考慮」。排除了請要人和無名小卒作傳，是為了引出自己作傳的理由，但是這理由卻又是作者真誠的坦白，正如作者所說：「自傳的前面，來一篇自序，自拉自唱，又待何妨？」〔註73〕而自傳不正是一個人不管不顧的自拉自唱嗎？

〔註72〕周越然：《何必自傳》，《文友（上海1943）》1944年第3卷第7期。

〔註73〕衡芹：《自傳自序》，《新東方雜誌》1941年第4卷第5期。以下相關引用均引自本文。

（二）對傳記價值的認識

作者認為傳記對於人生非常重要，他說：「倘若一個人死去，就那麼無聲無息的死去，若干年後，誰知道這世界上曾經有過您這麼一個人！可是，萬一有篇『傳』呢？……幾千幾萬年後，人們只要讀到你這篇『傳』，自然會『高山仰止，心嚮往之』的，那多麼夠勁？尤其是讀了英文的『名人傳』以後，格外增強了我對於『傳』的掛念」。作者這段話雖然沒有看到傳記對死亡的超越性，雖然只是看中了傳記使人「流芳千古」──傳名──的功用，但是作者用「多麼夠勁」四個字直率得坦承他對「名」的追求。而且他這對「名」的要求並不僅僅是中國文化影響的結果，也是西方文化影響的結果，是直白且坦誠的。

（三）對中國古代傳記的批評

作者由傳記可以「傳名」引出對中國古代傳記的批判，作者說：「希望將來也有人給我寫篇『傳』；傳諸後世。」但是按照作者以往的經驗，被人傳寫以「傳諸後世」是需要很多要素的，這些要素構成一種範式。這範式的第一部分在作者看來就是出生時的「異香滿室，鸞鳳和鳴」等祥瑞現象，但很遺憾，他並沒有，按照他自己的幽默的說法是「可惜我的父母沒有告訴我」；這範式的第二個部分是兩耳垂肩、雙手過膝、臥蠶眉、丹鳳眼等面相，可是也沒有。但是在面相上還有第二種模式是奇人有異相，所以作者說：「很快的我會聯想到朱元璋，而這一絲絲遺憾，化作雲煙四散了」，這一方面是對中國古代傳記面相說的諷刺，只要是名人，傳記作家總能把他的面相和他的成就聯繫在一起。一方面這是作者心理的一種坦白，坦白自己的自我麻醉。而面相這一範式通過自我麻醉的方式通過之後，作者就戲謔的說自己的前途「不可限量」，所以就得進入範式的第三個部分──做一個「小大人」。也就是作者說的要顯露「名人的苗頭」──即小時候就與眾不同──不頑皮，不淘氣，且知書達禮──表現為一個「小名人」。於是作者不得不按照古代傳記中的書寫表演「俎豆之儀」「陳平分肉」等禮節以展示未來「名人」的童年。但是很可惜，作者的弟弟妹妹打破了他的表演，因為他們沒有「名人的苗頭」，也不懂「兄則友，弟則恭」，使得作者滿心期待的「莊嚴隆重的陳列俎豆的大典」變成了一個「弟啼妹哭的局面」。範式的第四部分──傳主的少年一般表現為「聞雞起舞」；可是作者家沒有劍，於是只能以頂門棍充當。所有這些表演當然不能將作者打造成名人，但確實減少了作者很多童年的歡樂，作者說：「我童年的生活，確受

了不少的拘束。我不敢頑皮，不敢淘氣；這，並不是懼怕父母師長們責罰，而是在恐懼將來替我寫『傳』的朋友，把不好的事實寫在『傳』裏，使後來者的眼光中，減低了我的估價！」作者應該知道中國文化中還有盡信書不如無書這一「箴言」，中國古代傳記中的名人德行固然多為良善，但那是傳記作者為其隱惡的結果，而不是在現實中真實的盡善盡美。作為名人，只要在傳記作者為其作傳時是「名人」就可以，至於傳主在成為「名人」之前怎樣，童年怎麼樣，並不是作者關心的，作者也不會費力氣去找傳主真實的生活資料。

（四）對自傳的認識

作者對自傳的認識主要得益於作者想「立傳」以「傳名」的思想。前面我們提到古代入傳的「名人」條件，作者是不具備的，儘管作者試圖去用表演去彌補。這些條件還是只是對傳主的內在要求，古代名人入傳還有外在的一些表現，如果入國史之傳則一般需要君主「宣付國史館立傳」後再由當時名流作傳，如果寫入墓誌銘這類傳記則需要「孝子賢孫」花錢請人寫，但是作者對這種傳記不敢興趣，因為這些傳記要麼千篇一律，敘述格式都是「先父諱某，字某某，幼年怎麼樣，壯年怎麼樣，老年怎麼樣，持家怎麼樣，待人怎麼樣，……」要麼「含讌帶諷」，使得傳主的「在天之靈」局促不安。但是有了「自傳」這個體裁，作者想要「立傳」的夢想就不需要依賴國史館和花錢請的名人了，自己就可以，這在作者看來是他「唯一的救星」。作者直接了當的說：「自己替自己寫傳，這真是再爽利沒有！第一，自己感到文筆滿意——文章是自己的好！第二，剪裁得體——撿我願意公開的寫！第三，記載翔實——不會有傳聞失實的地方！」

這即是一篇自傳思想論文，同時也是一篇很好的自傳文學。文中多有刻畫入微的地方，讀了之後，作者的形象躍然紙上。如他為了觀察自己的面相，會「偷偷地跑到穿衣鏡面前」。而當他發現自己沒有常見的福相之後，便去「詳細地觀察」他的「濃眉，大眼，小耳，尖下巴」等和一般人不同的地方而一旦發現自己夠「醜」時，卻不自覺的用「福在醜人邊」自我麻醉，並當場「裂開闊嘴」「嘻嘻」笑起來。如他用門閂表演「聞雞起舞」，一聲「看老夫飛劍取汝首級！」，話音未落，砸爛一扇大玻璃窗。如他聽了父親講的華盛頓斫櫻桃樹的故事以後，心中想「這算什麼呢？」於是在第二天，就把父親兩盆最心愛的春梅踹壞；然後「興高采烈」跑去對他父親說：「爸爸，你的兩盆春梅都給我踹壞了」以表演他的誠實。而且他還幽默的說「父親畢竟是大

人了，大人大概對於誠實不感到重要——或者說不感到興趣——所以，結果我被痛揍了一頓。」〔註74〕像這樣的描寫，文中多有，即生動又幽默，確為難得的文學作品。

第三節　多樣形態的理論建樹

經過域外傳記文學理論的全面譯介和深化認知，以及對中國古代傳記及其思想的反思，中國的學者開始建立起諸多新的傳記文學觀，這些傳記文學觀分為三類：一、傳記文學屬「史」；二、傳記文學屬「文」；三、中國傳統視野內的傳記文學思想。

一、傳記文學屬「史」

主張傳記文學屬「史」的學者，林國光足可為代表。1942 年，林國光在發表《論傳記》〔註75〕一文，明確的表示，傳記文學屬「史」，東西皆是。作者在文章一開始就直接了當的說傳記屬「史」，他先說：「吾國整理國史的運動雖然已經有了相當的時期，但是國史中最重要而最有興趣的傳記，少有系統的檢討。」然後緊接著又明確的說：「傳記是史篇的一種」。而對傳記在西方也屬「史」的論述，作者的邏輯是這樣的，作者先通過論說二十四史因為其主體內容是傳記，所以是「以人為本位」的歷史，從而得出這樣的結論：「由此可見傳記在吾國歷史傳統上的重要」，緊接著，作者說「傳記在西洋史學上一樣重要。」並指出「有一時期，帝王傳略，教會聖徒烈士的生平事蹟竟然篡取一般史書的地位。」當然，我們知道傳記在西方不是附屬於史書的，這與中國不同，所以作者認為傳記在西方也屬「史」的論述需要在全文中進行把握。

首先，我們從全文的結構看，作者論述傳記是帶有明顯的史學傾向的，作者在文中說：「本文先討論傳記與文學及歷史的關係，次述西洋傳記的演進，末列傳記的定義及其分類。」這幾個方面既涉及傳記文學的核心問題，也涉及傳記發展史和傳記定義及分類，它們都以傳記文學屬於史學這個論點為基礎展開。

〔註74〕衡芹：《自傳自序》，《新東方雜誌》1941 年第 4 卷第 5 期。
〔註75〕林國光：《論傳記》，《學術季刊：文哲號》1942 年第 1 卷第 1 期。下文相關引
用，除特別注明外均引自本文。

（一）傳記文學屬於史學

　　傳記文學屬於史學，作者這一論點在文中有幾處充分的證據。「傳記屬文屬史這一問題很有興趣」。作者先拋出這樣一個問題讓讀者思考傳記與文學、歷史的關係，然後說：「有人以為傳記是文藝的一種形式，正像詩詞散文一般。傳記的編纂是一種藝術，一種人對人的瞭解與分析，其撰作有如現代人像畫，不過是把一個人的生平言行思想，用最優美的文字表現出來。」並進而解釋說當時的英國文學史家高斯（Edmund Gosse）「持此論」。之所以用高斯來佐證這一論點，是因為高斯是文學史家、作家，是「文學」領域內的，而非「史學」領域的，作者引用高斯的意在說明因為高斯是「文學」領域的，所以他對傳記的「定義」才會被限定在「文學」範圍內，而不是「史學」的。基於此，作者才能把傳記的屬性引到自己傾向的史學屬性上來，他說：「但是傳記終究不是純粹的文藝作品，不像史詩，更不像歷史小說，不能單靠豐富的想像力，馳騖空中，即景會心而杜撰。其實傳記家的搜羅材料，考訂調核，排比分析，批評估計等等，慘心經營，有如一般史家修史，所以傳記與其屬『文』，不如屬『史』。」在這一段話裏，我們可以發現作者之所以認為傳記屬「史」，是因為傳記的創作方式和史家相同，即傳記的「生產方式」決定了傳記這一「產品」的性質。同時，在這段話裏，他沒有否認傳記的文學性，即傳記為不純粹的「文藝作品」，而是有一定文學性的「史學作品」，這是作者的基本傳記文學思想——史學視角下的傳記文學思想——決定了作者後面傳記史的論述、傳記的定義和分類。

　　傳記文學屬於史學在歐洲傳記發展史上也有充分的證據，作者在文中說：「十九世紀中葉，史家一變以前態度，個人事件，委之傳記作家。」原因則是「緣因工業革命以來，……凡此種種，皆足以使史家幡然覺悟帝王將相傳記的不足以代表史的全面觀了。」但是「看中歷史上特出人物的史學至今仍成有力的一派」。這段話包含了這樣幾個信息：第一，在十九世紀中葉以前，傳記屬於「史家」的「分內」事，史家作傳記，且多為「英雄傳記」，且為「史學」服務；第二，傳記「委之傳記作家」之後，只能說明傳記在史學中的地位發生變化，從幹流、主流成為支流、末流，但仍屬史學，沒有歸之於文學藝術，也沒有成為獨立的學科；第三，十九世紀中葉之後寫「英雄傳記」的「有力的一派」也還屬於「史學」，他且引用梁啟超的傳記文學思想來支持這一「史學」觀：「吾國梁任公晚年治史，亦持此論。甚至主張以專傳體改造通志，或是單

做一部百傑傳，『盡能包括中國全部文化的歷史』」。但是作者列舉的「英雄傳記」作家中，即有他稱為「通俗傳記家」的路德維希也有法國「文學史家」Emile Faguet 等非「史家」，這不是作者自相矛盾之處，卻足以說明作者另一史學視角下的傳記觀：第一，非「史家」插足「英雄傳記」仍屬於史學著作範疇，且是「史學」的一個派系；第二，非「史家」插足「英雄傳記」會讓「傳記」失實，變形，變成「非史學」，這正是他反對的。

（二）從史學角度批評傳記文學

作者批評傳記文學從反對以「傳記為治史途徑」的史觀入手，作者在文中提到有些「史家」認為「單讀傳記不足以瞭解群眾的行動或是社會的定律，傳記與通史非並讀不可。現在歷史觀念已變，所謂史者，非單指幾位帝王將相，整個社會民族的趨向興衰遞變，往往更為重要。我們從傳記中只能窺測個人心理及行動，歷史則包括整個社會民族的經濟動態，政治制度，風俗習慣等。」〔註76〕需要指出的是，對於瞭解中國古代史學或中國古代傳記的學者來說，這段話中提到的「單指幾位帝王將相」而無關「整個社會民族的趨向興衰遞變」的「史學」著作是符合中國古代史學的，但是從傳記中可以「窺測個人心理及行動」則是閱讀中國古代傳記難以得到的體驗。

傳記文學之所以不能成為「治史途徑」，在於一些史家「不肯承認傳記為史籍」，而之所以不承認傳記文學為史籍則首先是因為「傳記不科學化，主觀偏見，在所難免」。這種主觀偏見表現在一般傳記作者作傳記時「常常以傳主立場記述當時事物情景，鮮能秉筆直書，長短齊見」；表現在「子弟「」為「父師」寫傳記時，以「標榜」為目的而「隱惡揚善，自欺欺人」；表現在史書的編纂上，在「私撰時代」，會因為「當時政治社會環境，每每有所顧忌」，在「官修史書」時代，則「奉承主子」；表現在傳記作者先有「定見」而作傳，所以在「材料編比選擇去取」上「每每思以發揮證明其定見」。此類傳記「立論無據，品評籠統，性情難求」，「有如宣傳冊子，實非科學的歷史」。「史事過於簡單化」是「史家不認傳記為史籍之又一原因」，因為「史事錯綜複雜」，而「只讀傳記，不足以窺過去的興衰變化」。作者引用「史家」反對「傳記為治史途徑」足以說明以「傳記」為「治史途徑」的史學的存在，也足以說明傳記是史學一派，傳記屬於史學。

〔註76〕林國光：《論傳記》，《學術季刊：文哲號》1942 年第 1 卷第 1 期。

（三）以中國古代史學著作為觀照的傳記批評

作者在批評作為「治史途徑」的著作時，多以中國古代史學著作和中國古代傳記舉例。譬如以《史記》解釋中國古代傳記文學書寫中的「先有定見」之風，認為「司馬遷此風一開，後世競相摹仿」。以廿四史中的「列傳本紀」說明中國古代傳記文學書寫中的敘事「過於簡單化」，認為「雖都熟讀一遍，尚不足以窺某朝政治史的全豹，至於經濟、風俗、文化等，也只好『求諸涉筆』」。這樣的舉例自然也足以說明傳記屬史學，作者是在史學的範疇內討論傳記文學。

（四）在史學框架內論述西方傳記發展史

作者史學視角下傳記文學思想是由「中」而「外」的，即作者先因為中國古代傳記附屬於史學、屬於史學這一事實，進而才有從西方傳記也應屬「史」這一「定見」出發去論述西方傳記的史學性。與在中國史學中發現「傳記」，論述「傳記」不同，作者是在西方「傳記」中發現史學，論述史學。譬如，他雖然也看到了色諾芬的傳記文學作品「以文筆見稱於世」，但看重的卻是它的歷史價值，因為其傳記中表現出的「政治上的經濟因素」「頗為史學家所注意」從而成為「希臘史家中第一人」。但是很明顯的，色諾芬雖然是史學家，但是他寫傳記和回憶錄的目的不是為了著史，它們也不是史書。至於後世史學家所關注的其經濟學史料的價值，那充其量也只能是這些傳記的「副產品」。他看到了古羅馬歷史學家蘇東尼的《羅馬十二帝王傳》「文筆栩栩動人，既不根據年月次序述事，又不講究修辭，標榜道德，書中多為個人軼事，書翰，言論，遊戲，死前預兆等等。羅馬國王體格相貌，則一筆不遺，鼻子長短高低，眼睛顏色，全盤記述」，但卻仍然認為這是一種「史學」作品，原因有二：一是他認為「凡此種種，一變當時史家『正』筆風尚，可以說是獨創一格。可見當日傳記體的盛行，也可以說是那一時代的特色。」〔註77〕這足以說明他認為蘇東尼的《羅馬十二帝王傳》是「獨創一格」的「史家之筆」，是史學著作；二是因為他認為蘇東尼這類作傳的工作影響使得「代代有人承繼，後人甚至以代替歷史編纂，既投所好，又省精力」。並提到在四世紀時，「有一名 Victor 者，竟以羅馬君臣傳記作為羅馬帝國史。」這足以說明在中國，「帝國史」包含「君臣記」，而在西方，則是「君臣記」佐成「帝國史」。這也足以說明作者認為西

〔註77〕林國光：《論傳記》，《學術季刊：文哲號》1942 年第 1 卷第 1 期。

方傳記屬「史」的觀點。這種以人物傳記佐成歷史的西方模式在基督教興起以後，則進入了中國模式──歷史中包含人物傳記──這在作者看來是「歷史撰作觀念稍變」。對這一期的教會史，他說：「考其內容，可見其為傳記體，惟一改變，為以教會人人物代替帝王將相。」而且這時期的傳記因為史學沒落而竟成為史書中有重要價值的部分，作者認為「中古時代，史學退化，史家立場既欠公正，又喜阿諛，一切歷史著作，無以擺脫神學桎梏；然此時期史書中的特出者，仍是傳記。」

在主張西方古代傳記屬「史」之外，作者認為西方十八世紀誕生的「現代傳記」是十八世紀「唯理主義史學」發展的結果。在 19 世紀，作者認為浪漫主義史學的興起，否定了「唯理主義歷史觀念」，其結果是卡萊爾的「歷史即偉人論」盛行，影響傳記甚巨。卡萊爾之後，其弟子夫魯特（James Anthony Froude）繼承卡萊爾的觀念書寫偉人傳記。值得一提的是，作者認為夫魯特是「最後文史家之一」在他之後，「文史分道，史家已成獨立學門」。這就申明了在西方也存在文史不分家的情況，以弗魯德而言，他既有史學名著《英格蘭史》，又有傳記名著《卡萊爾傳》，《西撒傳》等。既寫史書，又寫傳記。我們無法知道，夫魯特究竟認為傳記屬於「史」還是屬於「文」，這也不是夫魯特考慮的問題。而根據林國光對《西撒傳》的評論，認為其「採取嚴格批評態度，避免阿諛稱讚，可算為傳記體首創客觀評傳」，可見這是偏於「史」的評價。同時，林國光認為「傳記本介於『文』與『史』中間，文史家夫氏因之可以發揮其卓越才力，揚名於世。」這就意味著林國光可能認為夫魯特的傳記其性質是屬「史」的，但是因為他個人的文學才華，使得傳記的文學性增強，從而出名。

既然林國光認為在夫魯特之後，文史才分家。那麼在文史不分家時期的西方，傳記屬「史」這一屬性至少包含四種形式的作品：第一種，傳記作者雖然不是明確的「史家」，沒有史學著作留存，不被世人承認，但可能是隱藏的「史家」，而且是以「史家」的思想創作傳記。譬如普魯塔克的《希臘羅馬名人傳》，作者認為「此書並非純粹的歷史傳記，撰者藉以發揮倫理思想，彰善懲惡，誨訓讀者」。〔註78〕戴鎦齡則認為普魯塔克是「倫理學家而非歷史家」，所以「政治得失與王朝更易，並非興味所在」〔註79〕。但是我們知道，一個很明顯的事

〔註78〕 林國光：《論傳記》，《學術季刊：文哲號》1942 年第 1 卷第 1 期。

〔註79〕 戴鎦齡：《論史絕傑對於現代英國傳記文學的貢獻》，《國立武漢大學文哲季刊》1940 年第 7 卷第 1 期。

實是，很多古代史家的思想都是包含倫理思想的，倫理價值是史學著作的重要價值；第二種，作品雖然不是明確的「傳記」，但是其在內容上卻屬於傳記，且屬於史書。譬如在形式上是文學作品總集的《舊約》在作者看來不但是「猶太古史」，還「未始不是傳記，因其記述多以一人為主」；第三種，雖歷史家書寫，但是明顯不是史書的傳記。譬如古羅馬歷史學家塔西陀「為其岳父所寫美麗可誦的傳記」──《阿古利科拉傳》；第四種，作者非史家，但其傳記文學作品卻屬於史學著作，而他本人也因此成為史家，譬如他認為瓦薩里的《名人傳》「可稱為西洋史上第一部重要的藝術史」，自然，瓦薩里也成為西洋史上第一位藝術史家。

這就可以解釋為什麼作者傾向於在史學框架內論述西方傳記史，但是在實際論述中，卻與討論中國古代傳記時多引用史書不同，其所引用基本都是傳記文學或者傳記文學性質的書籍。一方面，這實在是由中西方各自己經存在的傳記文本決定的：西方傳記多是獨立於史書之外的作品，而中國的古代傳記，多是「史」的一部分。正如作者說：「所謂廿四史者，考察其內容，都以人為本位」。另一方面，也正是由這中西的不同，現代傳記文學才能由西方生發出，這一生發就是基於西方傳記從一開始就存在相對獨立性。這一獨立性最直觀的特徵是它不是史書，最明顯的特性就是它的文學性。而且這一獨立的文學性從普魯塔克開始就一直出新。在作者的視野裏，這中間經過色諾芬的「文筆見稱於世」，塔西佗的「美麗可誦」，蘇東尼（Suetonius）的「文筆栩栩動人」，Joinville 的「文筆則清麗流利」，De Retz 的「率真坦白，不加掩飾，不自辯護」，華爾頓（Izaak Walton）及富勒（Thomas Fuller）的「刻畫傳主個性鮮明」，一直到鮑斯威爾，其傳記「使傳主一人個性活躍於紙，讀其傳彷彿則見一人」。在他的影響下，「豐富動人傳記，源源而來，突在英國文壇占一霸座。」在唯理主義史學盛行的 18 世紀，最好的傳記既和史學沒關係，也和史家沒關係，最成功的傳記家鮑斯威爾不是史家。

等到論述二十世紀的斯特拉奇，很顯然的，斯特拉奇不是史家，他的作品也不是史學作品，而且彼時文史也已經分家。但是作者仍然試圖把傳記劃入「歷史範疇」之內。這一次，他通過下面的方式去闡述：首先他認為斯特拉奇寫作傳記採用的是一種「有力而動人」的形式，然後他分析這是由當時「時代社會」造成的。因為「第一次歐戰產生以後，全世界思潮突起變化，舊日的社會進步論，一一為殘酷的事實所擊破，因而產生了新歷史，新詩歌，新小說等

運動。」在這段陳述裏，一方面說明了斯特拉奇的傳記是「一戰」這一「歷史」的結果，一方面在陳述新的文化時，他提到新歷史、新詩歌、新小說，卻沒有說新傳記，而很明顯的，傳記不能歸入新詩歌和新小說，那麼只能歸入「新歷史」。而「施氏以銳利諷刺的文筆，繪畫維多利亞朝四大偉人，揭破社會所崇仰的英雄偉人，不過是時代社會及經濟勢力的傀儡，所謂成敗，無非一時機會或一時情慾衝動所致。」〔註80〕此外，斯特拉奇「一反前人撰述傳記同情傳主態度」和「一反以前撰傳者崇拜傾倒的態度」，這些在作者看來自然都是一種「新歷史觀」了，而反映著一種「新歷史觀」的傳記自然是新史學著作，仍然屬「史」。

（五）給傳記文學下「史」的定義

首先，作者引用且稱之為「完善」的傳記定義是由歷史教授 Allan Nevins 提出的，其定義中的「鉅細無遺」體現的是史學著作的詳細和謹嚴，其定義中的「必須指出傳主在歷史上的地位」則史學意味十足。而瞭解現代傳記文學的都知道，這兩條都不是現代傳記文學必需的。而且作者指出要想「指出傳主在歷史上的地位」則需要具備「史家四長——德、學、識、才」，這些都是史學視角。其次他認同 Allan Nevins 的傳記分類：原料傳記、評傳、通俗傳記。在作者的史學視野下，原料傳記「為其他種種傳記材料來源，功勳永久。」這無疑是看中它史學意義上的史料價值；而通俗傳記在作者看來則「或可當為文學作品，當為史書，則甚淺薄。」也就是之所以屬「文」，因為不能當「史書」。而作者最後對三類傳記的史學評斷如下：「三類傳記中，原料傳記為史書，毫無疑義，評傳有如文評，介乎文史之間；通俗傳記以文筆生動見稱，不守史家謹嚴紀律，有時簡直可以當為歷史小談。」所以，綜上所述，我們確定，作者的傳記文學思想全在史學範疇，作者贊成屬「史」的傳記，反對屬「文」的傳記，傳記應該屬「史」，不屬「文」。

但是，即使作者的傳記文學思想不離史學範疇，也並不妨礙他對傳記文學理論的貢獻，尤其是作為中國學者，他對古代傳記的批評很有意義：他認為中國的年譜「以事繫年，失之呆板，撰者十九隱惡揚善，記錄不全，譜主個性尚且模糊不明，況談思想變化，當時社會環境既無記錄，何以估計譜主在歷史上的真正地位。」認為傳主不露「真情」，多為「冷血動物」，與「歐美現行傳記

〔註80〕林國光：《論傳記》，《學術季刊：文哲號》1942 年第 1 卷第 1 期。

的生龍活虎」相比，「相差甚遠」。對司馬遷開啟的「中國式評傳」，作者認為「立論無據，品評籠統，性情難求」。對於古代傳記的簡陋，作者認為「吾國正史列傳，多是簡簡數筆，語焉不詳。以之比較西洋傳記作家的苦心經營纂輯，卷軼浩瀚，相差甚遠」〔註81〕等等。

二、傳記文學屬「文」

　　1948年，湯鍾琰在其《論傳記文學》〔註82〕　文中的闡明其傳記文學屬「文」的主張。他在開篇首先聲明：「傳記原屬歷史的範疇，並不能算是文學上的創作。……歷代止史大都以列傳出之，尤足說明傳記本非文學。西洋傳記始祖布魯達克之名著羅馬英雄傳亦僅係史書，只以文字瑰麗，始為後代文士所推崇。」這一段是作者為了佐證他的傳記屬「文」的觀點提出的，意在說明傳記最早是屬「史」的，文學只是附庸。但通過我們前面的論述可以知道他關於普魯塔克的判斷其實是欠妥的，普魯塔克並不是一個史學家，他的這部著作也並不是　部史學著作。對此戴鎦齡的評價更中肯，他說：「著者是倫理學家而非歷史家，政治得失與王朝更易，並非興味所在，僅注意被傳者的性情，氣質，日常行事及其動機。他雖也講說道德，且所寫為有名人物，而深明傳記家的職分，不願於書中加入阿諛，歷史或傳奇。」〔註83〕

　　緊接著，作者分別從「傳記文學作品」「傳記作者身份」和「現代傳記文學的使命」三個方面論述「傳記屬文」。首先，古代留存的很多作品雖然在形式上屬「史」。但是作者認為「古代歷史與文學原無明顯的分野；寫得好的文章就一概名之曰文學，不獨歷史，不獨傳記而已。這種情況在中國尤然。」文史不分是中西都存在的，而好文章一概稱為「文學」，這的確是中國古代傳記的存在事實。所以在此基礎上，無論中西，傳記都可以按照現在的標準劃入文學的範疇；他關於《史記》的分析對把中國正史的列傳歸入文學範疇是很有幫助的，他說：「在中國談傳記文學當以史記為濫觴。司馬遷的時代正是文風大盛的時代；史記之初在形式上雖屬官家的史料，實際上卻是文學上的一種新的體制。因此，我們把史記當作文學創作看待，並不過分。」第二點，以中國古

〔註81〕林國光：《論傳記》，《學術季刊：文哲號》1942年第1卷第1期。
〔註82〕湯鍾琰：《論傳記文學》，《東方雜誌》1948年第44卷第8期。下文相關引用除特別注釋外，均引自本文。
〔註83〕戴鎦齡：《論史絕傑對於現代英國傳記文學的貢獻》，《國立武漢大學文哲季刊》1940年第7卷第1期。

代傳記看，作者認為這些傳記中「大部分的傳記，多係出自文士的手筆」，而且「中國歷代史官，均以文人充任。」文人任史官，這是確實的，但是作者的獨見在於文人充任史官還隱藏著這樣一個事實：「歷史的研究並非他們的拿手」。作者說出這個事實意在於引出文人著史的一個原因，那就是「其所以連正史亦多以傳記出之者，因為傳記中易於插入主觀的想像與描寫，換言之，也就較為接近文學的創作。」所以作者認為「我們如果把司馬遷、班固等當作史學家看待，還不如把他們當作文學家看待。……文學家所寫的文學傳記，我們把它劃入文學的範圍，自然比劃入歷史的範圍要來的妥當一些。」作者之所以有這樣的獨見，是基於這樣一個事實，即中國古代的教育體制培養「文人」，卻不培養專門的史學家。這就意味著政府雖有專門的史學結構，卻無法從科舉考試中得到專門的史學人才。又或者說，所謂科舉考試選拔出的文人都有一定史學修養，卻又並不充分。但是文人所修之史如果具備了一定的文學性，也只能是文人任史官的一個客觀副產品，即文人任史官之後從文學角度出發的史學寫作，而不能視為這是政府有意聘請文人任史官以方便增強史書文學性的主觀意願。第三點，作者認為在斯特拉奇、路德維希等新傳記家看來，「在傳記中史實的敘述並不算十分重要；占首要地位的乃是個性的分析與描寫。」而要分析和描寫個性，就需要「文學家藝術的手腕」和「藉重主觀的想像」等「接近文學的創作」。〔註84〕因此，作者認為從斯特拉奇的《維多利亞名人傳》提倡「以表現個性為傳記主旨」，提倡「用鑒賞藝術的眼光來測量傳記的價值」以後，「一般人大抵稱斯屈瑞基以後的傳記為新傳記。而且，從此也就有了所謂傳記文學的名稱。」之所以有了傳記文學這個名稱，之所以稱新的傳記為傳記文學，就已經明確了新傳記屬「文」。並認為：「有了斯屈瑞基，有了盧特威奇，有了莫洛亞，傳記在近年來才算有鞏固的基礎，而且也被認為文學上一個重要的部門。」

湯鍾琰之外，當時還有一些學者明確表達了傳記文學屬「文」的傾向，程滄波認為「傳記在中國文學佔有一個極重要的地位」〔註85〕；湘漁認為從傳記的「主要性格」看，它是「文學的一個部門」而且「值得有志從事文學的人，借用新史學的觀點，技巧，方法去在拓殖的一個文學領域。」〔註86〕這已經是

〔註84〕湯鍾琰：《論傳記文學》，《東方雜誌》1948 年第 44 卷第 8 期。
〔註85〕程滄波：《論傳記之學》，《讀書選刊》1945 年第 4 集上冊。
〔註86〕湘漁：《新史學與傳記文學》，《中國建設》1945 年創刊號。

明確說傳記文學屬於「文」了，傳記文學和歷史的關係僅止於讓「新史學」充當自己的一個要素。

三、中國文化視野內的傳記文學思想

本時期的理論建樹還有一種是不受域外傳記文學理論影響，純以中國文化傳統觀照的傳記文學思想。這其中以鄭天挺的《中國的傳記文》〔註87〕最為突出，他在五個方面表達了「純正」「中國」的傳記文學思想。

（一）以中國古代資料釋「傳記」之名的來歷

對於「傳記」這一名稱，鄭天挺認為「現今」才有，古代沒有，是一個新名詞，他說：「這裡所謂傳記，是取現今通用的意義，傳記兩字連詞，就是舊日敘述個人生平顛末的人物傳。與古代經傳固不相干，也與『敘一人之始末者為傳之屬，敘一事之始末者為記之屬』（四庫總目）；『錄人物者區為之傳，敘事蹟者區為之記』不同。章實齋先生所謂學者生於後世，苟無傷於義理，從眾可也（文史通義傳記篇）。四庫總目史部有傳記類，不過他兼收記事之雜錄，與現今的範圍又不盡同。」

（二）以古代傳記文學作品為對象的分類

鄭天挺對傳記的分類只以古代傳記文學作品為對象，而沒有提及現代傳記文學作品。按照「形式」，他把它們分為兩類：年譜和碑傳〔註88〕；按照體裁，他把古代的所有的具有傳記性質的文學都歸為傳記〔註89〕；按照作者的「立場」，有持官書立場的史傳，持彰顯本幫目的編修的在方志裏面的賢達人士傳，持聚族目標的家譜裏面的傳；同時他也看到了古代傳記的支流——外傳，別傳，小傳，以及和他傳相對的自傳。

（三）傳記內容的概述

鄭天挺對傳記內容的概述也全以古代傳記為對象，從內容上來說，他看到古代傳記文學作品「可以很詳，可以很略，可以記述許多事，可以記述一兩件事」，並沒有對內容的詳略做出規定。但是其書寫模式上也有一定的規範，即

〔註87〕鄭天挺：《中國的傳記文》，《國文月刊》1943 年第 23 期。下文關於鄭天挺的論述皆引自本文。

〔註88〕年譜以編年為鮮明的外在特徵，碑傳以紀念、留名為主要目的。

〔註89〕如傳、墓誌銘、神道碑、哀啟、徵文啟、事略、行述、逸事狀、遺事、誄、贊、壽文等。

傳主的「姓名別號籍貫，生卒，一生的事實」必須有。這裡提到的「很詳」一說，缺乏一個參照物，若參以域外傳記文學作品，則「很詳」一說明顯是不成立的。

（四）中國古代史家求真思想的推崇

鄭天挺是推崇中國古代史家的求真思想的，並認為這一思想也是主導中國古代傳記文學書寫的思想，他說「他們寫起傳記異常審慎，異常小心，他們儘量徵求異說，儘量採擷史料，但是他們絕不馬虎，絕不苟且，對於一切的事件都要辨別它的真偽，都要追尋它的真實性。因為這樣才能成『一家之言』，這樣才能『取信一時，擅名千載』，這是他們最高的理想，也是他們自負的責任。所以他們在寫傳記的時候，第一個條件是求真。他們反對不正確的『苟求異端，虛益新事』，他們反對漫無選擇的『務多為美，聚博為功』；他們尤其反對『故造奇說，妄構史實』。所以他們對史料的來源要追求，對傳說的真偽要辯證，對事實的先後要注意。一本書靠不住他們絕不引，一件事有可疑他們絕不引，一種傳說有毛段他們絕不引，一種傳聞出於敵國遠道他們絕不引，一種奇事為事理所必無他們絕不引：他們絕不使『異辭疑事，連誣千載』」。很明顯，鄭天挺的這一番論述只像是在敘述那高掛在「牆上」的「格言」或「律例」，現實中的寫作實踐不但與之不符，還經常會有天壤之別。

（五）中國古代史學求真精神下的書寫策略

鄭天挺把中國古代史學精神主導下的書寫策略分為三個方面：

1. 帶有科學精神的求真

中國古代史學的求真策略有些屬於「科學精神」的範疇，他說：「傳記作者和歷史家他們敘事還有幾件禁忌的事：第一是忌詭異。凡是神怪不經之談，離奇詭異之說，縱然確有這種傳說也不必把它寫入傳記。……第二忌虛美。對於一個人的過分稱讚，或者一件事的過分誇張，全是不妥當的，……第三忌曲隱。一個人有長處，也有短處……不能只述其善而曲隱其惡。但這更是歷代作者不能免的通病了。」

2.「文約」以求真

鄭天挺還從行文的角度論述古代傳記文學書寫中的求真，他說「在因為傳記作者同歷史家寫傳記敘事的求真，所以他們不亂寫，同時也不多寫，他們提倡簡要，反對文字的繁複，希望『文約而事豐』，所以他們主張尚簡。有時候

已經敘述了一個人的才行，就不再羅列事蹟；有時候已經用事蹟襯托出一個人的才行，就不必再用抽象話籠統的讚美；有時候對於才行事蹟全不說，而把當時的言語記出來，因為言語有關涉，所以事實也就顯露了。他們絕不同時並寫，以免虛費文字。假如說一個人晝夜讀書，又何必再說他篤志好學？已經說了下筆千言，又何必再說文章敏速？……這是歷史家尚簡的理由。因為尚簡，所以他們主張省字，省句，不妄加，不繁複，但是卻要簡要得合理。他們要做到：『駢枝盡去，塵垢都捐，華逝實存，滓去沉在』」。通過這段敘述，我們可以發現，這裡所謂的求真策略，其實通過「去繁」的方式「顯真」，即真實在「文約」中更容易顯現。

3.「用晦」以求真

「用晦」也是求真的一個技法，對此，鄭天挺說：「傳記作者敘事還有所謂用晦。因為他們尚簡，所以有很多事蹟他們不明顯的直說，而用旁的方法委婉的點出來，烘托出來。或者只說大的方面，重要的方面，而將小的輕的不說，使讀者自己去體會。他們主張『略小存大，舉重明輕』；希望『省字約文，事溢於句外』；反對『彌漫重沓』。」「用晦」的實質是對同一件事的另外一種方式表達，譬如用文學中常見的方式，形象的、誇張的，可以讓讀者對一件事，一個人的感受變得「立體」起來，也就是更加真實。對此，鄭天挺以《史記》中「漢卒十餘萬皆入睢水，睢水為之不流」形容漢軍之敗舉例。

（六）對司馬遷的評價

司馬遷作為中國古代第一史家，第一傳記家，當然也備受鄭天挺推崇，他認為司馬遷之所以偉大，是因為他「能夠把一個一個不同的個性描寫出來，他能夠把一件一件不同的事情敘述出來，能夠把一句一句不同的言語記錄出來，使讀者彷彿見到當時的神情」。也正是從司馬遷的傳記文學成就中得到啟發，鄭天挺提出他對一部好傳記的要求，他說：「好的傳記就是要把這個人的個性、風采、言談、思想、舉止、神態，用文字或事蹟襯托出來」，這一思想是完全屬於現代傳記文學的，即刻畫一個活生生的人。

（七）總結中國古代傳記不好的原因

按照前面所述的中國史家的求真精神和書寫策略，按照司馬遷的《史記》這中國第一部傳記名作所作的榜樣，中國的古代傳記似乎不應該發展的如此糟糕。作為一名史學家，面對高懸的標準和糟糕的實踐，鄭天挺不可能熟視無

睹，他從五個方面對中國古代傳記不好的原因作了分析：

1. 文字因素

文字因素也是胡適提出中國傳記文學之所以不發達的三大原因之一，鄭天挺說在文中也提到了這一點，和胡適一樣，它也從中國文言文的發展歷史來看待這一問題，即從一開始的言文一致到後來的不一致。〔註90〕只有言文一致才能寫出可讀性的傳記，而言文一致就是要求同一時代中，其語言和文字要統一的。而使用文言文寫傳記，則屬於用「不通行的字句」，以「自炫古奧」。

2. 作者的技巧因素

鄭天挺認為古人寫傳記時犯的第一個毛病，是過於倚重技巧，捨本逐末，不知道最初的傳記本是「平鋪直敘的多」。技巧過多則會使讀者覺得「頭緒紛繁，無從瞭解！」技巧之盛當推「古文家」提倡的「篇法章法」和「義法」，但是在鄭天挺看來卻是「方法越多，技巧越劣。」最糟糕的是，這樣「篇法章法」後來竟能成為不變的「篇法章法」，變成一種書寫的「程序」被模仿抄襲，於是：「有的模仿左國，有的模仿史漢，有的模仿韓歐，模仿越多離開真實越遠，使讀者越不明了。……在一種論點下，文章儘管是好文章，然而未必是好傳記。」

3. 道德觀主導的隱諱

古代傳記文學書寫是受古代價值標準（主要是儒家倫理道德觀）主導的，不符合標準的都需要隱諱，對此，鄭天挺看到古代傳記文學的作者在寫忠臣烈士時，只能寫有點，不斡寫缺點。而如果寫一個姦臣，則恰恰相反——「縱有好事也只輕描淡寫的寫幾句，或者竟不說」。他以明代的嚴嵩舉例說，嚴嵩的文章做得好，可是「大家從不提起他的文章，也沒有一個人讀他的文章……」

4. 作者「主觀」的影響

作者主觀對傳記文學書寫的影響是任何時代都難以避免的，但古代傳記文學書寫的「主觀」與現代不同，即他們的「主觀」表現出一種同一性，即所有的書寫中風行一種「外在」的主觀，也就是說，這一「主觀」並非是真的主觀，而是古代道德律例主導下固定的主觀，在這種主觀的影響下，鄭天挺看到古人寫孝子形象一概是「哀毀骨立」；寫節婦的形象一概是「賢孝貞淑」，寫學

〔註90〕鄭天挺在文中提到：「古人言文一致，所以寫下來的文字就同語言一樣，後來文字與語言越離越遠，拿古代的文字文法寫後世的語言，所以語氣神情不能充分表現。」

者，其形象永遠是「勵志篤學」；寫武將，其特徵一概是「武勇善射」。所以這一種主觀其實是一種書寫的程式化，寫不出人的個性。

5. 史料不足

史料不足是任何書寫者都難以彌補的天然缺陷，史料的缺陷在現代傳記文學書寫中一般表現為客觀缺陷，即書寫者通過主觀也無法彌補的缺陷。但是鄭天挺所說的史料缺陷，卻不是客觀的缺陷，而是書寫者主觀能動性不夠的缺陷。對於因人所請書寫的傳記，其作者只是按照固定的書寫程序完成一個例行的人物，其參考的材料多是傳主本人親朋好友所提供的——而不作絲毫的考察；而為那些達官貴人所作的墓誌銘或者神道碑，無論是為了阿諛奉承也好，還是為了懲惡揚善，根本不需要考證材料，或者說根本不需要材料就可以寫一篇通篇都讚頌的傳記。這就導致整個古代中國的大部分時期，一直到清朝，「凡是國史省縣志要立傳的，全把他一生事蹟一條條的寫成節略，送進去以備採擇。這裡面只有些生卒年月，仕途……既沒有批評，也沒有比較，本人的議論主張，逸聞遺事，更不敢多寫了；尤其缺略的是家庭環境，童時教育，同生活情形。根據這樣的史源，只有像春秋一樣的了。我們看清代的國史列傳就可以知道。那如何會有好傳記？史料的不夠，其關係較上面四種更大，更是沒有好傳記的最大原因。」也就是說，是古代傳記文學書寫者對傳記材料的沒有要求，造成了材料提供者對材料的沒有要求，這就必然造成古代傳記文學史料的極度缺乏。

綜上所述，鄭天挺關於古代傳記的思想是相對全面且客觀的。一方面，作為一個史家身份，他對中國古代史學／傳記學思想是肯定乃至讚美的，一方面他也看到古代史學／傳記學理論和實踐的巨大差距，正如他在文中所說：「上面所說的全是傳記批評家或史家他們所懸的標準，當然在作者方面未必全能做到。」瞭解中國歷史的人很容易就發現，這些基本都沒有做到，而且在錯誤的路上越走越遠，及至走向相反。求真走向作假，簡潔走向淺陋，……」這一種差距在古代不止存在於史學／傳記學領域，而且普遍存在於很多領域，是整個古代文化系統的痼疾。因此，傳記要想發展，就必須走出古代，進入現代，就必須走出中國，進入域外。中國現代傳記文學發展呼喚一個既懂中國古代傳記又懂域外現代傳記文學的人，需要一個既有豐富的傳記文學理論和思想，又能將理論應用於實踐，寫出傳記傑作的人。

第四節　朱東潤的「傳敘文學」思想

在 1941～1947 年間，朱東潤先後發表了十三篇關於傳記文學思想的論文，還完成了兩部傳記文學理論書稿（當時未出版），在二十世紀上半葉，從未有人發表過如此多的關於傳記文學的文章，也從未有人在傳記文學上如此用力。從文章的數量和質量兩個方面來看，無論是在當時，還是在整個中國現代傳記文學史上，朱東潤都是十分重要的人物。朱東潤是自覺的把傳記文學作為終生事業的第一人，也是中國現代傳記文學的主要開拓者和奠基人。

一、朱東潤傳記文學思想概述

朱東潤傳記文學思想主要包括：朱東潤傳記文學思想的主要「標識」；對中國古代傳記文學的整體認識；對西方傳記文學的整體認識；總結性的提出現代傳記文學思想。

（一）朱東潤傳記文學思想的四個主要「標識」

1.提出以「傳敘文學」的名稱代替「傳記文學」

2.《張居正大傳》序言中結合創作的傳記文學思想闡發

3.提出「大傳」的名稱和概念

4.發現「八代」（漢魏六朝）傳記文學的價值

（二）對中國古代傳記的整體認識

朱東潤對中國古代傳記的整體認識主要有四點：概括古代傳記文學的總成績；批評古代傳記；框定古代傳記文學的範疇；梳理中國古代傳記文學的發展脈絡；確定其「生命週期」；梳理幾個「突出問題」。

1. 概括古代傳記文學的總成績

朱東潤對古代傳記文學的總成績只以四部作品說明，這當然建立在他對中國古代傳記的整體而深刻的認識之上，而且他這一總結也是在與西方比較的視野下得出的。他說：「拋開這二三百年不論，那麼中國傳敘文學的成就，和西方傳敘文學的成就比較起來，我們委實不感覺任何愧色。在傳人方面，我們有唐慧立彥悰的《大唐大慈恩寺三藏法師傳》十卷，博大宏偉，為同時所罕有。在自傳方面，我們有東晉法顯的《法顯行傳》，直抒胸臆，達到自傳的高境。在理論方面，我們有宋黃榦的《朱子行狀書後》及《晦庵先生行狀成告家

廟文》兩篇，更奠定了傳敘文學的那種追求真相的理論。」〔註91〕這一概括提出的意義在於，瞭解了這四部作品，就瞭解了中國古代傳記的精華，就瞭解了中國古代傳記在現代傳記文學價值和意義上的全部。

2. 批評古代傳記

首先他認為「傳敘文學在中國文學中實為不甚發達之部門」，〔註92〕這中間有我們自己的原因，在傳記文學書寫上「古文家言簡意賅、抑揚頓挫的筆觸下面，埋沒了無數特立獨行的個人。」〔註93〕在保存資料上，「中國人保存史料的精神，似乎太缺乏了。大多數人的人物，沒有日記，沒有留存的信稿。朋友們的來信，大多隨手遺棄，即使幸而保存，這些來信，照例至記發信月日，不記發信的年份和地址，有時甚至連日月也不完備。……」其次，他以比較的視野提出批評，他認為相比較於現代社會，中國社會是「文學素養較低的社會」，所以他們在傳記文學書寫上「只看到煊赫的事業，不甚注意到人格底分析，以及傳主在各個階段中轉變的性格。一切細膩的筆觸，他們都不甚注意，他們關注的，只是傳主做過些什麼事業？是成功或失敗？……他們的注意點還是事而不是人，他們心境中的人物，只是史傳中的人物而不是近代傳敘文學中的人物。」〔註94〕因而，中國古代傳記整體表現為「只在字句上做工夫，不是摹仿史漢的豐神，便是依附韓歐的筆調，永遠在小圈子裏打轉，沒有打開窗戶，看看外面的世界。」〔註95〕這裡的小圈子本質上屬於「古代」的圈子，在圈子之外則是「現代」，也即中國的傳記文學必須走向現代；這個小圈子在書寫策略上之著重字句——是一種缺乏內容的、形式上的文學，外面的世界，其傳記文學的書寫指向的是「內容」。

3. 框定古代傳記文學的範疇——那些不是真正／標準的傳敘文學

古代傳記文學範疇的框定對全面認識和總結中國古代傳記文學的基礎，朱東潤對這一範疇框定的主要的貢獻在於認為《晏子春秋》、以《史記》為代表的史傳、碑銘文不是真正／標準的傳敘文學。《四庫全書》把《晏子春秋》列為第一部傳記，他認為《晏子春秋》中沒有「沒有一貫的計劃」，只有「片

〔註91〕朱東潤：《論自傳及法顯行傳》，《東方雜誌》1943 年第 39 卷第 17 號。
〔註92〕朱東潤：《大慈恩寺三藏法師傳述論》，《文史雜誌》1941 年第 1 卷第 1 期。
〔註93〕朱東潤：《中國傳敘文學的過去與將來》，《學林》1941 年 1941 年第 8 期。
〔註94〕朱東潤：《論傳敘文學底做法兼評南通張季直先生傳敘》，《讀書通訊》1944 年第 100 期。
〔註95〕朱東潤：《傳敘文學底前途》，《中學生》1943 年第 66 期。

段文章」和「矛盾的記載」，讀者只能「在書的後面，隱隱約約地看到晏子的形跡，但是印象很模糊，很零亂，有時簡直不像晏子。」所以他認為《晏子春秋》「還不是傳敘文學」。〔註 96〕對於普遍認為是中國古代傳記主體的正史列傳，朱東潤則認為：「所以要認史傳和一般傳敘文學有密切的關係則可，倘是認為史傳就是傳敘文學或是傳敘文學底標準，那麼不但在格局上不能一致，連帶在性質上，也是大相逕庭。」〔註 97〕被古代史家奉為圭臬的《史記》和《史記》之所以被奉為圭臬，是因為《史記》的「本旨」是「發明義理，記載故事」〔註 98〕而不是寫人。而被幾乎所有人僅僅樂道的「傳記」名篇《項羽本紀》，在朱東潤看來是司馬遷「無意的成就」。〔註 99〕也就意味著《史記》在嚴格意義上也不是真正的傳記文學；作為古代傳記文學的一種體裁，碑銘以被頌揚為目的，這就不可避免的使其以「諛墓」為主要特徵，也就自然是虛假的，朱東潤認為：「傳敘文學是以追求真相為精神的，到得諛墓成為風氣以後，於是傳敘文學只落得一個幻影。」〔註 100〕古代傳記文學的大部分體裁因為其目的本是求真，所以它們必然是失真的，也必然不是真正的傳記文學。

4. 梳理中國古代傳記文學的發展脈絡以確定其「生命週期」

朱東潤中國古代文學發展脈絡的梳理主要體現為以下四點。首先是對起點和終點的確認，他在將傳敘文學的時間起點放在西漢，作品則是《東方朔傳》和《司馬相如自敘》〔註 101〕，終點則放在南宋，作品則是黃榦的《朱子行狀書後》〔註 102〕；其次是對發展階段的梳理，朱東潤以時代及其傳記文學代表體裁以表明：史漢列傳──漢魏別傳──六代唐宋墓銘──宋代以後的年譜；〔註 103〕其中，東漢是傳記文學誕生期，魏晉是「中國傳敘文學最發達的時期」，唐代因《大慈恩寺三藏法師傳》也被朱東潤認為是傳記文學的盛期，但同時又是由盛轉衰的時期，對此，朱東潤說：認為從三國到六朝時期，是中國古代傳記文學的盛行時期，所以才能發展出唐代的《大慈恩寺三藏法師傳》，但同時

〔註 96〕 朱東潤：《中國傳敘文學的過去與將來》，《學林》1941 年第 8 期。
〔註 97〕 朱東潤《傳敘文學與史傳之別》，《朱東潤文存》（下），上海古籍出版社，2014 年，第 487 頁。
〔註 98〕 朱東潤：《八代傳敘文學述論》，上海：復旦大學出版社，2006 年，第 23 頁。
〔註 99〕 朱東潤：《八代傳敘文學述論》，第 24 頁。
〔註 100〕 朱東潤：《為什麼我要提倡傳敘文學》，《正氣雜誌》1946 年第 5 期。
〔註 101〕 見《傳敘文學底的蒙昧時期》，朱東潤：《八代傳敘文學述論》。
〔註 102〕 見朱東潤：《中國傳敘文學的過去與將來》，《學林》1941 年第 8 期。
〔註 103〕 見朱東潤：《張居正大傳序》，《國文月刊》1945 年第 28 / 29 / 30 期。

也到了頂點。接下來就是由盛轉衰了。〔註104〕

　　這一脈絡梳理的同時也是對中國古代傳記「生命週期」的確定，即古代傳記從出生、發展、到死亡的過程。這一週期基本和中國古代專制體制的生命週期相始終，因為專制和個體的發展、人性的自由密切相關。沒有自由的人，既缺乏傳記家，也缺乏傳主，因為他們都屬於「人」的一部分，就談不上傳記文學發展。這一週期同樣也印證另一個文化現象和真理，即每一個時期都有它特有的文化產品，中國古代傳記就是「皇權專制時代」的特有產品，從它的生命週期足可以瞭解這一「時代」，尤其史傳這種被朱東潤認為是非標準的傳記也算在內。古代傳記屬於這個時代，和這個時代相始終。同時朱東潤也在傳記文學範疇找到了符合「一代有一代之文學」定義的一代之傳記文學——「魏晉別傳」。

5. 梳理幾個「突出問題」

　　在《中國傳敘文學的過去與將來》〔註105〕一文中，朱東潤就中國古代傳記的四個「突出」問題提出了自己的見解。

（1）中國古代傳記篇幅的影響因素

　　朱東潤認為影響古代傳記篇幅的因素主要有兩個，一個是體裁，一個是佛教。中國古代傳記的篇幅大多不長，這其中的原因很多，既有古代行文的影響，也有筆墨紙硯等古代書寫工具的影響，也和古代印刷技術有關係。但這些都是針對以紙張為載體的傳記而言的，在朱東潤看來，載體的不同所導致的「施工的難易」會導致篇幅不同，以紙張為載體的「傳狀」可以「長至數萬字」，而需要刻在墓碑上的碑文則「不過數千字」，而墓誌因為需要埋在土中，於是「更不能有大篇，所以通常在一二千字以內」。文字和體裁是互相影響的，一開始，碑文、墓誌等古代傳記因為字數的限制而呈現為篇幅較短的傳記，慢慢的，這種較短的傳記就成為古代傳記中的「碑文體」和「墓誌體」的傳記，在朱東潤看來，這是由「事實的限制」而「影響到文字的體裁」。在這裡，朱東潤並未考證碑文和墓誌的關係，只是在碑文、墓誌成為中國古代傳記的前提下論述古代傳記體裁和篇幅的關係。

　　至於佛教的影響，朱東潤認為從東晉一直到隋唐這段佛教盛行的時期，無

〔註104〕見朱東潤：《中國傳敘文學的過去與將來》，《學林》1941 年第 8 期。
〔註105〕朱東潤：《中國傳敘文學的過去與將來》，《學林》1941 年第 8 期。本節以下引用除特別注名外，均引自本文。

論是「哲理」還是「文學」都受到佛教的影響，傳記文學也不例外。而且，這一時期在朱東潤看來也是「中國傳敘文學盛行的時代。這一時期傳記文學一個明顯的特點是篇幅比漢魏之間的別傳大，在朱東潤看來這是佛教影響的結果。他說：「佛經文字，比較地繁複，受到佛教影響的文字，也連帶地豐縟。在傳敘文學方面，對於傳主，因此得到更美滿充分的記載，這個當然是一種良好的影響。」，也正是在這一影響之下，才能出現八萬字的《大唐大慈恩寺三藏法師傳》，相比史記名篇八千多字的《項羽本紀》，這一影響是顯而易見的。在佛教輸入之前，中國本土的思想首推儒家和道家，傳記人物大多也是非儒即道，這就意味著在刻畫傳主時遵循的是儒家和道家的傳記文學書寫思想，這種思想影響下的傳記文學書寫大多表現為短篇。如果沒有佛教的影響，中國古代傳記大概率永遠不會出現長篇，同時，在佛教盛行的時代的出現長篇傳記，自然也應歸功於佛教的影響。但是，一個很明顯的事實，在唐代之後，中國的長篇傳記依然很少，朱東潤未對這一現象做出解釋。

（2）對非史官不作傳的闡釋

對於顧炎武所說的「不當作史之職，無為人立傳者，故有碑有志，有狀而無傳。」〔註106〕朱東潤明確表示這是「一偏之見」，因為在唐代以前的史家著述「本來止是私人的作品，無論司馬遷，班固，陳壽，王隱，謝承，范曄，這些人的著作，止是自成一家之言，最初並沒有奉命作史的經過」，所以顧炎武的這段話在朱東潤看來首先是「不符事實」的。而顧炎武之所以會有這樣的看法，在朱東潤看來是受了韓愈和柳宗元的影響，他說「中唐時代，韓愈柳宗元都是聲勢驅駕一代的文人，但是他們不敢作傳，認為這是史官的事，從此以後，開始了文人不當作傳的傳說」。

（3）對「別傳」的闡釋

魏晉南北朝時期，以「別傳」為名的傳記繁多，對於這一名稱，朱東潤否定了「另有本傳」和「正史已經有傳」所以才命名「別傳」的看法。理由有二，第一，如果說正史中已經有傳才稱為別傳，但是在晉宋之間別傳盛行的時候，晉書、宋書這些正史還沒有寫成，這就是意味著正史中的「史傳」並不存在。第二，他說：「即使另有本傳，而別行的有時止稱傳，不稱別傳」，接著他舉例《二石傳》以說明。朱東潤分析「別傳」名稱的來由，首先當時的「別傳」存

〔註106〕顧炎武：《古人不為人立傳》，《日知錄校釋》（下），張京華校釋，長沙：嶽麓書社，2011 年，第 792 頁。

在這樣一個事實，即《世說新語》中所引用的傳記中，以傳、世家、敘、家傳、言行、行狀、本事等為名稱的傳記只占四分之一，而以「別傳」為名稱的卻占到了四分之三全。所以他推論說：「假如劉孝標作注的時候，把原有的本傳故意擱置，偏偏大部分引用別傳，以及類似別傳的篇目，這不能不認為變態心理的作用。所以我更可進一步地假定別傳只是單獨的敘傳之稱。至於本來有無本傳，與別傳的存在，沒有連帶的關係。」朱東潤所謂「單獨的敘傳」可能就是單讀流傳的單行本傳記區別於文人文集的言行和行狀，正史中的史傳，族譜中的家傳等，不像它們作為其他書籍的一部分而存在。而這個「別」字也就是不一樣的意思，和以往的非單行本不一樣，所以叫「別傳」。也正是因為「別傳」這種單行本傳記的盛行，朱東潤認為魏晉南北朝時期是「中國傳敘文學最發達的時期」，這種發達首先表現在數量之多，因為這時候不但沒有非史官不能作傳的束縛，而且文人大量作傳。其次表現在「關於一個人的生平，可以有幾種不同的傳敘」，而一個人有幾種不同的傳記，也就意味著關於這個人的記載更豐富，更全面。

（4）對史記「互見之例」的批評

《史記》作為一部中國古代傳記的不朽之作，其傳記篇章對後世影響很大。其「互見之例」，作為一種傳記人物書寫技法也備受推崇。但是，司馬遷使用這一技法很顯然是適用《史記》這類需要刻畫不同且相關的人物的傳記的，而不適用於只敘述一個人的傳記。朱東潤也正是從這個角度出發，認為「止就一篇論，常常看不到整個的人格。這一種情形，在史記裏面，尤其顯然」，而且每一篇雖然「都成為全書中不可分割的一部」，但卻並不是「獨立的傳敘」，所以他認為「史傳不是傳敘文學的正宗」。這也就呼應了上面他為什麼認為中國傳記文學最發達的時期是魏晉南北朝，因為那個時候作為單行本的別傳盛行，佔據了大部分，而作為其他書籍一部分的傳記則占小部分。很顯然的，別傳是朱東潤認為的「傳敘文學的正宗」。

（5）作為「傳」之材料的「狀」

「狀」在今天通常被作為中國古代傳記的一種，而據朱東潤的觀點，在魏晉之間，狀確實是傳記的一種類型，而且有行狀、逸事狀等名稱。但是到了唐代，狀便「只是史傳的原料，由死者的家屬或同情者供給史館以備採擇的著作。」這就導致狀和史傳書寫的不同：「史傳往往謹嚴，但是行狀便不妨冗長，史傳有褒有貶，但是行狀便有褒無貶，史傳的態度要公正，但是行狀不妨偏

祖。」朱東潤的這一觀點當然是過於理想了，雖然史傳有襄有貶，但也是因人而論，對待需要格外襄揚的「英雄」傳主，史傳書寫大多也是有襄無貶，態度也並不公正。另外朱東潤也比較狀和碑誌在書寫上的不同，他說：「從作者心理立論，家傳行狀，上諸史館，語句之間，不能過分誇大，墓碑銘誌，施之丘壟，便不妨略加鋪陳」。其實狀和史傳、碑誌的不同都是由它的功能和目的決定的，因為功能和目的的不同，它們的書寫自然也不同。

（三）對西方現代傳記文學的整體認識

只憑藉對中國古代傳記的認識，朱東潤顯然不足以夯實他在中國現在傳記史上的位置，他對西方傳記亦有全面的認識，又或者說，他對中國古代傳記的清醒認識正是建立在對西方傳記的全面認識之上，這一全面認識主要有以下五點。

1. 東西傳記發展的異同

在13世紀以前，東西是「相同」的，朱東潤說：「要和古代西洋傳敘文學相比，無論在自傳或傳人的方面，我們都提得出成熟的作品，毫無愧色。不過到了十三世紀以後，我們的發展便停頓了。」〔註107〕這就明確的把中國傳記發展史定義在13世紀以前，當然這裡的「中國傳記」指的是中國古代傳記。他之所以這樣說是想表明中國現代傳記文學的發展不是由古代傳記驅動的，不是古代傳記的延續，不是中國傳記自身的產物。需要指出的是，即使是 13世紀以前的傳記文學作品，中國的和西方的比起來也並不像他所說的「毫無愧色」。

在18世紀以後，東西方傳記就完全不同了。朱東潤認為：「在西洋十八世紀以來，關於傳敘文學，便發生重大的變化。本世紀初，新的傳敘文學又開始抬頭。……到了最近十年來，又起了一次變動，這是第三次的變化。這三次的變化，都和我們的傳敘文學沒有什麼關係，但是因為這樣的一波三折，西洋傳敘文學的進展，已經超出了我們很多，這是不容否認的」。很顯然，13世紀到18世紀，中間隔了五個世紀，誠然，中國傳記或許如他所說從13世紀一直到「最近十年」並未能發展，但是卻不能認為西方傳記在13世紀到18世紀之間這5個世紀沒有變化。和前面他對13世紀以前西方傳記的看法一樣，他對西方13～18世紀之間傳記忽略的做法顯然不夠嚴謹。

〔註107〕 朱東潤：《中國傳敘文學的過去與將來》，《學林》1941年第8期。本小節下
　　　　　文引用除特別注明外，皆引自本文。

2. 西方傳記十八世紀以後的「風味」

朱東潤認為西方十八世紀以後的著作，「都充滿了我們沒有的風味」。這「風味」主要有以下六種。

（1）重人

古代傳記以敘事為主，現代傳記文學則以寫人為主。這是我們早已知道的。朱東潤說：「古代的傳敘常常著重事的概念」，「史家的著作，以事為中心」，「傳中所載，也僅僅把他對於這幾件大事的關係寫出，其餘不妨付之闕如」。在史傳裏，人物為歷史服務，人物的全部是由歷史大事規定的，著者不會離開歷史大事寫人物，偶而的寫人物的「名筆」只是「罕見的例外」。而「新的傳敘便應當著重人的概念，它應當把傳主的人性完全寫出，凡是和這個人性發展有關的，都是傳敘家的材料。」在史傳中占主要地位的歷史大事此時的作用「只在幫助傳敘發展」，因為「一切事態只是因著人的存在而存在」的。新的傳記是「因事見人」，舊的傳記則是「因人見事」。

（2）重小事

因為新傳記的目的是寫人性，而「和人性的發展有關的事態，不一定是歷史上的大事」，所以新傳記不再像古代傳記一樣，只敘述歷史大事，而是事無鉅細， 一件事是否被敘述取決於它對刻畫人物是否有幫助。「有時最微細的節目，最有興趣，也最能幫助我們瞭解傳主的人性」，這些小事可以「使我們在檔案、行動和議論的煙障後面，看到有血有肉的人身」。

（3）無完人

朱東潤認為寫「完人」的書寫方式激起了 20 世紀初英國傳記文學的變革，催生了斯特拉奇這樣的傳記作家，不再寫「完人」，而是寫優缺點並存的人。寫完人的缺點很多，最大的一點就是與作者的初衷相背。一個傳記作家一般有兩個明顯的初衷，一個是希望傳主能作讀者的榜樣，一個是傳主能獲得讀者的同情。

朱東潤一方面承認「讀過偉大人物的傳敘，可以給我們一切的指導和激勵，這是無可否認的事實」，一方面又解釋說：「但是偉大人物的特徵，一經傳敘作者的敘述，寫成高不可攀的姿態，那麼傳敘文學的作用便會完全喪失」。他認為「假使偉大人物的傳敘要激起人類向上的意念，我們止望這是一座攀躋可上的高峰，而不願是崢嶸縹緲的雲山」。〔註108〕而對於作家希望傳主獲得的

〔註108〕 朱東潤：《傳敘文學與人格》，《文史雜誌》1942 年第 2 卷第 1 期。

同情，在朱東潤看來，把傳主寫成完人「更容易喪失讀者的同情」。對於寫「完人」這樣一種書寫風氣，朱東潤認為「我們接近了這個時期，希望我們的作家注意到這一點」。但是從中國傳記的歷史看，其實我們一直在這個時期——寫完人——從未離開。至於注意，有很多人也一直在提醒，但是傚果卻十分微弱。

（4）注重人格的闡述

朱東潤明確的說：「傳敘文學應該注重人格的敘述。一切的傳敘最著重在人格的敘述」〔註109〕。這也就意味著傳記寫人，主要在寫人格，人格是人的全面體現，在某種意義上，人格即是人，人即是人格。

（5）倡導歸納的人格——創格與變格

在人格的敘述上，朱東潤主張敘述歸納的人格——創格與變格，他認為「優良的傳敘家應當知道每個傳主都是自成一格的人物。」因為人無完人，所以人格也不是固定的，只有「完人」才有統一的、固定的人格——定格，而「在定格的後面，只看到表格的填寫」，表格填寫下的人格裏「看不到血肉的人生」，只能是一個個格式統一的木偶。

在朱東潤眼裏，定格是演繹的人格而變格則是歸納的人格。演繹的人格「預先假定某人的人格如此而後把他一生的事實從這個觀點去解釋。」而歸納的人格則「不預先假定他的人格如何只是收集他一生的事實，從各種觀點去解釋，以求得最後的結論。」而「以往的史家、史傳家，以至傳敘文學家常常採取了演繹的方法，認為人格是固定的，在下筆之前便有某種的成見；於是史實受到成見的影響，而傳敘的人物只成為作家的心象，這正是近代傳敘家所要排斥的觀念」。

變格之外還有創格，變格強調的是一個人一生之中人格的變化，創格強調的則是作為個體的人的不同，即每個人都是完全不同的。創格是變格的結果，凡是創格都是人格不斷變化的結果，變格必然造成創格，創格也必定有變格。創格對應的是定格，創格適用一個人，定格適用一個群體。在使用定格書寫傳記時，是把人分成若干類型，一個類型針對一個群體，譬如解放軍，醫生，每一個人都適用一個群體共有的定格人格，是不變的。變革對應的是成格，成格適用的是某一個具體的人，這個人本身的性格雖不必與別人相同，但是他的性格本身是一成不變的。創格強調人與人的不同，變革強調一個人這一生每一個過程中的不同。從各自的範疇來說，作為創格存在的個體擁有著作為變格存在

〔註109〕朱東潤：《傳敘文學與人格》，《文史雜誌》1942年第2卷第1期。

的一生。也正是在這個意義上，朱東潤說：「每個人都是創格，所以在熟練的傳敘家手裏，任何一個人的生平都可以寫成一部動人的傳敘」。這也就可以理解朱東潤為什麼注重人格的敘述，認為傳記最重要的是敘述人格，因為只有敘述人格才能敘述所有的人，而不是只敘述「英雄」，只有敘述人格，才能事無鉅細，而不是只敘述歷史大事，只有敘述人格，才需要敘述人的心理，而不是敘述人的人的外在事功。

　　對於「成格」的成因，在朱東潤看來是「我們往常以為每個人的性格，自小已經完成，而忘去人和一切有機體一樣，自少至老，中間經過不斷的變遷。這就是說我們忘去人類沒有成格而只有變格。」另外的一個原因不但適用於「成格」也適用於「定格」，即傳記作者因為顧慮傳記的功用導致，這種功用多半設計徵惡揚善，而且在朱東潤認為：「假如認定傳敘的目標只要發生勸善徵惡的作用，這個辦法不能算錯。」但一方面，這樣的傳記被朱東潤認為「這不是我們所討論的傳敘文學」，一方面，在朱東潤看來，這樣的傳記對傳主的塑造是不利的，因為「在作者原以為這樣便能確定後人的信仰，實則往往滋生後人的疑竇」，而不「有意曲解史實或是掩蔽內容」的傳記文學作品「往往可以幫助我們理解他的人格的偉大」，這還是在強調真實的理想和價值，即只有真實才能顯示傳記文學創作者、傳主本人想要的「偉大」。

　　（6）對於真相的敬意

　　朱東潤認為「所謂對於真相的敬意，這是近代傳敘文學的精神。」〔註110〕這一精神在傳記文學書寫上主要表現為寫一個真實的人，寫一個人的真實，因為「傳敘文學的對象是人而不是物，是實地的人生而不是想像的產物」。在朱東潤看來，但凡一個真實的人，他「必然有愛也有憎；有獨有的優點，也有必不能免的缺憾；有終身一致的信條，也有前後矛盾的事實」。而「我們所願看到的只是一個和我們相去不甚懸絕的血肉之軀，而不是一位離世絕俗無懈可擊的神人」，〔註111〕而傳敘家瞭解了這一點，然後才能寫出一部喚起讀者同情的著作。朱東潤在這裡只是從傳記文學的內容——寫人——出發去討論真相的價值，也即真實是傳記文學的基礎，失去了真實，就不再是傳記文學了。而只有真實對於傳記的價值和意義，即只有真實才能顯示傳記文學的價值和意義，則是討論真實對塑造一個人的「偉大」的作用時顯示出來的——越是虛假

〔註110〕　朱東潤：《傳敘文學與人格》，《文史雜誌》1942 年第 2 卷第 1 期。
〔註111〕　朱東潤：《傳敘文學與人格》，《文史雜誌》1942 年第 2 卷第 1 期。

的裝飾一個人的「偉大」，越不能顯示偉大，相反，還很容易失去全部的「偉大」，反之，越是真實的描寫一個人，越是能夠顯示其全部的「偉大」。對於現代傳記文學的求真，朱東潤強調兩點，首先他認為現代傳記文學的使命是「人性真相的流露」，「真相是傳敘文學的生命，沒有真相便沒有傳敘文學」。而實現這一使命則需要兩個條件，一個是客觀的態度——「追求本來的真相而不加以人為的推測」，一個是要有「正視現實的勇氣」。〔註 112〕勇氣經常和痛苦、困難聯繫在一起，即之所以需要勇氣，是因為需要克服困難和痛苦。而艱難困苦，玉汝於成在傳記文學的求真探索上也是成立的，即只有克服艱難，得到了真相，才能真正使一個人以一種永恆的真實顯現出來，也即所有希望青史留名的人，其最可靠的方法就是通過一個無限真實的傳記（越接近越好）把自己顯現出來。

（四）總結性地提出現代傳記文學思想

1. 現代傳記文學的性質——新興的文學

現代傳記文學兼有文學性和史學性，是求真的文學，這是我們已經確認的。但是朱東潤在表達時用了不同的說法，首先他認為現代傳記文學不是一般的文學，而是一種「新興的文學」，雖然我們都知道現代傳記文學是新興的學科，但稱之為「新興的文學」，朱東潤是第一人。而朱東潤之所以認為他是新興的文學，主要是相對於我們通常認為的文學——古代的「文章」而言的，這些文章包括史書和古代傳記，他說：「在認定現代傳敘文學是文學的時候，我們要認識這裡不是文章，不是馬《史》班《書》，不是《任府君傳》，《丘乃敦崇傳》，不是《董晉行狀》、《段太尉逸事狀》，不是《張魏公行狀》、《朱子行狀》」。〔註 113〕朱東潤在這裡列舉看似是古代的傳記文學作品，其實在當時，這些作品只是一種「文章」，是一個人文學水平和才華的重要衡量。此外，對於傳主的親朋來說，具有「形式上」的紀念性質，除此之外，不再有其他價值。

2. 對傳記文學性的看法

雖然朱東潤認為現代傳記文學是「文學和史學中間的產物」，而且知道「因為是文學，所以注重撰述的技巧；因為是史學，所以注重記載的詳實」。但是他對傳記的文學性持一種謹慎的態度，相較於文采斐然的傳記，他更喜歡樸實無華的傳記。他說：「一切文采都剝落了，只是一種樸素的敘述。傳敘文學就

〔註 112〕 朱東潤：《傳敘文學底前途》，《中學生》1943 年第 66 期。
〔註 113〕 朱東潤：《傳敘文學緒言》，《時事新報（重慶）》1943 年 3 月 29 日。

應當是這樣一種沒有文采的文學。……因為恣意所適，所以不受拘束；因為內容充實，所以形式簡單：這正是偉大的文學」。〔註114〕這完全是從內容和形式的關係角度討論傳記的文學性，他的理由似乎也很簡單，就是內容比形式重要，至於內容比形式重要，這幾乎是一個公認的事實。他說：「我們應當知道沒有好看的形式而有充實的內容，文學還有存在的價值；倘使沒有充實的內容而只剩一些好看的形式，儘管字句美麗，音韻鏗鏘，其實只是空虛的，沒有價值的東西。所以在現代文學批評家的眼光裏，文學內容比形式更重要」。而且在他眼裏傳記文學的形式指的是其文學性，而內容則指向其史學性。正如他所說的：「傳敘文學採取一般文學的形式和史學的內容。根據上面所說的原則，那麼我們應當注重的便是那接近史學的一部分；這就是說，傳敘文學所重的史實而不是文辭」。〔註115〕把文學當做傳記的形式，把史學當做傳記的內容，朱東潤這種把文學和史學截然分開的做法就把傳記文學看成是由文學和史學的簡單拼接而成，而不是水乳交融而成。現代傳記文學已經明確為一種文學，這種文學從史學脫胎換骨而來已經和史學脫離了關係，它保留的求真特性是很多學科的共性，而不是史學專有的特性。朱東潤認識到內容的重要性，認識到史實的重要性，他忽略的是之所以會有現代傳記文學這門學科，是因為只有文學才能表現他所希望表現的「內容」和「史實」。

3. 對評傳的看法

評傳作為一種西方傳入的形式，最早因為梁啟超的引介為國人所知，而梁啟超身體力行所作的評傳也很成功，但是朱東潤明確表示反對評傳。一方面他認為評傳不是傳記，他說：「評是評，傳是傳。傳敘文學的成功，正在羅列事實，使讀者自己判定，犯不著再在傳敘中間，畫蛇添足，發為武斷的結論，引起讀者的厭惡」。他認為傳記作者需要「做到暗示的工夫，使讀者看到字句，想起結論。這才是高明的論法」，而「在一本傳敘文學裏面，長篇累牘地夾敘夾議，實在只是精力的浪費」。對於史傳中的評傳部分，他說：「也許有人提出史記漢書，來證實評傳的價值。這一種論法，在我們這個信而好古的社會裏，當然有相當的地位。可是第一我們要知道史記漢書是史，和現代的傳敘文學不是同物，因此不能以二千年以前的旁例，約束二千年後的著述」。〔註116〕朱東

〔註114〕　朱東潤：《傳敘文學緒言》，《時事新報》（重慶）1943 年 3 月 29 日。
〔註115〕　朱東潤：《傳敘文學底前途》，《中學生》1943 年第 66 期。
〔註116〕　朱東潤：《傳敘文學底前途》，《中學生》1943 年第 66 期。

潤在這裡的推理顯然是不合邏輯的，好東西顯然不受時間的限制，而且越是不受時間限制越能凸顯一種事物的價值，史傳不夠好，夠好一樣可以學習。其次，傳記文學脫胎於史傳，而史傳本身又是文史不分的作品，繼承史傳中有利於傳記文學書寫的部分是很自然的。再有，文學藝術的發展過程從來都是互相借鑒的過程，即使「不是同物」，依然可以借鑒，而且也不能把這種借鑒武斷的定義為「約束」。

另外，朱東潤不止一次在文章中將評傳比喻為「解剖報告」，旗幟鮮明的反對評傳式的傳記，他說：「假如我們承認傳敘文學的應當是生命的敘述，那麼我們對於解剖報告的方式，必然的要決絕放棄，不容許它的存在」。〔註117〕因為在評傳裏，「我們看不到整個的傳主，所看到的只是他底解剖報告。這是死人，不是生人，質直地說，這樣的著作，不會對於傳主，有什麼了不起的貢獻」，〔註118〕他又說：「我們也得記清一部傳敘文學是生人的記載而不是死人的解剖報告。我們總得時時留心，務必喚起一個活潑潑的人生而不使讀者發生和陳死人相對的感想。」〔註119〕對於在中國由梁啟超提倡而興起的評傳，他認為是一種過時的東西，他說：「三四十年以前，一部噶蘇士傳，一部意大利建國三傑傳，也許可以轟動當時的耳目、但是現在是另外一個時代了。西洋傳敘文學，已經有過幾次的革新，為什麼我們還停留在這評傳的階段上呢？」〔註120〕朱東潤這一評價有三點啟示：（1）傳記文學是進化的文學，後代不需要因襲前代，後代超過前代；（2）傳記文學的功能、價值受時代制約，不同的時代需要不同的傳記文學；（3）是否有永恆的、不要時代制約——主要是各種權力和「規範」的制約——的傳記文學。

4. 對中國傳記文學發展的展望與建議

朱東潤對中國傳記發展的展望基於三點：對當時傳記學界的認識；對中國古代傳記的認識；對西方傳記學界的認識。

對於中國當時的傳記學界，朱東潤有一些因為信息不通造成的錯誤判斷，譬如他在發表於 1943 年的一篇文中說：「近來不是不曾聽到人家提起傳敘文學，但是新的傳敘文學理論，還沒有人介紹；新型的傳敘文學作品，也沒有人

〔註117〕 朱東潤：《論傳敘文學底做法兼評南通張季直先生傳記》，《讀書通訊》1944 年第 100 期。

〔註118〕 朱東潤：《為什麼我要提倡傳敘文學》，《正氣雜誌》第 1946 年 5 期。

〔註119〕 朱東潤：《傳敘文學底嘗試》，《中央週刊》1946 年第 8 卷第 2／3 期。

〔註120〕 朱東潤：《為什麼我要提倡傳敘文學》，《正氣雜誌》1946 年第 5 期。

試作。」他又說「現代的中國傳敘文學，也許還沒有產生罷」〔註121〕很明顯，在 1943 年以前，不但西方的傳記文學理論早有引介，而且少量的現代傳記文學作品也有出版。至於如果把「現代的中國傳敘文學」當作一個整體看，說它還沒有產生也許是對的。但是他對當時中國傳記學界現狀的總體評價是中肯的，他認為只研究中國傳記的人「對於中國傳敘文學的進展，總算勉強有些認識，但是認識過去，當然不是開導將來。……要想為中國文學努力，專靠稱揚古人，敘述故籍，其結果只落得「閱盡他寶」，談不上繼往開來的工作。」因為「史漢列傳底時代過去了，漢魏別傳底時代過去了，六代唐宋墓銘底時代過去了，宋代以後年譜底時代過去了，乃至最進步的著作，如朱子張魏公行狀，黃榦朱子形狀底時代也過去了。橫在我們面前的，是西方三百年以來傳敘文學底進展。我們對於古人的著作，要認識，能瞭解，要欣賞；但是我們決不承認由古人支配我們的前途。古人支配今人，縱使有人主張，其實是一個不能忍受，不能想像的謬論。」〔註122〕對於堅持中國古代傳記的保守派，他說：「有人說傳敘的發源很古，難道還侍現代人的提倡！是的，中國很古便有傳敘文學的蹤跡；所以常說晏子春秋為傳之始，孔子三朝記為記之始。但是這正和我們說猿人為人類之始一樣。誰能說晏子春秋，孔子三朝記便是現代的傳敘文學呢？到了史家手裏，傳敘文學才有相當的進展，可是史傳只是史傳，不是傳敘。……司馬遷史記摹仿春秋，他所注意的是褒貶予奪。班固底漢書摹仿史記，他所注意的是典章制度。這兩位作家都沒有注重到傳主底性情生活；在他們筆觸下面，我們固然看到不少的傳敘資料和優美的敘述，但是這只是作者天才底流露，有時竟不免出於意外。」〔註123〕正是看到了中國古代傳記的弊端，看到了忠於中國古代傳記文學思想的保守派，朱東潤才認為「我們對於許多因襲的不正確的觀念，必須脫然盡喪其所有，然後才能開闢新的境界。」而「傳敘文學也是一樣。這裡所需要的是脫然喪其所有」。對於當時人為現代傳記文學發展所作的努力，他評價道：「有人替古人作評傳，但是在方法和材料方面，還沒有多大的進展。也有人提起西洋傳敘文學的理論，但是也還沒有多大的成就」。〔註124〕這裡映出兩個問題 1.從事傳記文學實踐的人沒有能很好的利用西方傳記文學理論，或者不具備相應的理論素養；2.理論和實踐脫節，具備相

〔註121〕 朱東潤：《傳敘文學底前途》，《中學生》1943 年第 66 期。
〔註122〕 朱東潤：《張居正大傳序》，《國文月刊》1944 年第 28／29／30 期。
〔註123〕 朱東潤：《為什麼我要提倡傳敘文學》，《正氣雜誌》1946 年第 5 期。
〔註124〕 朱東潤：《傳敘文學緒言》，《時事新報》（重慶）1943 年 3 月 29 日。

應的傳記文學理論素養的人沒能將其付諸於實踐。

　　如前所述，朱東潤認為中國古代傳記的發展止步於 13 世紀，而西方現代傳記文學的發展起步於 18 世紀。所以他說：「也許有人會說，中國有什麼傳敘文學呢？他會舉出若干種西洋傳敘名著，而要求給他一個對比。沒有的，我們舉不出什麼。但是西洋傳敘文學的進展，只是十八世紀以來的事實。」這裡提及的「西洋傳敘文學的進展」就是指的西方現代傳記文學。但是朱東潤一方面承認我們沒有西方那樣的現代傳記文學，一方面又給 13 世紀以前的一些中國古代傳記文學作品一個較高的評價，他說：「傳敘文學在西方文學裏的大規模進展，只是最近三百年以內的事。拋開這二三百年不論，那麼中國傳敘文學的成就，和西方傳敘文學的成就比較起來，我們委實不感覺任何愧色。在傳人方面，我們有唐慧立彥宗的《大唐大慈恩寺三藏法師傳》十卷，博大宏偉，為同時所罕有。在自傳方面，我們有東晉法顯的《法顯行傳》，直抒胸臆，達到自傳的高境。在理論方面，我們有宋黃榦的《朱子行狀書後》及《晦庵先生行狀成告家廟文》兩篇，更奠定了傳敘文學的那種追求真相的理論。在傳敘文學方面，我們的前代對於世界，曾經有個偉大的貢獻；現代的責任，只在把西方近二三百年來傳敘文學的進展，迎頭趕上。〔註125〕」他這樣作的目的在於表明：「單就傳敘文學而論，我們曾經有過光明的時期，我們也會有光明的將來」。雖然以現在傳記現狀看，朱東潤的這一判斷未免過於樂觀了。但在當時，他是有充分的理由的，他自問：「為什麼要敘述以往的中國傳敘文學呢？」目的當然不是為了復古，而是「認定史實的探討，給與我們一種察往知來的本領」，所以他認為我們一旦「知道了過去的中國傳敘文學」，就能「看出當來的中國傳敘文學」。〔註126〕中國古代傳記和現代傳記文學截然不同的兩個事物，在一定意義上，凡是中國古代傳記堅持的，現代傳記文學就要放棄、反對，這不失為發展現代傳記文學的一個很好的方法。所以，從這個意義上來說，朱東潤認為的瞭解了中國古代的傳記文學，就能知道未來中國傳記文學的發展之路，是成立的。

　　而對於當時的現代傳記文學難以進展，朱東潤認為其中一大原因在於中國人缺乏探求真相的勇氣，他說：「現代傳敘文學的生命是探求真相的勇氣，但是這一種勇氣在中國似乎不甚普遍，我們常常看到的立身處世的態度是模

〔註125〕 朱東潤：《論自傳及法顯行傳》，《東方雜誌》1943 年第 39 卷第 17 期。
〔註126〕 朱東潤：《傳敘文學緒言》，《時事新報》（重慶）1943 年 3 月 29 日。

棱，是不臧否人物，是「不求甚解」，是「喜怒不形於色」，是「漠然無所動於衷」，是「西山朝來致有爽氣」。這裡沒有一點探求真相的勇氣，因此也不適合於現代傳敘文學的生長。至於文人把玩的東西，……不是把事情說的很無頭無腦，便索性以黑為白，顛倒是非。就如現代的中國傳敘文學還走上這一條老路，那麼傳敘文學的前途是應當被詛咒的」〔註127〕這是從傳記文學家的角度討論中國古代傳記難以發展的原因，即作為傳記文學的出品人如果不合格，就不可能有合格的傳記文學——沒有「人」，何來「人造品」。無論是缺乏探討真相的勇氣，還是顛倒黑白，都是人這一兩足動物在極權專制高壓的「謀生」策略而已——有先天本能的、無意識的，也有後天「理性」的判斷和認知。

而也正基於以上原因，朱東潤認為中國現代傳記文學最終發展的驅動力在外不在內。他認為中國傳記的發展在 13 世紀停滯「多分是本來的原動力，在漫漫的長途上，逐漸消失，以致不夠負推進的責任」。所以他認為中國現代傳記文學的發展「不能不期待外來的力量和影響，……對於現代中國文學和西洋文學的接觸便不能不寄於最殷切的希冀」〔註128〕朱東潤沒有說明中國傳記發展本來的原動力是什麼，所以中國傳記的停滯在朱東潤看來是消失了，在我們看來其事實則很可能是那「本來的原動力」只適合驅動中國古代傳記，即使它不消失，也不能驅動中國現代傳記文學。

二、朱東潤主要傳記文學思想探析

前面我們提到朱東潤傳記文學思想的主要「標識」，因為它們在朱東潤傳記文學思想中的重要性，需要對它們進行詳細的探討，另外，朱東潤的文學革命思想下的傳記文學觀，傳記性質的「傳記文學作品」的傳記意識等也都是需要作詳細的探討的。

（一）提出「傳敘文學」的名稱——本應代替「傳記文學」通行的名稱

1941 年，在《關於傳敘文學的幾個名辭》一文中，朱東潤提出「傳敘文學」的名稱並進行說明，在文章一開頭，他就說：「什麼是傳敘文學？傳敘文學便是時人稱為『傳記文學』的文學，但是為求名稱的確當起見，似應改為傳敘文學。」從那時起一直到 1961 年，朱東潤在寫作時一直使用「傳敘文學」

〔註127〕　朱東潤：《傳敘文學底前途》，《中學生》1943 年第 66 期。
〔註128〕　朱東潤：《中國傳敘文學的過去與將來》《學林》，1941 年第 8 期。

以代替「傳記文學」，在這一年，他自承：「看到大勢所趨，已經沒有挽回狂瀾的餘地，因此就沿用傳記文學的名稱。」〔註129〕但是 1961 年後的放棄使用並不代表他承認「傳記文學」這一名稱的確當性，在他眼裏所謂「大勢」並不意味著正確，而只是「狂瀾」。在朱東潤的內心深處，他對「傳記文學」這一名稱是不認可的，更不會對「大勢」屈服。陳尚君在分析《八代傳敘文學述論》未出版的原因之一就是這本書在「當時稱傳敘而不贊成稱傳記」。〔註130〕也就是說，朱東潤心中有可能一直希望「傳敘文學」這個名稱被承認，希望這本書以《八代傳敘文學述論》而不是以《八代傳記文學敘論》的名稱出版。對此，還有一個有力的證據，那就是在大概寫於 1970 年的《遺遠集敘錄》中，朱東潤仍然稱這本書為《八代傳敘文學述論》。瞭解了這一點，也就可以瞭解為什麼陳尚君整理出版的朱東潤的著作一概用「傳敘文學」而不是「傳記文學」了，這不僅是對老師的尊重，也是對真理的尊重，即「傳敘文學」這一名稱確實如朱東潤先生所說比「傳記文學」確當，其論證主要有三。

第一、「傳記文學」這個名稱的應用只是「權宜之計」

朱東潤認為一個名稱存在一般有兩種理由。第一種是因為「這是最切當的名稱，除此以外沒有更適合的字樣」，「傳記文學」如果是這個理由，自然不用改；第二種理由則是，「名稱也許不很切當」，但是沿用了很久，約定俗成而「無從更改」，如果是這個理由，「傳記文學」這個名稱也可以存在。但是「倘使一個名稱既不切當，又無相當的歷史，那便沒有聽其存在的必要」，而如果繼續使用也只是「權宜之計」，在找到合適的名稱之後，應該「讓後來者居上」。〔註131〕這樣，在朱東潤看來，「傳記文學」這個名稱的存在只是個「權宜之計」，有待於一個真正合適的名稱取而代之。

第二、「傳記」一詞中為什麼不能有「記」字？

因為《四庫全書》中已經明確提到「敘一人之始末」為「傳」，「敘一事之始末」為「記」，所以朱東潤認為「傳是傳，記是記」，是「截然兩類」的東西，不容「混為一談」，把它們「併合在一個名稱之下」，是「觀念的混淆」。而在「傳」和「記」觀念混淆下使用「傳記」這個名稱在朱東潤看來不但不是進步，

〔註129〕 朱東潤：《朱東潤文存》「遺遠集敘錄（代自序）」，上海：上海古籍出版社，2014 年，第 28 頁。

〔註130〕 陳尚君：《後記》，朱東潤：《八代傳敘文論》，第 257 頁。

〔註131〕 朱東潤：《關於傳敘文學的幾個名辭》，《星期評論》（重慶）1941 年第 15 期。下文本節相關引用除注明外，均引自本文。

反倒是倒退。他說：「一切科學的分類方法，都是愈分愈精。走向更清楚更明顯的路徑，我們決沒有理由在二百年來已經把傳和記的區別認清以後，倒退到觀念混淆的地位。」也就說，「傳」即是指「傳記」，「記」字是多餘的。而且這「傳」字僅指我們現在所謂的他傳，並不包括自傳，所以只用「傳」這個名稱來「傳記」又會「限於以偏概全的謬誤」。

第三、「傳敘」一詞中為什麼要有一個「敘」字？

因為「記」字在含義上表述「傳記文學」這一名稱上的多餘，又因為「傳」字的不能表達自傳，朱東潤從而提出在「傳」字後面加一個「敘」字，以「傳敘」表達西方的「傳記」所表示的含義和範疇。對於「敘」字的必需，朱東潤給出了兩個理由，一個是語法上的，一個是實際含義上的。在語法上，他認為「傳記二字既不適當，應當怎樣呢？單用個傳字，切當是切當了，但是違反中國語由單字走向複字的趨勢。而且『傳文學』、『傳研究』的名稱究竟有些不便。」而在含義上，「敘」字的加入，在朱東潤看來，是為了囊括「自傳」，他說：「最古的時代，敘字帶有一點自敘的意義。傳敘兩字連用，還有一種意外的便利。自傳和傳人。」他又說：「因為古代的用法，傳人曰傳，自敘曰敘，這種分別的觀念，是一種原有的觀念。所以傳敘文學，包括自傳在內，絲毫不感覺牽強。」

條理清晰，邏輯嚴密，「傳敘文學」確實是更切當的名稱，但是切當卻不一定就是可以通行的，而且即使通行也需要一個相當的時間，造成一個沿用已久，約定俗成的使用狀態。所以，朱東潤提出的，在含義上更為切當的「傳敘文學」被棄用，而當時沿用並不太久的「傳記文學」一直沿用到 1961 年讓朱東潤覺得難以改變，又沿用到現在，徹底形成一個沿用已久，約定俗成的使用狀態，沒有再更改的必要了。但是正因為「傳敘文學」被棄用，「傳敘文學」這一名稱的提出才更能顯出他的意義來，這意義也可以從三個方面來分析。

1.「傳記」一詞被沿用到現在的原因

「傳記」一詞之所以被沿用到現在至少有三個原因，一個是胡適個人的影響力，一個是官方的影響力，再有一個就是當時紙媒的傳播。雖然早在 1908 年，胡適在《中國愛國女傑王昭君傳》（《競業旬報》1908 年第 32 期）一文中，胡適就提到了「傳記」一詞，但是胡適對「傳記」一詞使用的影響要等到新文化運動以後，這是和他個人的影響力緊密聯繫的。胡適對「傳記」一詞使用的促成主要分為兩個方面，一個是在公開發表的文章中使用「傳記」一詞，如著名的《南通張季直先生傳記序》（《吳淞月刊》1929 年第 4 期）一個就是他的

勸朋友寫「傳記」，以他在學術界、文化界、教育界乃至整個中國社會的影響力，「傳記」一詞經他傳播，影響自然廣大。1939 年，當時的教育部制定的大學中文系選修課程中有「傳記研究」一科，這一官方的文件對「傳記」一次的沿用也是不言而喻的，畢竟大學這一場域所涉及的教育界和學術界對一個「名詞」的應用經常起決定作用。從紙媒的傳播來說，早在 1903 年，《嶺南女學新報》《江蘇（東京）》《童子世界》《浙江潮（東京）》就已經有了「傳記」專欄，1928 年，《大公報（天津）》也已經出現了「傳記文學」一詞。這些文章發表的時間距離朱東潤提倡傳敘文學有十幾年，且在這十幾年之中，單是以「傳記文學」這個名稱討論傳記文學理論的文章也有二十多篇。所以我們可以想見，到朱東潤在報紙上公開發表文章提倡「傳敘文學」名稱的 1941 年，「傳記」「傳記文學」這兩個詞在胡適個人影響力、官方影響力以及社會紙媒傳播影響力三個方面作用下已經形成了相當的動力，足以推動這兩個詞沿用下去。想推翻這兩個詞的既有應用狀態是非常難的，除非朱東潤的提倡得到官方的認可，學術界的認可，且經過一段時間的沿用和傳播，才能確定下來並取代「傳記文學」這個名稱。

2. 意義的確認——對「名副其實」的追求

通過以上論述，我們可以發現，可能因為時代的動盪，信息的不暢，朱東潤或許沒有看到 1903 年以後各報紙上出現的「傳記」專欄，沒有看到 1928 以後各報刊中以「傳記文學」為名談到傳記文學理論的文章，或許也沒有意識到這一名稱因為胡適個人的影響力而廣為流播。而 1939 年「傳記研究」這一大學科目名稱正是「傳記」這一名稱傳播幾十年的產物。但也有一種可能，就是這些情況朱東潤都有考慮過，但是他仍然決定提出自己的見解，這大概有兩個原因。一個就是當時中國傳記文學落後的現狀，也就是他前面提到的，傳記學科還沒有建立起來，在一個學科還沒有建立起來之前，提出一個適合這一學科的切當名稱是合理的。還有一個原因可能是朱東潤的求真意識，或者說求真品格，這是朱東潤用一生早已詮釋清楚的。這一品格在追求「傳敘文學」這一名稱確當性的體現是「名」要副其「實」。

今天，「傳記」二字和所有沿用已久、約定俗成的詞語、名稱一樣，沒有人再去追究它曾經的確切含義——什麼是「傳」，什麼是「記」。「傳記文學」作為一個名稱只有一個含義，是寫一個真實的人的真實的文學。另外，無論是對「傳記文學」這個名稱的否定，還是提出「傳敘文學」這個名稱，朱東潤的

依據都來自中國古代漢語資源。「傳敘文學」一詞不是對域外名稱的翻譯，或者說他不認同一些雖然大家明白其名稱所指卻「名不副實」的翻譯，而是基於中國古代漢語語義和語法的自創，這一自創的目的並不是為了區分「傳記文學」中國和域外、古代和今天名稱上的不同，更不是為了區分它們在含義的不同，而是通過其內容──「記人」──範疇使它們在含義上等同，成為一個超越時間和空間的「中性詞」，即使「傳敘文學」在含義上等同於「biography literature」──「傳敘文學」不是西方才有的，不是今天才有的，當然更不是中國的「特產」，更不是朱東潤所專有的，而是人類所共有、世界所通用的「biography literature」。

同時，這一名稱的提出還有利於框定傳記文學的範疇，即把傳記界定為記一人之始末的他傳和自傳兩個主要範疇。但這樣容易把一些只記錄一段人生的片段式傳記以及一些傳記性質的文學排除在外。

3. 提出「傳敘文學」名稱的原因──替中國文學界做一番斬伐荊棘的工作

分析「傳敘文學」這一名稱被提出的意義，必須探討朱東潤之所以提出的原因。在文中，朱東潤提到「傳記研究」出現在 1939 年的「大學中國文學系科目錄」中和武漢大學在「傳記研究」科目下開設「韓柳文研究」這兩個原因。但通過朱東潤在其他文章的敘述可以發現，「韓柳文研究」課程的開設很可能是直接誘因，即如果武漢大學在 1939 年沒有在「傳記研究」科目下開設「韓柳文研究」，而是開設了譬如西方近代傳記研究這樣的課程，朱東潤很可能不會這麼快公開提出「傳敘文學」這一名稱。朱東潤什麼時候提出「傳敘文學」這一名稱難以考證，但是其在 1940 年寫就的題名為《傳敘文學述論》的底稿中以及早於本文三個月發表的《大慈恩寺三藏法師傳述論》（1941 年 1 月發表）一文中已經使用。根據其在《張居正大傳序》所說，他「對於文學的這個部門，作切實的研討，只是 1939 年以來的事」，因為在這一年，他看到「一般人對於傳敘文學的觀念還是非常模糊」，所以他決定「替中國文學界做一番斬伐荊棘的工作」〔註 132〕。這裡提到他看到的一般人對傳記文學概念比較模糊對照其他篇章的敘述就是指武漢大學在「傳記研究」科目下開設「韓柳文研究」課這一事情，當然他在這裡沒有明說，所以我們也可以理解為也包括當時的教育部以「傳記」這一名稱代替朱東潤所認為的「傳敘」這一事情。不管怎樣，

〔註 132〕朱東潤：《張居正大傳序》，《國文月刊》1944 年第 28／29／30 期。

根據這序言中所說，我們可以大膽推論，朱東潤想出「傳敘文學」這一名稱當在 1939 年看到一般人對傳記文學的概念模糊之後，而「傳敘文學」這一名稱的提出也是「替中國文學界做一番斬伐荊棘的工作」的一部分。既然確定傳記學科是新興的學科，需要「斬伐荊棘」，那麼批評「傳記」這一名稱的不切當就是斬伐「荊棘」之一。這一「荊棘」的表現就是因為教育部制定的科目名稱在概念上的不清楚導致有些大學在制定教學內容時不可避免的發生了偏差。所以雖然教育部頒布了「傳記研究」這一選修科目，但並不意味著「傳記」這個名稱真正成立了，因為缺乏概念的框定，因為「在名稱的後面既沒有研究傳記的專家，也沒有討論傳記文學的專書和文章」，它只能是一個「空洞的名稱」，既然是個空洞的名稱，那必然在「斬伐」之列。

（二）「八代」（漢魏六朝）傳記文學「發現」的意義

朱東潤的傳記文學理論專著有兩部，經陳尚君整理已經出版，分別是《中國傳敘文學之變遷》（復旦大學出版社 2016 年 11 月出版）和《八代傳敘文學述論》（復旦大學出版社 2006 年 11 月出版）。兩部著作中最有價值，最能體現朱東潤傳記文學理論價值的就是對漢魏六朝傳記文學價值的發現，這一發現的意義主要有四點。

1. 這一發現是在文本極度缺乏下的研究

傳記文學研究的基礎是文本，中國古代傳記的主體是史傳，但是卻乏善可陳，由於時代的原因，魏晉六朝的傳記文本是極度缺乏的，正如朱東潤所說：「這個時期的著作，除去史傳應當別論以外，其餘的差不多都埋沒了，只有在《三國志注》、《世說新語注》這些著作裏，可以找到。這裡所看到的，雖然只是斷簡殘篇，不過因此更見得珍貴。」〔註 133〕一般人會因為缺乏研究的文本而放棄，朱東潤卻能反其道而行之，從斷簡殘篇中搜羅文本進行研究。正如其在自傳中所說：「我從《漢書注》、《後漢書注》、《三國志注》、《文選注》以及類似的畸零瑣碎的著作裏，搜求古代傳記的殘篇斷簡。有時只是幾個字、十幾個字」。〔註 134〕這一番工夫在朱東潤看來，其目的是為了「溫故而知新」。〔註 135〕「溫故而知新」作為一種研究思路和方法似乎過於平凡，而且不但

〔註133〕 朱東潤：《傳敘文學緒言》，《時事新報》（重慶）1943 年 3 月 29 日。下文本小節相關引用，除注明外皆引自本文。
〔註134〕 朱東潤：《朱東潤自傳》，北京：人民文學出版社，2009 年，第 257～258 頁。
〔註135〕 朱東潤：《傳敘文學緒言》，《時事新報》（重慶）1943 年 3 月 21 日。

「溫故」需要下一番苦工夫，且「知新」效果難以預料，所以這一「平凡」的研究方法並不見常用，幸而朱東潤先生識得這方法的妙處，能「溫故」，且能「知新」。

2.「現代傳記文學」理論視角中的價值——古代傳記中的「光明」

朱東潤以「現代傳記文學」理論視野觀照漢魏六朝時期的傳記文學，認為其實是中國古代傳記史上「光明的時期」，是稱「盛」的時代，這一時期的傳記文學的主要特徵就是在人物的描寫上最接近現代傳記文學，這被朱東潤形容為「人性真相的流露」，也被他認為是「傳敘文學底使命」。這一時期人物的主要特徵就是真實——複雜的真實、正常人的真實。譬如曹操，朱東潤說：「在一般底敘述裏，或認為創業之主，或認為纂逆之臣，這個只見得一面。其實曹操還有曹操底私生活。《曹瞞傳》記操：……『每與人談論，戲弄言誦，盡無所隱，及歡悅大笑，至以頭沒杯案中，看膳皆沾污巾幘，其輕易如此。這裡看出一個活躍的人物，便和史傳底記載完全不同了。』」

3. 宣告「傳敘文學」為中國所固有而非外來文化之影響

佛教東來對中國文化的影響之大，難以估量。其對中國固有文學體裁的影響一般主要表現在思想和內容上，而對正在進化、發展、走向獨立的文學體裁的影響還體現在篇幅和形式上，如小說和戲曲。所以，一旦人們發現漢魏六朝傳記文學在篇幅和形式上不同於史傳／古代傳記，就容易想到佛教的影響。這是符合思維慣性的，尤其是朱東潤推崇的《法顯行傳》和《大慈恩寺三藏法師》傳，其傳主都是佛教徒，就更容易使人加強這一聯想。對此，朱東潤首先闡述了佛教思想在當時的影響力，他說：「研究中國學術轉變的人，應當知道從東晉以後，經過宋齊梁陳直到隋唐，在這一大段的時間裏，學術的中心已經漸漸脫離今古文學，老、莊玄談的支配，而走向佛教思想的範圍，經生之業，止是出身的階梯，玄妙之言資，為消閒的談助，在學術上的支配力量，都無從與佛教思想爭一席地。這是一件尚未公認，然而無從否認的事實。在哲理方面如此，在文學方面也是如此。無論詩歌散文，莫不受到佛教思想的顯著的影響。」然後又論述了這一時期佛教思想對傳記文學發展的影響，他說：「無疑地，傳敘文學也跟著佛教思想而發展，在傳敘底主題方面，尤多關於佛教徒的敘述。」然後他以拋出問題的方式解答人們對於傳敘文學和佛教思想關係的抑惑，他說：「中國傳敘文學盛行的時代，又恰巧與佛教盛行的時代相合，那麼傳敘文學是隨著佛教而輸入，如唐末的變文、平話及宋代的戲劇呢？還是因為佛教輸

入而急劇改造，如六朝時代條例完整的散文和音調諧暢的詩歌呢？這是一個重要的問題。」他的回答是：「幸虧裴松之、劉義慶替後人留下大批的史料，我們敢說傳敘文學是我們固有而產生的文學」。〔註136〕

「傳敘文學是我們固有而產生的文學」，這是一個宣告，宣告近代域外傳入的「傳記文學」並不是「新學」，而是中國固有的，只是名稱不同而已，就是中國已有的「傳」（他傳）和「敘」（自傳）。也就是說朱東潤沒有從學術研究界限上把中國古代傳記和中國現代傳記文學分開，看成兩門不同的「學科」，而是在時間範疇上，把兩個不同的「學科」看作「傳敘文學」的兩個不同時期。正如我們上面提到的，他創造「傳敘文學」這一名稱的意圖就在於他要把它確定為超越時間和空間的「中性詞」，從而在範疇上涵蓋古今中外所有的以「記人」為中心的文學體裁。

這一宣告有它的學術研究背景和時代背景，在傳記學術研究上，由於中國古代傳記的複雜性，在西學東漸的時代大潮下，以梁啟超、胡適為代表的中國知識分子普遍對以廿四史史傳為主體的古代傳記持以批判和否定的態度，認為中國是沒有傳記文學或極度缺乏的。這一觀點的傾向和同時期的新文學運動保持一致，即打倒舊文學，建設新文學。而「傳記文學」作為一種新名稱出現的意義在於試圖表明「傳記文學」屬於現代才有的新學科，只有現代傳記文學才是傳記文學。在時代背景上，朱東潤所處的是十九世紀中期以後持續積貧積弱的中國，是在當時正遭日本侵略的中國，所以朱東潤或許出於民族自尊，從增強民族自信的角度提出傳記文學為中國所固有的觀點。他看到「近幾年來，一般人對於傳敘文學，開始感覺到興趣，不過因為這個究竟是新闢的園地，所以大家對於中國古代的傳敘文學，常常不易得到正確的估價」。為了避免一般人認為傳記文學是中國沒有的「新學」，進而加強已有的中國不如西方的民族心理，所以他通過自己的研究給出這樣的答案：「傳敘文學在西方文學裏的大規模進展，只是最近二三百年以內的事。拋開這二三百年不論，那麼中國傳敘文學的成就，和西方傳敘文學的成就比較起來，我們委實不感覺任何愧色。……在傳敘文學方面，我們的前代對於世界，曾經有個偉大的貢獻；現代的責任，只在把西方近二三百年來傳敘文學的進展，迎頭趕上」。

但是空喊口號是無法增強民族自信的，還必須有所憑藉。因為以廿四史的

〔註136〕朱東潤著；陳尚君整理：《中國傳敘文學之變遷》，上海：復旦大學出版社，2016年，第69頁。

史傳為代表的古代傳記已經被時人否定了，為了給出傳記文學是中國所固有且輝煌的證據，朱東潤將眼光轉向了漢魏六朝傳記文學。一方面，這一時期的傳記文學因為缺乏文本少有人研究，也即意味著對中國古代傳記的批判難以將其包含在內，另一方面，朱東潤以「以人為中心」和「流露人性的真相」這兩個現代傳記文學的要素衡量漢魏六朝的傳記文學，並找到了相對應的文本，這就為傳記文學為中國所固有，且曾經領先很多年，且可以迎頭趕上的說辭提供了最確實、最有力的證據。

4. 彰顯個體的自由發展──魏晉傳敘文學稱盛的成因分析

朱東潤認為漢魏六朝文學之所以稱盛有兩點原因：首先，因為時代動盪，社會規範減弱，個人可以自由發展。動盪不安的漢魏六朝時代在朱東潤看來「社會上充滿了壯盛的氣息」，這一狀盛的氣息才能催生壯盛的傳記文學，這一壯盛的氣息表現為個人能「自由地發展」，而沒有「一定的類型，一定的標格」，由此「傳敘家看到的，到處都是真性的流露，所以在敘述方面，容易有較好的成就」。在這一時期中國傳統中推崇的「父子的關係」「便不一定如此」，而《女誡》為女人「鑄定」的「規模」，在魏晉時也「便不是這樣」。朱東潤的這一看法反應了這樣的一個現實，即在傳統中國社會，越是動盪不安，人性越是可以自由的發展。當然，這能發展的「個人」的數量是很低的，僅限於以「士人」為主體的知識階層，大多數的「個人」生存都是奢望，所以這時代的傳記文學儘管稱「盛」，但是其傳主卻沒有一個普通老百姓。當然，這樣「現代」的要求確實太苛刻了，即使到今天，一個普通老百姓也很難進入傳記家的視野。漢魏六朝傳記文學的比較對象僅限於古代中國，它的比較對象是隋唐及其以後中央專制逐漸加強的統一王朝，而這些王朝「見於傳敘文學」的人物就「都有一定的標格」，這就使得「特立獨行的人物，常常受到社會的歧視」。但是「漢魏六朝時期便充滿了這許多不入格的人物：帝王不像帝王，文臣不像文臣，乃至兒子不像兒子，女人不像女人」。而在朱東潤看來：「一切入格的人物，常常使人感覺到平凡和委瑣。相反的，每一個不入格的人物，都充滿了一種獨來獨往的精神。這是個性，也正是近代傳敘家文學家所追求的人物」。與其他時代相比，和現代傳記文學思想最為接近，這是漢魏六朝文學之所以能在中國古代傳記史上稱「盛」的原因，也是朱東潤之所以盛讚它的地方，是朱東潤獨具慧眼所在。

其次，則是官史的興起導致的私史的衰落。傳記文學的興盛取決於兩點，

一個是傳主，一個是傳記家。有好的傳主可選擇且傳記家可以自由書寫，傳記文學自然興盛。說到底，還是自由的力量，只有人自由了，才能產生值得書寫的傳主，只有傳記家自由了，他的思想才能不受束縛，盡情自由的書寫。漢魏六朝時代以後的大一統王朝之所以傳記文學衰落，除了在整體上造成人的不自由之外，還利用具體的制度限制了傳記文學書寫的自由，即始於隋代並為後代因襲的官修國史制度。朱東潤在文中提到：「自從隋開皇十三年五月詔，『人間有撰集國史臧否人物者，皆令禁絕』以後，私家作史的風氣，因此頓息。唐初修《五代史志》，完全成為官書，私書沒有抬頭的機會」。因為傳記文學發源於史，因為史傳在那時代近乎等同於傳記，官修國史對傳記文學書寫的打擊幾乎是致命的。朱東潤說：「史學和傳敘文學之間，關係最切，因為私史的衰落，連帶也成為傳敘文學的衰落。」也就是說，在中國古代史學和傳記混一的前提下，史學的衰落和傳記文學的衰落是同步的，史學的衰落必然引起傳記的衰落。由此朱東潤得出他研究漢魏六朝傳記文學的結論，即雖然「八代」的傳記文學「殘餘無幾」，但「不能不稱為盛」，而「八代」以後，除了史傳之外，則傳記文學較少，所以就「不能不稱為衰」。也就是說「八代」傳記文學和隋唐之後大一統王朝的傳記文學構成了中國古代傳記文學史上的「盛極而衰」現象。也是在這個意義上，朱東潤認為「八代」傳記文學會「引人注意」。現實則是，朱東潤獨具慧眼的發現始終未能引起過多的注意，這其中原因很多，最大的可能還在於文本的缺乏，朱東潤在書中附錄了他摘錄各種材料而成的傳記十八部，包括《東方朔別傳》《曹瞞傳》《陶淵明》傳等等，如果後人不能發現更多的材料，對這一時期的研究是難於進行的，這也是這部專著直到今天依然分量十足的原因。

（三）提出「大傳」的名稱和概念

「大傳」作為傳記學上的名詞因《張居正大傳》而廣為人知，但是朱東潤應用這一名稱的初衷和本義卻並未得到彰顯。對「大傳」這一名詞的解釋可以分為三個方面。

1. 意義之「大」——傳記主旨的申明

在 1943 年 8 月寫就的《張居正大傳序》中，朱東潤考慮到時人對名稱的疑問，所以專門做了解釋，他說：「也許有人看到大傳的名稱，感覺一點詫異。傳敘文學裏用這兩個字，委實是一個創舉。『大傳』本來是經學中的一個

名稱；尚書有尚書大傳，禮記也有大傳；但是在史傳裏從來沒有這樣用過。不過我們應當知道中國的史學，發源於經學，一百三十篇的《史記》，只是模仿《春秋》的作品：十二本紀模仿十二公，七十列傳模仿公羊穀梁。『傳』的原義，有注的意思，所以釋名釋典藝云：『傳，傳也，以傳示後人也。』七十列傳只是七十篇注解，把本紀或其他諸篇的人物，加以應有的注釋。既然列傳之傳是一個援經入史的名稱，那麼在傳敍文學裏再來一個援經入史的『大傳』，似乎也不算是破例。」〔註137〕這裡就給出了大傳的第一個含義，那就是「援經入史」，而「援經入史」的第一層意思指的是上面提到的「注的意思」，即對一個人的「注解」「注釋」可以成為「傳」，而另一層意思則是指「傳」裏要有「經」的「義」，這一點通過朱東潤本身的創作就能知道。首先是他選擇的傳主，在1946年發表的《我為什麼提倡傳敍文學》一文中，他說：「我寫成《張居正大傳》和未及付印的《王守仁大傳》。除了這兩部以外，我想寫一部《于謙大傳》」，其「義」就是「因為在土木之變以後，整個中國眼看要隨明英宗的被虜而覆亡，仗著于謙的振奮，中國民族免去一次亡國之禍。」〔註138〕而他之所以寫《張居正大傳》則是因為「居正底時代，和我們底時代一樣，中國受到外來的壓迫，所以意識上更強烈第感受到國家第一的暗示。」而張居正有一種「以社會國家為己任的精神」，他認定「自己對於社會國家負有莫大的責任」，所以「十年的政權，真正把居正做成『鞠躬盡瘁，死而後已』」。而因為「每個人不能沒有參與國家大政的意識」，所以「我們實在有重新瞭解張居正這一類人物的必要」。〔註139〕

2. 內容之「大」──塑造人物的需要

　　「大傳」的「大」字參考朱東潤提到的《尚書大傳》推理，則可能是指內容的增加。《尚書大傳》因為需要對《尚書》做解釋，所以必然會增加內容，篇幅變大，同樣《張居正大傳》也可視為對「張居正」的「解釋」，自然也會有內容的增加，篇幅變大。另外在《張居正大傳序》完成的半年以前，也就是1943年3月的發表的《傳敍文學緒言》一文中，朱東潤提到「西洋傳敍文學家」的著作「記載也更詳實」，其「一部大傳，往往數十萬言到百餘萬言」。〔註140〕在1944

〔註137〕　朱東潤：《張居正大傳序》，《國文月刊》1944年第28／29／30期。
〔註138〕　朱東潤：《為什麼我要提倡傳敍文學》，《正氣雜誌》1946年第5期。
〔註139〕　朱東潤：《我為什麼寫「張居正大傳」》，《文化先鋒》1947年第6卷第24期。
〔註140〕　朱東潤：《傳敍文學緒言》，《時事新報》（重慶）1943年3月21日。

年發表的一篇文章中，朱東潤重申了這一說法，並說明了原因：「近代西方傳敘文學，如狄士累里、格蘭斯敦、華盛頓這些人的大傳，都在一百萬字以上；路德威希所著的《俾士麥傳》，算是簡單了，也在二十萬字以上。一個重要的人物，當然要給以充實的場面。……中國的社會只是一個怕費力，怕吃苦，不生不死，懶洋洋的社會，因此看到一本大規模的著作，都覺得懶得細看。何況古有司馬遷、班固，今有史特拉哲、莫洛亞，都可以作為佐證，那麼何必作什麼大傳呢？十萬字便夠了，其實三萬字也不妨。橫豎不還是一樣嗎？其實事情缺不一樣。惟有一個龐大的布局，才能應付一個重要的人物。」〔註141〕也就是說西洋傳記文學之所以在內容上表現為「大」，其目的為了把人物寫的充實，是傳記文學書寫刻畫人物的需要。中國的古代傳記之所以少有真正的傳記，之所以難以寫就真正的傳記，是因為在「內容」的規模太小了。雖然中國沒有大傳跟中國傳統社會有密切的關係，但是傳統中仍然有可利用的資源以資傳記文學書寫。在 1947 年的一篇文章中，朱東潤指出西方傳記文學家精神「完全和清代漢學家治學一樣，值得我們底欽仰」，對「任何一個節目的記載」，常要「經過幾種檔案的考訂」，所以才能有「一部大傳，往往從數十萬言到百餘萬言」，並感歎道：「這種精力，真是令人吃驚」。〔註142〕既然這種精神是中國固有的，可是這精神為什麼不能影響中國的傳記文學書寫呢？可以想見的一點就是一代有一代之文學的道理，所有新的文學都是應時代而生的，無論是梁啟超還是胡適，還是朱東潤，他們都是在接觸西方傳記文學之後才開始以「傳記學」的角度思考傳統文化資源的，尤其是傳統史學的求真精神，清代樸學的求真工夫。

　　由此，「大傳」一詞，其義有二，一是內容的大──以西方傳記文本為典範，也就是朱東潤提到的「結構底謹嚴，氣魄底壯闊，審定材料精密，分析人格底細切」；〔註143〕二是意義的大，也就是要求「傳」中有「經義」，「大傳」作「經」以申「義」，其「義」則基於當時的國難，以救亡意識為主體。而這兩個含義都指向一個共同的精神，那就是「求真」，即在朱東潤主張以「大傳」的命名的傳記都含有以上兩個含義，從而使得這些傳記在名稱和內容上達到「名副其實」。

〔註141〕 朱東潤：《論傳敘文學底做法兼評南通張季直先生傳敘》，《讀書通訊》1944 年第 100 期。

〔註142〕 朱東潤：《傳敘文學底真實性》，《學識》1947 年第 2 卷第 2 / 3 期。

〔註143〕 朱東潤：《我為什麼寫「張居正大傳」》，《文化先鋒》1947 年第 6 卷第 24 期。

（四）朱東潤早期「傳記文學作品」中的傳記意識

1940 年代，朱東潤以一部《張居正大傳》為世人所知，但是在這之前，朱東潤還有很多傳記性質的「傳記文學作品」缺乏學界關注，按時間順序如下：為三哥朱世瀠寫的傳記（1912）、《詩人吳均》（1929）、《陸機年表》（1930）、《祭李仁溥文》（1931）、《父親的心緒》（1935）、《仲兒的離別》（1935）、《車上人》（1936）、《泰興李君墓誌銘》（約 1939）、《我的母校》（1940）、《竹公溪詩話》（1941）、《再會吧，樂山》（1942）。其中《祭李仁溥文》《泰興李君墓誌銘》這兩篇「碑文」雖然在朱東潤眼裏不是真正的傳記，但的確屬於古代傳記。而《父親的心緒》《仲兒的離別》《我的母校》《竹公溪詩話》《再會吧，樂山》《我在泰興求學》都是自傳性質的文學，《車上人》則既有自傳性質又描寫了普通老百姓。以上幾類作品的「傳記學」價值敘述如下：

1. 為三哥朱世瀠寫傳記的傳記意識

這部作品目前沒有找到，而且其距第一部被世人所知的傳記《張居正大傳》差了三十年，要想它作為朱東潤傳記活動的一部分，並且作為起點，是很難找到證據的。一般認為，朱東潤轉治傳記文學之後，在自覺的傳記意識之下創作的傳記文學作品才是真正的傳記。但是簡單地認為在之前朱東潤寫作的傳記或者傳記性質的作品不算傳記也是不成立的，以創作的「傳記意識」論，即使朱東潤聲明自己在 1939 年之後對傳記文學發生強烈的興趣，並有意識的去創作傳記，但是卻也無法否認在這之前他對傳記文學也有興趣，只是不那麼強烈，而且其寫作傳記也並不是無意識的。以他為三哥寫傳記為例，我們可以從其自傳中發現他創作的「傳記意識」。1907～1913 年的六年時間，朱東潤在上海讀書、工作，〔註144〕先後做過文明書局的校對、《小說月報》的助理、也經常閱讀當時的報紙，如《民呼報》《民吁報》《新聞報》《民立報》《民權報》等，對於當時報紙刊登的各種辛亥革命英雄傳記自然不能無動於衷，如《中國革命記》（創刊於辛亥年九月）雜誌登載焦達峰、陳作新、張世膺、吳祿貞、陳大復、徐錫麟等烈士的傳記，《民國報》（創刊於辛亥年十月一日）的「光復偉人傳」欄的陳天華、方聲洞的傳記等。所以他給三哥寫傳記，我們可以大膽推論他是受了這些革命英雄傳記的影響。「傳記」刊登在當時影響力巨大的外來媒體——報刊上凸顯了「傳記」的獨立性，使它從傳統文人的「文集」中獨

〔註144〕見《朱東潤自傳》第二章、第三章，《朱東潤自傳》，北京：人民文學出版社，2009 年。

立出來，成為一種單獨被人閱讀的文學體裁。同時，以「獨立」形式出現的「傳記」在價值和功能上也都區別於古代傳記，這就意味著在當時人包括朱東潤的眼裏，這些刊登的辛亥英雄傳記是一種「新傳記」，而創作這樣的「新傳記」無疑就是一種主動的「傳記」意識，即在一定「傳記」意識下創作一種不同於古代的「新傳記」。更重要的是，為三哥（愛國英雄）寫傳記埋下了朱東潤選擇傳主的種子，這種子後來生根發芽，成了朱東潤一生創作傳記選擇傳主的主要標準。

2.《詩人吳均》和《陸機年表》中的現代傳記文學元素

這兩部作品之所以應該被納入朱東潤的傳記文學作品是因為其已經表露出了現代傳記文學因素。首先，其在篇幅上已經超過大多數的古代傳記，古代傳記中幾百字，甚至不到一百字的傳記比比皆是。但是《詩人吳均》近一萬字，《陸機年表》雖然以「年表」為名，但是也有 6000 多字；其次，兩部作品都重視時代背景的書寫，說明傳主和時代的關係，吳均誕生的兩個時代條件是「東晉齊宋以後，到了梁代，中國南部漸漸的從干戈擾攘的中間回復到太平的途上。」〔註 145〕和齊梁體文學在梁代的興盛在《陸機年表》中則說陸機誕生的兩個時代條件：「晉太康元年全國統一以後，人民始得稍蘇喘息」和張華在洛陽造成「中國文學史上漢武帝及建安時期文人結集之後之第三結集」；〔註 146〕其次，這兩部作品中體現的創作思想已然是朱東潤後來創作詩人的傳記的「先聲」，其在《梅堯臣傳》的序言中說：「我總覺得詩人是最需要寫成傳記的，這樣我們對於他的作品才能獲得進一步的理解。」又說「他的豐富而深刻的感情和他的身世存在著密切的關係。倘使我們對於他的時代和身世，沒有切實的體會，怎樣理解他的作品呢？」〔註 147〕再次，在傳主選擇上也和後來保持了一致性，譬如寫吳均是因為「吳均在梁初，與何遜齊名，為梁武帝所譏，稱為吳均不均，何遜不遜。近時於南朝作者，多不深入，間有述者，亦不外陶潛、謝靈運、謝朓諸人，沈約、范雲已在若存若亡之列，更何論吳均、何遜。實則吳均之風標遒舉，實亦非近人所能望及，持以與陶、謝、沈、范相比，似亦各有所長，未便棄置。」〔註 148〕而寫陸機則是因為他和張居正、陸游一樣，是一個有爭議的人物：「後人對於他的批評，

〔註 145〕 朱東潤：《詩人吳均》，《新月》1929 年第 2 卷第 9 期。
〔註 146〕 朱東潤：《陸機年表》，《國立武漢大學文哲季刊》1930 年第 1 卷第 1 期。
〔註 147〕 朱東潤：《梅堯臣傳》「序」，武漢：華中科技大學出版社，2019 年，第 1 頁。
〔註 148〕 朱東潤：《朱東潤文存》「遺遠集敘錄（代自序）」，第 35 頁。

也是紛紛不一」。〔註149〕而有爭議的人物首先在可讀性上就有一定的優勢，即容易引起讀者的好奇；其次，有爭議才有考察以求真的價值，而且這求得的真實其本身有很多價值；再有，無論寫有爭議的人物還是把有爭議的人物的真相寫出來，對於作者本人來說，都摻雜著好奇和求真等自然的本能衝動。

此外，正像我們在論述朱東潤為其三哥寫傳記已經有傳記的自覺意識一樣，寫這兩部傳記時自覺意識則更顯著。筆者認為這與兩個事件有關，一個是1913年朱東潤往英國留學，一個是1929年往武漢大學工作。往英國留學，使他能接觸到西方傳記，雖然他沒有具體提到他在英國閱讀傳記的經歷，但是朱東潤在1943年寫就的《張居正大傳》序言中說：「二十餘年以前，讀到鮑斯威爾的《約翰遜博士傳》，我開始對於傳記文學感覺很大的興趣。」〔註150〕考慮到朱東潤是1916年回國的，到距1943年為27年，以及本書在當時並無中譯本，所以推斷朱東潤很可能是在英國留學期間讀的《約翰遜博士傳》。而即使朱東潤是在國內讀到這本書的英文原版的，這段話已然可以說明起碼在這兩部書寫成以前，朱東潤已經對傳記文學發生很大的興趣，所以才會在寫作中首先書寫詩人所處的時代背景。因為這是西方傳記的寫法。而往武漢大學工作則意味著這兩部書是朱東潤準備教授「中國文學批評史」課程的研究成果，因為在1929的秋季學期以前，聞一多提出讓朱東潤開設「中國文學批評史」課程，並給他一年的準備時間，而《詩人吳均》發表的時間是1929年11月，《陸機年表》的發表時間是1930年4月，且已出版的《中國文學批評史大綱》中有陸機。這就不但可以說明朱東潤在1920年代已經萌發了對傳記的興趣，而且已經產生的一些傳記文學思想，因為他已經不自覺地把他的傳記文學思想應用到「中國文學批評史」課程講義的研究之中。

3. 自傳性質作品的獨特價值——補宏大敘事之不足

朱東潤自傳性質作品的價值主要表現在兩個方面，一個是透漏了更多的細節，描寫更生動，如他寫自己的父親幫他逃課還帶他讀三國：「濛濛的細雨斜打到朝南的窗戶的時候，父親和我常常坐在他的小房裏。父親總是拿著一堆木板《三國志演義》給我看，有時也和我講。慈愛的情感，燃燒到他的長瘦的臉，薰成了紅酣酣的光彩，我就從這光彩裏看到許多木刻，……」〔註151〕這

〔註149〕　朱東潤：《陸機年表》，《國立武漢大學文哲季刊》1930年第1卷第1期。
〔註150〕　朱東潤：《張居正大傳序》，《國文月刊》1944年第28/29/30期。
〔註151〕　朱東潤：《父親的心緒》，《朱東潤文存》（下），第917～918頁。

樣細膩的描寫是朱東潤傳記中僅見的。一個是對小人物的關注，如他在《車上人》寫推車的車夫薛大個兒：「當他走的暖了以後脫去棉袍的時候，我只見得一些破布條裹住一架瘦長的骨骼，真不懂他怎樣禦寒。可是他總是快樂，總是笑嘻嘻的，只是說：『先生，這算什麼，天老爺凍懶漢！種田的和推車的不覺得冷。』真的，只有在這時候我才看到一個貧而樂的人。」〔註 152〕考慮到他一生除了寫自己和夫人鄒蓮舫外，都是寫「英雄」，曾想為一位女生產隊長寫傳記也沒能寫成，這樣小人物描寫也是僅有的，而且從其認為對話是傳記文學的精神看，文章裏有很多對話，而且這對話相較於《張居正大傳》等傳記中模擬的對話在「傳記學」的意義上更大，價值也更大。因為這是具體時間、具體地點、具體人物，切實作者親歷的真實，沒有比這更真的，更活生生的，更感人的「真實」了。這樣的「傳記」正好可以補朱東潤傳記文學書寫多是「宏大敘事」的不足，同時也可以視為他在傳記文學書寫上一種有意或無意的突破。

（五）從「文學革命」的角度提倡傳記文學

1946 年，曾經轟轟烈烈的「文學革命」已經過去二十多年，「文學革命」一詞早已是許久沒有人聽的老調，朱東潤在這年發表的《為什麼我要提倡傳敘文學》〔註 153〕一文中所闡述的觀點正是「文學革命」的訴求。他說：「為什麼我要提倡轉敘文學？這便牽涉到文學觀念的問題。從文學觀念出發，我認為我們應當認識新的文學和人的文學。」很明顯的，文學革命首先是、主要是「文學觀念」的革命，而那場轟轟烈烈的文學革命所倡導的文學觀念，其主要的部分也是提倡新的文學和人的文學。另外，他所最求的「人的文學」，同樣追求的是描寫真實的人性，他對新文學的期待，同樣帶有濃鬱的救亡意識，他對中國的危機有清醒的認識：「清代末年，整個的中國文化，因為和世界文化發生空前的接觸，於是起了動搖。我們看到不但槍炮不如外國，典章制度不如外國，甚至在文學方面，也不一定勝於外國。」於是革新文學便具有救亡的雙重效應，一方面是直接的使中國的文學奮起，一方面通過中國的文學使中國人奮起。所不同的是，朱東潤是在看到「文學革命」成果的基礎上重新思考什麼樣的文學是「新的文學」的；所不同的是，他轉而從古代資源裏去找「文學革命」的根據；所不同的是，朱東潤是從傳記文學的角度去思考什麼樣的文學是「非人」

〔註 152〕 朱東潤：《車上人》，《朱東潤文存》（下），第 941～942 頁。
〔註 153〕 朱東潤：《為什麼我要提倡傳敘文學》，《正氣雜誌》1946 年第 5 期。以下相關引文除注明外皆引自本文。

的文學；所不同的是，他看到在轟轟烈烈的文學革命過去二十多年以後，發展新的文學、人的文學依然困難重重，對這幾點，敘述於下。

1. 是形式的新，更是意境的新

對於文學的求新，朱東潤說：「怎樣新法？從「之乎者也」改到『的啊嗎呢』，這是新，但是這只是最平凡的新。『皎皎明月光』」算是舊了，我們說「月兒在那裏」，可是並沒有新出許多，因為這只是形式的新，和意境不發生多大的關係。我們應當追求的是正是意境的新。原有的形式，舊了，放棄它；原有的意境舊了，更要放棄它。」這一個顯然的文學進化論觀，即以新的代替舊的，以現代的代替古代的，無論是形式還是內容——它們共同構成意境。

2. 以古代資源佐證文學求新——以子之矛攻子之盾

在朱東潤看到當時的人在寫作詩詞時「還有人根據古本在陰陽上去方面下工夫，寫成既不會唱、也不能十分運用的詞句」，他禁不住要問：「這些都是為的什麼？」，他禁不住要感歎世界在那裏不斷地前進，而談文學的卻不斷地倒退。」他意識到只是以現代、西方的理論是說服不了舊學究的，所以他去古代找資源，他引用蕭子顯在《南齊書・文學傳》說的「在乎文章，彌患凡舊，若無新變，不能代雄。」推論他的文學「求新」觀；「文學是有永恆生命的，真正有價值的文學，本來談不到新舊，但是在意境上，不能不力求其新，從新的意境裏，追求新的生命。」他引用舊學究最推崇的孔子給他們敲鐘，他說：「孔子說：『生乎今之世，反古之道。如此者災及其身者也。』孔子所說的『災』，當然有他的見地，我們所看到的，確實災及文學的本身。我們這時代談文學的人不容易引起人們的重視，而且憑著幾句風花雪月，哼哼唧唧地，其實自己也沒有看重自己。所以我們不能不在舊的文學圈子以外追求新的文學，同是也必須超越形式的追求意境的新，這才能替中國文學打開一條出路，使它不致成為時代的廢物。」辭舊才能迎新，舊的不去，新的不來，朱東潤從古代文化資源中發掘出文學的進化論以促進文學的發展。

3.「非人」的文學概念的變化

在文學革命中，「非人」指的是人異化為「非人」的一種存在狀態，具體表現在描寫人的文學作品中看不到真正的人和真實的人性。而朱東潤從傳記文學的角度出發，對「非人」的概念提出了自己的解釋。首先，把描寫「非人」的作品範疇從虛構文學轉向非虛構文學，也就是說朱東潤將「非人」的文學作

品範疇擴大了，擴大到了「文學革命」中忽略或者沒有引起足夠重視的傳記文學領域。其次，以中國古代的傳記文本內容為依據給「非人」所指提出了非常具體的框定，也即哪幾類傳記性質的作品中描寫的主體不是「人」，而是「山水」和「事」。哪幾類傳記性質的作品中描寫的主體不是現實中真實的人，一類是「神」和「先知」。

4. 從文學革命已有的成果和文學的趨勢談文學的革新

首先他認為小說、戲劇和傳記文學都是以人為對象的「新的文學」，其次他看到小說和戲劇「中國已經有人在努力」，而傳記文學則「很少有人努力」。但是他認為從文學的趨勢看，傳記文學比小說和戲劇更有生命力，是發展較後的，但卻是更新的「人的文學」。他說：「文學底大趨勢是由不現實而走向現實。神話，傳奇，物語，都是不現實的，到近代的小說戲劇便比較現實了。循著這個趨勢，一直向前，到了現代，便有傳敘文學底發展。」因為「傳敘文學所寫的是現實的人生，和文學底大趨勢契合」。這樣的一個判斷有一定的合理性，因為他看到「小說戲劇在中國近代文學裏，得到更大的認識，老實說一句，正是這外力東漸底結果」，當時中國的文學的進步是受西方驅動的，而西方的傳記文學已經有了「長足的進展」，在已經和小說戲劇「鼎足而三」，所以他認為傳記文學也許未來的中國會「享有比較的優勢」。雖然事實證明，中國的傳記文學並未按照他預期的發展，但是這個判斷卻可以佐證另外一個問題，也就是朱東潤對傳記文學的信念，也正是在這個信念之下，他才能把傳記文學當作一生的事業。到了晚年，他念念不忘的仍是國外傳記文學的全面發展，國內傳記文學的步履蹣跚。

（六）朱東潤史學研究和傳記活動的關係

1.《史記》教學與轉治傳記文學的關係

《史記》教學和轉治傳記文學的關係表現在契機的同一、時間上的同步以及內容的影響。

（1）契機的同一

1939 年，身為武漢大學中文系教師的朱東潤碰到兩件事：一個是被系裏安排上史記課，一個是系裏以「韓柳文研究」課充當「傳記研究」課，這兩件事，一個使朱東潤開始《史記》研究連帶以後的《後漢書》研究和《漢書》研究，一個刺激他轉治傳記文學。這兩件事都是由當時的系主任劉賾主導的，而

且在同一個時間段內發生，兩個學術開始的契機都得自於劉賾，所以朱東潤在其自傳裏才會提到要「感謝」劉賾。

（2）時間上的重疊和相續

1939～1942年，朱東潤相繼完成了《中國傳敘文學之變遷》《史記考索》和《八代傳敘文學述論》。其中《中國傳敘文學之變遷》書稿開始於1939年而寫成於1940年，而《史記考索》則開始於1940年1月，結束於1940年6月，兩者在時間上重疊。考慮到《八代傳敘文學述論》文稿是在《中國傳敘文學之變遷》文稿寫就之後覺得不滿意又開始搜集資料書寫的，而《史記考索》只是《史記》教學的成果，書成之後，教學繼續。所以，可以認為《八代傳敘文學述論》的籌備時間和《史記考索》時間重疊，而完成時間則與其《史記》教學的時間重疊。

（3）內容上的影響

因為在時間上的重疊和相續，自然的，朱東潤對《史記》乃至由《史記》開創的「列傳」的思索必然影響到他對中國古代傳記的思考，而這一思考也自然的呈現於《中國傳敘文學之變遷》和《八代傳敘文學述論》兩書稿中，《中國傳敘文學之變遷》書稿中《〈史家〉及史家底傳敘》一篇，《八代傳敘文學述論》書稿中《緒言》和《傳敘文學底名稱和流別》中有大量和《史記》相關的論述，而其他散篇中也多次提到《史記》，這些自然和他的《史記》研究有密切的聯繫。

2. 傳記文學思想的成熟與《後漢書考索》中傳記文學視角的發現

《後漢書考索》1949年寫就，這表明在這之前，朱東潤的傳記文學思想已經完全成熟了。自然的，在書中，朱東潤會用傳記文學的視角看待《後漢書》的寫作。對於這一點，朱東潤也明確提到在本書寫作期間因為「比較注意傳敘文學的緣故」，所以「注重人物性格的分析」。〔註154〕在《范曄作書的特點》一章中，他從傳記學的角度發現了《後漢書》中透露出的六種傳記文學思想：一是看到東漢傳記文學和《後漢書·方術傳》的關係，認為其是東漢傳記文學「脫離史書，單獨發展」且「神仙底傳敘」大量產生的結果；二是從《蔡文姬傳》想到了傳主「地位」和被選入傳的關係，因為「婦女的地位提高了」，所以蔡文姬才會「引起作者的注意」；三是看到其平等意識，意識到「這是一部

〔註154〕朱東潤：《朱東潤文存》「遺遠集敘錄（代自序）」，第15頁。

人物大觀，而不是一部搢紳錄」；四是看到剪裁、組合材料對於創作傳記的重
要，《後漢書》的成功是因為范曄「有一種新的認識，使他覺得即使沒有新的
史料，也不妨重新寫出一部作品。」五是「人物底性格，大半是逐步進展的」，
這是傳記寫人應持的觀點；這在范曄寫的劉秀身上體現的最明顯，作為東漢的
開國之君，范曄沒有向大多數人那樣把他神化，而是說他一開始「沒有遠大的
理想，沒有政治上的野心。」認為他「只是一個很平凡的人」，認為「他底成
功，也是平凡人底成功」。〔註155〕

綜上所述，在域外傳記文學理論的全面譯介及深化研究下，中國批評家的
傳記文學理論闡發出現百家爭鳴的盛況。梁遇春、許傑、蔡振華、許傑、孫毓
棠、沈嵩華、王名元、戴鎦齡、周駿章、許君遠、林國光、鄭天挺、程滄波、
張芝聯都在某一方面提出自己的見解，為中國現代傳記文學理論的發展做出
了自己的貢獻。而在傳記史、傳記文學理論、傳記實踐三個方面都有重要貢獻
的朱東潤，足可為這一時期的代表，同時也可作為整個20世紀上半葉傳記學
者的代表。因為，他的傳記之路正是20世紀上半葉中國現代傳記文學的發展
之路——因域外傳記的鼓蕩而起，在對古代傳記的批評與反思中求發展，希望
結合中西探索一條中國現代傳記文學發展之路。

朱東潤的傳記文學理論因為建立在對中外傳記文學發展史的認識之上，
建立在對現代傳記文學的認識之上，建立在中國現代傳記文學的創作實踐之
上。在某種程度上，朱東潤是20世紀上半葉中國現代傳記文學理論的集大成
者，他的成就幾乎可以撐起一個「傳記學」。他以新的傳記文學標準審視中國
古代傳記，發現了一個稱盛的時代，而不是像胡適，只是發現了幾部作品。這
些標準包括傳主的選擇，傳記的文學性，傳主的個體性，不寫完人，描寫小事，
刻畫心理，求真等等。他目的是為了寫傳記，而不是像梁啟超一樣為了寫史。
同時，他不但發現了中國古代真正的傳記文學作品，還有真正的傳記文學理
論。

朱東潤最重要的傳記文學作品是《張居正大傳》，這一部作品的重要不是
因為它在讀者接受的範疇內名聲最高，影響最大。而因為他是朱東潤傳記創作
的一生未能脫離的底色。這一底色就是他書寫的「使命感」，「使命感」是朱東
潤傳記創作思想的主要構成部分。這一使命感在成為他的傳記創作思想之前，

〔註155〕 朱東潤：《史記考索（外二種）》，上海：華東師範大學出版社，1996年，第
346～412頁。

就已經是他轉治傳記文學的動力。他明確的說他的轉治傳記文學並不是為了個人或其他什麼目的，而是為了要「替中國文學界做一番斬伐荊棘的工作」。〔註156〕這一使命感是為公的，為國家的。這一使命感在抗戰時期自然就顯得更加強烈，是他選擇傳主，書寫傳記的直接目的。他選擇為張居正立傳是因為當時他看到「敵人的勢力，深深地侵入整個的中國」，他擔心「中國會不會在大局好轉以前，被敵人先行搤死，嘗味亡國的慘痛」。然而，當時的國情卻是「在『抗戰第一，軍事第一』的口號下面，我們看到不少的悲劇。在極大多數人底痛苦和飢饉上面，極少數人正在建築他們底幸福和財富。……外國在對外作戰的當中，政府要人同樣受到嚴格的管制，但是重慶方面，燈火酒綠，還是不斷地進行，貪污的作風侵入了稅收機關、國營事業機關，甚至侵入教育機構。單憑這樣的國家，遇到這樣的國難，除了等待奇蹟底來臨，我們還敢存什麼奢望。」這使他「想起明代的張居正」，因為「居正底時代，和我們底時代一樣，中國受到外來的壓迫，所以意識上更強烈第感受到國家第一的暗示」，張居正的精神是「蘊藏在儒家底經典裏」的「二千年來的呼聲」——「儒家那種以社會國家為己任的精神」。而為張居正立傳，也是為了喚起這種精神，只有這種精神才能救國。他說：「社會國家之事，正是人人分內之事，我們更應當勇敢地接受，二千餘年以來的呼聲，認定『仁以為己任』，『死而後已』。民主政治的國家，固然不能使得每個人都能直接地參與國家大政。但是每個人不能沒有參與國家大政的意識。在這一點，我們實在有重新瞭解張居正這一類人物的必要。」〔註157〕

　　朱東潤如果沒有創作《張居正大傳》，而只是闡發他的傳記文學思想，只就傳記文學應該寫人這一點上，朱東潤的論述非常充分。他認為「新的傳敘便應當著重人的概念，它應當把傳主的人性完全寫出……倘使傳敘家不能使我們在檔案、行動和議論的煙障後面，看到有血有肉的人身，他的工作就是白費」。〔註158〕認為「傳敘文學的對象是人，傳敘文學的使命，便是人性真相的流露。」〔註159〕而這真相自然包括私生活，因為「唯有瞭解他底私生活，才能瞭解他底整個生活」〔註160〕。而這私生活裏他也細緻的注意到了愛情的重

〔註156〕朱東潤：《張居正大傳序》，《國文月刊》1944 年第 28／29／30 期。
〔註157〕朱東潤：《我為什麼寫「張居正大傳」》，《文化先鋒》1947 年第 6 卷第 24 期。
〔註158〕朱東潤：《中國傳敘文學的過去與將來》，《學林》1941 年第 8 期。
〔註159〕朱東潤：《傳敘文學緒言》，《時事新報（重慶）》1943 年 3 月 29 日。
〔註160〕朱東潤：《傳敘文學底真實性》，《學識》1947 年第 2 卷第 2／3 期。

要性，他說：「倘使記清戀愛佔有人生底一半，那麼不妨打破前人成例，在這方面給予應有的注意」，〔註161〕有了這樣的真相，才能「喚起一個活潑潑的人生」。〔註162〕一個人的真相，真實的一個人，不僅僅是「一個受時代陶熔而同時又想陶熔時代的人物」，〔註163〕因為時代和人的關係展示的僅僅是公共生活。

　　從梁啟超的寫傳記為著史服務，到胡適的提倡傳記為保存史料，再到朱東潤的提倡寫歷史人物。我們可以發現，對中國傳記影響最大的始終是歷史，「史學性」是中國傳記發展的最大障礙，這在今天，依然是一個難以迴避的現實。

〔註161〕 朱東潤：《論傳敘文學底做法兼評南通張季直先生傳敘》，《讀書通訊》1944 年第 100 期。

〔註162〕 朱東潤：《傳敘文學底嘗試》，《中央週刊》1946 年第 8 卷第 2／3 期。

〔註163〕 朱東潤：《張居正大傳序》，《國文月刊》1944 年第 28／29／30 期。

結　論

　　空間的遮蔽可以造成時間上的斷層，今天，在全世界範圍之內，中國和域外的傳記文學所處的發展階段實際上已經分屬於不同的時代。在解構主義早已經進入現代傳記文學研究範疇的時候，面對現代傳記文學的發展的困境，我們卻不得不重新審視遠去的現代傳記文學理論「建構」，這樣的一種審視，目的是希望能夠「溫故而知新」。今日的中國現代傳記文學，嚴格來說，其「現代性」仍未完成，否則我們就沒法解釋為什麼時至今日依然難有富於「現代性」的經典傳記文學作品出現。回溯 20 世紀上半葉中國現代傳記文學理論的現代性進程，有必要重新審視這一進程論及的現代傳記文學的核心屬性；綜觀這一進程，我們發現其發展的方向是走向獨立，而獨立就意味著它必須具備古代傳記所沒有的核心屬性：寫人屬性、文學屬性和求真屬性——它必須以寫人為目的，必須是文學作品，必須求真。

　　1. 寫人屬性

　　現代傳記文學以寫人為主區別於古代傳記的敘事為主，這一屬性有四個定位：（1）寫人本身即是目的，寫人即是目的本身，此外，不再有其他目的；（2）寫「真」——寫活生生的、真實的人；（3）寫普通人、寫小事、寫細節、寫心理；（4）寫一個完整、全面、複雜、個別、個體的人。

　　2. 文學屬性

　　文學屬性這是現代傳記文學最根本的屬性，這也是「文學」一詞之所以作為「現代傳記」後綴詞的根本原因，也是「傳記文學」取代「傳記」、「傳記文」成為這門學科名稱的根本原因。這一屬性指向的是現代文學的完全自主性，而

不是把文學作為一種輔助的工具——創作手法和技巧。修辭等等。現代傳記文學通過「寫人」這一目的本身進入讀者的心靈，而不是以它的內容作為實現政治、道德、歷史或其他的目的一種工具。和所有現代傳記文學作品一樣，傳記文學作品完全通過其本身被讀者無功利的閱讀顯示其自身的價值，而不是靠文本以外的力量賦予它價值。同時，現代傳記文學書寫本身對於作者本人來說，應該是一種無功利的、自發的行為。這也是「自傳」即使不進入接受領域——除了作者之外沒有第二個讀者——的情況下依然具有意義的根本原因。因為，對於作者來說，這一種自發的行為是自我情緒的發洩，是一種自適、自洽和自娛。這一文學屬性主要有五個定位：（1）可讀性強；（2）感染力強；（3）不排除娛樂性；（4）不是只在「形式」上「顯像」為文學的文學作品；（5）是一種非虛構的文學，以真實性區別於虛構文學，如小說（和傳記文學一樣，其目的也是寫人）。

3. 求真屬性

現代傳記文學和中國古代傳記在求真（對待真實）上完全不同，中國古代傳記的求真從古代史學而來，既然被皇權左右中國古代史學並不以求真為目的，古代傳記的求真也就無從談起。但是對於現代傳記文學來說，求真是第一屬性和根本屬性，不求真就不是傳記文學。同時，求真，也是它的目的，以求真為目的使得現代傳記文學古代傳記得以涇渭分明。中國古代傳記的目的不是求真，其目的是為了實現政治和道德的規訓。現代傳記文學家的實踐止步於以求真的態度去創作出一部真實求真的作品，除此之外再無任何主觀要求，在創作之前沒有任何工具性的預設和期待。求真的根本意義在於對「真實」價值的認識——真實的人類世界建立在真實之上，是人類世界的基石；而虛假，它腐蝕人類世界存在的基石，離開真實，人類將不復存在。傳記文學求真有五個定位：（1）不隱諱傳主私密；（2）不為「尊者」諱；（3）去除「家醜不可外揚」的民族心理；（4）自傳寫作中需要「懺悔」精神；（5）以求真作為一種信仰。

本文以時間為軸劃分為五個階段，這樣固然有寫作上的便利，同樣也有很大的不足。一方面，每一個階段被表述的「群體」，即使類型再多，也無法囊括本時期所有的個體；另一方面，每一個時代的主流思想之外從來也不缺非主流思想，——包括哪些超越時代的思想。譬如，早在 1904 年，中國就有了小說式的傳記——徐念慈的《英國大慈善家美利加阿賓他傳》，作者這樣寫英國

一個慈善家的少女時代：「平蕪淺草，姍姍來遲，英國婆列脫爾〔註1〕之郊外，有一風采高尚之紳士，左手執杖，右手攜彼最可愛之女公子，呼吸新空氣。夕陽西照，風光宜人，此最可愛之女公子，時摘芳草，時撲蝴蝶，……」〔註2〕這裡的語言描寫是文學化的，這裡的景象是作者想像的。此時，距離小說式的傳記在法國風行還有二十幾年。徐念慈英年早逝，沒有留下更多的傳記文學作品，他的小說式的傳記書寫僅見於此，而我們對他這一創作的思想也一無所知。另外，即使在抗日戰爭最緊要的關頭，救亡也不能籠蓋所有的傳記文學思想，尤其是在淪陷區，人們依然可以對傳記文學進行嚴肅、專業、純粹的探討。這些探討和當時主流的傳記文學思想——追求救亡之用——相反，探討的是現代傳記文學最明顯的屬性：寫人、寫人的私生活、注重文學性等等。在《娼妓自傳》的書評中，作者表達了這樣幾種傳記文學思想。第一，批評道德對傳記文學綁架：這是中外傳記傳記創作普遍遇到的困境。英國的每日郵報和每日鏡報說這本書是「猥褻的」「有毒的」和「無恥的」，並「要求出版將之收回，停止出版」。這一批評不但迂腐，而且其行為本身也是不道德的，因為它們「不遵守在發行日批評新書的慣例，於該書未發售之前，即在報上用巨大的標題，發出激烈的言論抨擊該書」；第二，闡述傳記文學的多元價值：首先，它是一部「具有真價值的社會文獻」。其次，它有教育價值，「可以做一種有力的警告與警戒」。再次，它有文學價值，是「一個長篇轟動的故事」和「文學上的珍品」，因為它「對於地點與人物的瑣細，有一種精確敏銳的眼光，她所描繪的醜陋與卑賤的事，以及罪惡的輪廓中，也有一種自然而清新的格調」；第三，借傳主的話宣告人的自由：傳記中的女主人公說：「我為了許多理由才做娼妓，可是總而言之，因為我有意要做娼妓。……我既不是禽獸，也不是機器。我和任何人一樣，有思想，有感覺，也有情感。」她把娼妓當成一種職業，而且認為這職業「是一種服務，一種睜著眼睛自由選擇的謀生方法」。而她認為這一職業的前途「並不比打字員或事務員靠不住」，因為「他們的工資比她低的多，而且當青春消逝的時候，也一樣有給人家擲在一邊的可能」。〔註3〕這樣的宣告同時也是對傳記文學價值的一種宣告。同時，也是對西方傳記文學書寫思想

〔註1〕　未能查到此地為今之何處。
〔註2〕　覺我（徐念慈）：《英國大慈善家美利加阿賓他傳》，《女子世界（上海1904）》1904 年第 6 期。
〔註3〕　三思：《娼妓自傳》，《西風（上海）》1938 年第 24 期。

的一種介紹，涉及傳記文學書寫的邊界、勇敢的求真等等。齊東野在《談談自述的做法》一文中也強調了傳記的文學性，認為「自述並不是逐步分項的一篇流水帳，也不是平鋪直敘的法庭公測記錄，而是一個短篇小說，比較長篇小說的自傳應短的緣故。」〔註4〕謝人堡在《傳記文學》一文中主張「應把傳記文學藝術化」，認為傳記文學作品「不獨單是人之一生大事記，同時還應是一本最完美之藝術作品，而且必須含蘊著小說的情調，戲劇的結構，散文的華藻性和文字聲色的美與力的表現」。〔註5〕

　　整個二十世紀上半葉的傳記文學思想者可以分為三類：第一類是梁啟超，胡適，朱東潤等標杆式的任務，他們的傳記活動多，理論體量大，貢獻也大，是主要開拓者和奠基者。他們的理論成就，以現代傳記文學理論發展的視角來說，呈線性進步的態勢；第二類是戴鎦齡，周駿章，張芝聯、蔡振華、林國光，許傑、許君遠、許壽裳，鄭天挺等學者——或譯介域外傳記文學理論，或生發自己的傳記文學理論，是重要的建設者。除梁遇春外，他們主要集中於 20 世紀 40 年代，說明前期四十年的積累有了結果；第三類是那些不知名（化名、佚名）的作者，單論對現代傳記文學理論本身的貢獻，他們比前兩類的貢獻都要大。他們主要集中於 20 世紀 20 年代後期至 40 年代末，集中在這一時期在一定程度上反映了新文化運動的深遠影響（1919 年以後）；同時，沒有他們的貢獻，20 世紀上半葉中國現代傳記文學理論的流變根本無法梳理。但是，他們很難像標杆人物和主要學者一樣，在中國現代傳記文學史上「大歷史」中留下名字，如果把中國現代傳記文學理論的流變本身擬人化，發現他們的價值在一定意義上具有豐富的傳記文學價值：它彰顯著現代傳記學兩個主要特徵：對小人物和細節的重視。這些小人物在 20 世紀中國現代傳記文學的流變中其實經常充當著「大人物」，這些細節在在 20 世紀中國現代傳記文學的流變中經常充當著關鍵；正是這些小人物的思想促成了我們對 20 世紀上半葉中國現代傳記文學理論思想的再發現，中國現代傳記文學現代性進程的再發現；這一再發現同時反應著那個時代的總體學術研究特徵——社會動盪而百家爭鳴，國家危亡卻絃歌不輟。

　　歷史是人類的鏡子，雖然中國現代傳記文學理論的主要元素之一就是不主張傳記文學的創作以製造「鏡子」為目的，但是，作為理論研究，梳理 20

〔註4〕齊東野：《談談自述的做法》，《華光》1939 年第 1 卷第 3 期。
〔註5〕謝人堡：《傳記文學》，《立言畫刊》1939 年第 54 期。

世紀上半葉中國現代傳記文學理論的流變，其目的就是為了打造一面中國現代傳記文學鑒戒之鏡。在這一面鏡子裏，我們看見：

（1）中國現代傳記文學的理論探索相當豐富——無論是域外傳記文學理論的譯介還是中國傳記文學批評家的理論闡發；

（2）中國現代傳記文學的「現代化」之路相當清晰——掙脫道德、歷史和政治的束縛；

（3）中國不缺真正的現代傳記文學思想（相當豐富），不缺真正的現代傳記文學作品（雖然很少）；

（4）這一進程明示著中國現代傳記文學的發展方向——寫人以「寫真」為目的、自由的寫、為自己而寫、是文學而不是歷史、顯現「精神」而不是鋪陳「史蹟」；

（5）現代傳記文學的以求真的態度寫真實的人，可以視作新文化運動「發現人」實踐的一種延續——它可以去除附著在「人」身上的遮蔽，摘掉「人」的面具，卸下「人」的偽裝，從而發現真實的「人」，打撈真實的「人」，把「假人」變為「真人」。進而使「真人」變多，「假人」變少，變世界為「真人」的世界，真的人類世界；

（6）中國現代傳記文學作為中國現代化進程的一個有機組成部分——在某種意義上，是非常重要的部分——對於推進中國的「現代化」意義重大。

參考文獻

一、1949 年後出版的書籍

1. 朱文華，傳記通論〔M〕，上海：復旦大學出版社，1993。
2. 楊正潤，現代傳記學〔M〕，南京：南京大學出版社，2009。
3. 董學文，文學理論學導論〔M〕，北京：北京大學出版社，2004。
4. 〔美〕韋勒克 沃倫著，劉象愚等譯，文學理論〔M〕，北京：生活‧讀書‧新知三聯書店，1984。
5. 〔美〕韋勒克著，張金言譯，批評的諸種概念〔M〕，成都：四川文藝出版社，1988。
6. 羅根澤，中國文學批評史〔M〕，上海：上海古籍出版社，1984。
7. 鄭天挺，探微集〔M〕，北京：中華書局，2009。
8. 令狐德棻陳勇等標點周書〔M〕，長春：吉林人民出版社，1995。
9. 吳兢著，葛景春、張弦生注釋，貞觀政要〔M〕，鄭州：中州古籍出版社，2008。
10. 孫昌武，唐代古文運動通論〔M〕，北京：中華書局，2019。
11. 王克儉主編，韓愈散文選〔M〕，海口：海南國際新聞出版中心，1997。
12. 李小成，中說校釋〔M〕，北京：科學出版社，2017。
13. 楊樹達，春秋大義述〔M〕，上海：上海古籍出版社，2013。
14. 楊龍校點，公羊傳 穀梁傳〔M〕，鄭州：中州古籍出版社。
15. 王鳴盛著，黃曙輝點校，十七史商榷〔M〕，上海：上海書店出版社，2005。
16. 黃懷信，逸周書校補注釋〔M〕，西安：西北大學出版社，1996。

17. 蔡元培，中國倫理學史〔M〕，上海：上海古籍出版社，2011。

18. 李書有主編，中國儒家倫理思想發展史〔M〕，南京：江蘇古籍出版社，1992。

19. 陳美觀主編，中華陳氏家訓〔M〕，福州：海峽書局，2016。

20. 李敖主編，史通‧文史通義〔M〕，天津：天津古籍出版社，2016。

21. 顧炎武著，張京華校釋，日知錄校釋〔M〕，長沙：嶽麓書社，2011。

22. 徐天祥、陳蕾點校，方望溪遺集〔M〕，合肥：黃山書社，1990。

23. 劉季高校點，方苞集〔M〕，上海：上海古籍出版社，1983。

24. 劉季高標校，惜抱軒詩文集〔M〕，上海：上海古籍出版社，2010。

25. 〔德〕朗宓榭、費南山主編，李永勝，李增田譯；王憲明審校，呈現意義，晚清中國新學領域〔M〕，天津：天津人民出版社，2014。

26. 熊月之編，晚清新學書目提要〔M〕，上海：上海書店出版社，2007。

27. 吳孟復，桐城文派述論〔M〕，合肥：安徽教育出版社，2001。

28. 鄭奠，譚全基編，古漢語修辭學資料彙編〔M〕，北京：商務印書館，1980。

29. 王宏誌主編，翻譯史研究（2012）〔M〕，上海：復旦大學出版社出版，2012。

30. 夏曉虹，晚清文人婦女觀〔M〕，北京：作家出版社，1995。

31. 夏曉虹，晚清女性與近代中國〔M〕，北京：北京大學出版社，2004。

32. 梁啟超，李鴻章〔M〕，湘潭市：湘潭大學出版社，2011。

33. 湯志鈞、湯仁澤編，梁啟超全集〔M〕，北京：中國人民大學出版社，2018。

34. 梁啟超著，湯志鈞導讀，中國歷史研究法〔M〕，上海：上海古籍出版社，2011。

35. 梁啟超，飲冰室文集點校〔M〕，昆明：雲南教育出版社，2001。

36. 郁達夫，郁達夫文集〔M〕，廣州：花城出版社，1984。

37. 季羨林編，胡適全集〔M〕，合肥：安徽教育出版社，2003。

38. 譚宇權，胡適思想評論〔M〕，臺北：文津出版社，1996。

39. 唐德剛，胡適雜憶〔M〕，上海：華東師大出版社，1996。

40. 胡適，胡適講演〔M〕，北京：中國廣播電視出版社，1992。

41. 趙一凡等，西方文論關鍵詞〔M〕，北京：外語教學與研究出版社，2006。

42. 錢谷融，錢谷融論學三種〔M〕，開封：河南大學出版社，2008。

43. 楊春時，文學理論新編〔M〕，北京：北京大學出版社，2007。

44. 朱東潤，朱東潤自傳〔M〕，北京：人民文學出版社，2009。

45. 朱東潤，朱東潤文存〔M〕，上海古籍出版社，2014。

46. 朱東潤，八代傳敘文學述論〔M〕，上海：復旦大學出版社，2006。

二、1949 年前出版的書籍

1. 廣智書局同人編譯，加里波的傳〔M〕，上海廣智書局，1903。

2. 島田文之助著，侯士綰譯，海軍第一偉人〔M〕，上海文明編譯印書局，1903。

3. 世界十女傑〔M〕，上海譯書局，1903。

4. 薛昭徽，外國列女傳〔M〕，金陵江楚編譯官書總局，1906。

5. 湯紅紱譯述，旅順雙傑傳〔M〕，上海世界社，1909。

三、1949 年後出版的期刊

1. 郭久麟，中國傳記文學發展概論〔J〕，重慶社會科學，2010（7）。

2. 許菁頻，百年傳記文學理論研究綜述〔J〕，學術界，2006（5）。

3. 陳含英、俞樟華，現代傳記文學的基本成就概論〔J〕，浙江師範大學學報（社會科學版），2019（1）。

4. 陳含英、俞揚、俞樟華，論民國期刊對現代傳記文學的貢獻〔J〕，現代傳記研究，2019（1）。

5. 辜也平，論中國現代傳記文學理論建構之流脈〔J〕，山東師範大學學報（人文社會科學版），2016（6）。

6. 康序，說說文學亞理論〔J〕，文學評論，1987（3）

7. 党聖元、陳志揚，章學誠的傳記寫作理論與實踐〔J〕，中國文化研究，2004（2）

8. 夏曉虹，晚清女報中的西方女傑——明治「婦人立志」讀物的中國之旅〔J〕，文史哲，2012（4）。

9. 夏曉虹，世界古今名婦鑒與晚清外國女傑傳〔J〕，北京大學學報（哲學社會科學版），2009（2）。

10. 周質平，「以文為史」與「文史兼容」——論胡適與林語堂的傳記文學〔J〕，荊楚理工學院學報 2011（4）。

11. 卞兆明，論胡適的傳記文學理論及創作〔J〕，江蘇社會科學，2006（6）。

12. 朱文華，論傳記文學作品的本質屬性〔J〕，江蘇社會科學，1990（6）。

13. 朱文華，傳記文學作品的史學性質與文學手法的度〔J〕，理論與創作，2004（3）。

14. 朱文華，胡適與近代中國傳記史學〔J〕，江淮論壇，1992（2）。

15. 耿雲志，略評胡適的傳記文學理論與實踐──〈胡適傳記文學作品集〉序〔J〕，中國社會科學院研究生院學報，1998（3）。

四、1949年以前出版的期刊

1. 潘璇，論女學報的難處和中外女子相助的理法〔J〕，女學報，1898（3）。

2. 薛昭徽，創設女學堂條議並敘〔J〕，求是報，1897（9／10）。

3. 楚南女子，世界十女傑演義〔J〕，女學報（1903），1903（4）。

4. 潘璇，上海女學報緣起〔J〕，女學報（1898），1898（2）。

5. 新民叢報章程〔J〕，新民叢報，1902（1）。

6. 蔣敦復，該撒〔J〕，六合叢談，1857（2）。

7. 王韜，哥倫布傳贊〔J〕，萬國公報，1892（42）。

8. 朱元，拿破崙傳〔J〕，童子世界，1903（26）。

9. 范禕，林樂知先生傳〔J〕，萬國公報1907（222）。

10. 適之，貞德傳〔J〕，競業旬報，1908（27）。

11. 王國維，論哲學家與美術家之天職〔J〕，教育世界，1905（99）。

12. 戴蘊璋，潘烈士略傳〔J〕，直隸教育雜誌，1906（9）。

14. 盤澤，新文學發展之概觀〔J〕，聖教雜誌，1924（9）。

15. 徐民謀，通俗文與白話文〔J〕，東方雜誌，1920，17（5）。

16. 林隱衡，我對於文字改革之意見〔J〕，平遠留省學報，1919（1）。

17. 徐中舒，王靜安先生傳〔J〕，東方雜誌，1927，24（13）。

18. 農，前任美國總統哈丁〔J〕，農民，1925（30）。

19. 友仁，孫中山先生傳〔J〕，農民，1925（24）。

20. 凌昌策，周肇基傳〔J〕，民國日報・覺悟，1923，1（9）。

21. 雁冰，波蘭的偉大農民小說家萊芒忒〔J〕，文學旬刊，1925（155）。

22. 佚名，中國第一法學女博士〔J〕，婦女雜誌（上海），1926，12（3）。

23. 佚名，愛狄孫〔J〕，少年（上海1911），1923，13（4）。

24. 胡適，清代漢學家的科學方法〔J〕，科學，1920，5（2）。

25. 魯玉燦，屈原傳〔J〕，河南省立第一女師學校月刊，1926（4、5）。

26. 曹子水，什麼是寫實主義〔J〕，雪片，1923（1）。

27. 朱希祖，白話文的價值〔J〕，新青年，1919，6（4）。

28. 沈雁冰，自然主義與現代中國小說〔J〕，小說月報，1922，13（7）。

29. 愈之，近代文學上之寫實主義〔J〕，東方雜誌，1920，17（1）。

30. 梁啟超，科學精神與東西文化〔J〕，昆明教育月刊，1923，5（5）。

31. 佚名，中國實業家曹憲略傳〔J〕，山西商業雜誌，1919，1（11）。

32. 稼軒，肥皂大王威廉黎浮略傳（未完）〔J〕，山西商業雜誌，1919，1（11）。

33. 胡適，我們對於西洋近代文明的態度〔J〕，現代評論，1926，4（83）。

34. 徐中舒，王靜安先生傳〔J〕，東方雜誌，1927，24（13）。

35. 程小青，科學界的偉人居里夫人〔J〕，婦女雜誌（上海），1921，7（9）。

36. 朱光潛，福魯德的隱意識說與心理分析〔J〕，東方雜誌，1921，18（14）。

37. 余文偉，佛洛特派心理學及其批評〔J〕，民鐸雜誌，1926，7（4）。

38. 潘光旦，馮小青考〔J〕，婦女雜誌（上海），1924，10（11）。

39. 舒新城，自我（The Self）的研究〔J〕，解放與改造，1920，2（1）。

40. 愚公，自己研究與自我實現〔J〕，旅歐週刊 1920（26）。

41. 慧，女子為什麼要嫁〔J〕，人，1920（5）。

42. 季陶，我對於一切人類的供狀（附評）〔J〕，星期評論（上海 1919），1919（29）。

43. 鄒恩潤，一位美國人嫁與一位中國人的自述（一）〔J〕，生活，1927，2（17）。

44. Y.S.二十年來的家庭生活〔J〕，婦女雜誌（上海），1923，9（9）。

45. 劉維坤，黃女士的自述〔J〕，婦女雜誌（上海），1924，10（2）。

46. 朱松廬，沈媽媽的秘密日記〔J〕，半月，1925，4（23）。

47. K S.一個婦人的感想〔J〕，新群，1919，1（2）。

48. 鍾飛石，模特兒自述〔J〕，棠社月刊，1925（8）。

49. 劉維坤，黃女士的自述〔J〕，婦女雜誌（上海），1924，10（2）。

50. 朱松廬，沈媽媽的秘密日記〔J〕，半月，1925，4（23）。

51. 郁達夫，友情與胃病〈附記〉〔J〕，平民週刊，1921（77）。

52. 渺小，心理〔J〕，小說月報，1923，14（4）。

53. 胡適，南通張季直先生傳記序〔J〕，吳淞月刊，1930（4）。

54. 潘光旦，章實齋之家譜學論〔J〕，人文（上海 1930），1931，2（8）。

55. 胡適，建設的文學革命論〔J〕，新青年，1918，4（4）。

56. 徐霞村，法國學者對於小說式的傳記的意見〔J〕，小說月報，1927，18（11）。

57. A.Maurois.，談自傳，邵洵美譯〔J〕，新月，1931，3（8）。

58. 黃燕生，介紹「傳記的各面觀」〔J〕，南大半月刊，1933（8／9）。

59. 秋心（梁遇春）Giles Lytton Strachey（1880～1932）〔J〕，新月，1932，4（3）

60. 費鑒照，史曲雷希利登（Lytton Strachey）〔J〕，文藝月刊，1931，2（10）

61. 鶴見佑輔，傳記文學論──〈拿破崙傳〉的序文〔J〕，白樺譯，黃鍾，1933（26）

62. 鶴見佑輔，傳記的意義，豈哉譯〔J〕，宇宙風，1937（51）。

63. 鶴見佑輔，傳記的意義（續）〔J〕，豈哉譯，宇宙風，1937（52）。

64. 春（梁遇春），新傳記文學譚〔J〕，新月，1929，2（3）。

65. 費鑒照，史曲雷希利登（Lytton Strachey）〔J〕，文藝月刊，1931，2（10）

66. 潘修桐，英國傳記記作家司特萊契逝世〔J〕，新時代，1932，3（1）

67. 林語堂，三談螺絲釘〔J〕，宇宙風，1935（5）。

68. 鶴見佑輔，傳記的意義（再續）〔J〕，豈哉譯，宇宙風，1937（54）。

69. 林語堂，與又文先生論逸經〔J〕，逸經，1936（1）。

70. 健夫，青年之傳記〔J〕，學生雜誌，1929，16（3）。

71. 健夫，青年之傳記（續）〔J〕，學生雜誌，1929，16（5）。

72. 賴士惠，傳記學科學的研究〔J〕，坎侯譯意，人文（上海 1930）1932，3（4）。

73. 蘇雪林，自傳文學與胡適的四十自述〔J〕，世界文學，1934，1（2）。

74. 周子亞：談傳記文學〔J〕，晨光週刊，1935，4（13）。

75. 周遊，一個愛讀傳記者的獨白〔J〕，新生週刊，1935，2（21）。

76. 靈鳳，作家傳記〔J〕，好文章（上海 1936），1937（6）。

77. 葉鼎洛，我也來論論傳記〔J〕，平沙，1932（1～10）。

78. 喃喃，談談傳記文學〔J〕，文藝戰線，1934，2（52）。

79. 潘光旦，〈我的父親〉──一篇傳記文的欣賞〔J〕，華年，1933，2（7）。

80. 佚名，傳記文學〔J〕，文學（上海 1933），1933，1（5）。

81. 淑之，蕭伯訥傳——鄧肯女士自傳——從文自傳〔J〕，中學生，1935（54）。

82. 漫鐸，論傳記〔J〕，平沙，1933（1～10）。

83. 王誠，讀黃盧隱的自傳〔J〕，綏遠旅平學會學刊，1935，6（2）。

84. 戾波，「自傳」雜話〔J〕，新壘，1933，2（2）。

85. A.Maurois，邵洵美譯，談自傳〔J〕，新月，1931，3（8）。

86. 許嘯天，人人應該寫的〔J〕，紅葉，1931（60）。

87. 汪亞塵，四十自述〔J〕，文藝茶話，1933，2（3）。

88. 陳獨秀，實庵自傳（第一章，沒有父親的孩子）〔J〕，宇宙風，1937（51）。

89. 郁達夫，所謂自傳也者〔J〕，人間世 1934（16）。

90. 張若谷，中國現代的女作家〔J〕，真美善，1929，女作家號。

91. 秋濤，所謂自傳也者，讀書顧問，1934（3）。

92. 杜若，自傳年〔J〕，一周間（上海1934），1934，1（3）。

93. Ellazbeth.Drew.，論傳記文學〔J〕，周駿章譯，文藝青年（重慶），1942，3（1）。

94. 賈祖璋，個體犧牲與種族保存〔J〕，中學生，1939（2）。

95. 柳非杞，正氣歌像傳序〔J〕，大俠魂，1938，7（12）。

96. 孫偉真，論個人主義與民族主義的衝突〔J〕，崇德年刊，1939（11）。

97. 雯，民族英雄傳記〔J〕，新女性，1937（5）。

98. 孫俍工，民族文藝底題材〔J〕，前途，1937，5（4）。

99. 束榮松，怎樣編輯中華民族英雄傳記〔J〕，天風，1937（1）。

100. 簡貫三，青年要多讀偉人傳記〔J〕，青年嚮導，1939（37）。

101. 徐塈炎，讀了文天祥傳記以後〔J〕，駒職級級刊，1937（1）。

102. 惠清，趙老太太〔J〕，兒童世界（上海1922），1938，41（5）。

103. 惠清，偉大的空中英雄雷秋芬〔J〕，兒童世界（上海1922），1938，40（12）。

104. 朱翊新，黑奴教育家卜克·梯·華盛頓傳序〔J〕，中鋒，1937，3（6/7）。

105. 李一飛，名人傳記與青年修養〔J〕，學校新聞，1937，週年紀念特刊。

106. 剛父，一個負傷戰士的自述〔J〕，宇宙風，1938（73）。

107. 陳銓，論英雄崇拜〔J〕，戰國策，1940（4）。

108. 陳友三，青年與傳記〔J〕，中國青年（重慶），1939，1（5/6）。

109. 子真，希特勒〔J〕，新女性，1937（6）。

110. 則夫，墨索里尼〔J〕，新女性，1937（6）。

111. 丁澤，希特拉與朱元璋〔J〕，戰國策，1940（11）。

112. 編者，編後記〔J〕，前導月刊（安慶），1937，2（3）。

113. 王幼僑，吳佩孚傳略〔J〕，讀書通訊，1940（4）。

114. 學稼，讀「實庵」自傳〔J〕，青年嚮導，1938（4）。

115. 陳友三，青年與傳記〔J〕，中國青年（重慶），1939，1（5 / 6）。

116. 學稼，讀「實庵」自傳〔J〕，青年嚮導1938（4）。

117. 青雲梯，偉人傳記與青年〔J〕，青年月刊（南京），1939，7（4）。

118. 三思，娼妓自傳〔J〕，西風（上海），1938（24）。

119. Basil Hogarth，周駿章譯，傳記的做法〔J〕，讀書通訊，1941（29）。

120. 〔美〕胡貝爾（Jay B.Hubbell），論傳記與自傳，周駿章譯，〔J〕，讀書通訊，1948（152）。

121. 〔日〕赤木健介，談自敘傳，呂琪譯，〔J〕，新民報半月刊，1943，5（19）。

122. 〔法〕Maurois.A.，現代傳記，張芝聯譯，〔J〕，西洋文學，1941（5）。

123. 〔法〕A·莫洛阿，現代的傳記文學，黎生譯，〔J〕，雜誌，1943，12（2）。

124. 〔法〕Andre Maurois.，小說與傳記，常風譯，〔J〕，文藝時代，1946，1（6）。

125. 〔德〕盧時維喜，關於俾斯麥的一篇序，伍光建譯，〔J〕，中國新書月報，1931，1（6/7）。

126. 〔德〕羅特威 Emil Ludwig，一個傳記家的回憶，笙譯，〔J〕，雜誌，1940，7（2）。

127. 〔英〕Lytton strachey，論傳記藝術王盧譯，〔J〕，世界文藝季刊，1946，1（4）。

128. 戴鎦齡，論史絕傑對於現代英國傳記文學的貢獻，〔J〕，國立武漢大學文哲季刊，1940，7（1）。

129. 任美鍔，莫洛亞著傳記文學兩種，〔J〕，思想與時代，1942（8）。

130. 程滄波，論傳記之學，〔J〕，讀書選刊，1945，4 集上冊。

131. 林國光，論傳記，〔J〕，學術季刊（文哲號），1942，1（1）。

132. 歐陽竟，維多利亞女王傳（評），〔J〕，西洋文學，1940（1）。

133. 張芝聯，傳記文學，〔J〕，燕京文學，1941，2（4）。

134. 湯鍾琰，論傳記文學，〔J〕，東方雜誌，1948，44（8）。

135. 鄭天挺，中國的傳記文，〔J〕，國文月刊，1943（23）。

136. 許君遠，論傳記文學，〔J〕，東方雜誌第，1943，39（3）。

137. 楊振聲，傳記文學的歧途，〔J〕，世界文藝季刊，1946，1（4）。

138. 蔡振華，談談西洋傳記，〔J〕，青年界，1947，新4卷（4）。

139. 梓坡，中國的傳記文學，〔J〕，昌中校刊，1948（3）。

140. 寒曦，現代傳記的特徵，〔J〕，人物雜誌，1948，3（2）。

141. 許傑，從傳記文學看王士菁的魯迅傳，〔J〕，同代人文藝叢刊，1948，1（2）。

142. 張芝聯，歷史與文學，〔J〕，燕京文學，1941，3（1）。

143. 湘漁，新史學與傳記文學，〔J〕，中國建設（上海1945），1945，創刊號。

144. 柳存仁，談自傳，〔J〕，古今，1942（10）。

145. 水兆熊，小人物自傳序言，〔J〕，寧波人，1946（6）。

146. 蘇芇芷，談談幾部白話文自傳，〔J〕，新動向，1943年（75）。

147. 衡芹，自傳自序，〔J〕，新東方雜誌，1941，4（5）。

148. 亢德，關於實庵自傳，〔J〕，古今月刊，1942（8）。

149. 周越然，何必自傳，〔J〕，文友（上海1943），1944，3（7）。

150. 朱東潤，論自傳及法顯行傳，〔J〕，東方雜誌，1943，39（17）。

151. 朱東潤，論傳敘文學底做法兼評南通張季直先生傳記，〔J〕，讀書通訊，1944（100）。

152. 朱東潤，為什麼我要提倡傳敘文學，〔J〕，正氣雜誌，1946（5）。

153. 朱東潤，傳敘文學底嘗試，〔J〕，中央週刊，1946，8（2／3）。

154. 朱東潤，傳敘文學底前途，〔J〕，中學生1943（66）。

155. 朱東潤，張居正大傳序，〔J〕，國文月刊1944（28／29／30）。

156. 朱東潤，傳敘文學與人格，〔J〕，文史雜誌，1942，2（1）。

157. 朱東潤，中國傳敘文學的過去與將來，〔J〕，學林，1941（8）。

158. 朱東潤，我為什麼寫「張居正大傳」，〔J〕，文化先鋒，1947，6（24）。

五、1949 年後出版的報紙

1. 張乃和，傳記學，向大歷史的回歸，光明日報 2017-7-3（14）

六、1949 年前出版的報紙

1. 懺華，實證哲學和中國〔N〕，時報，1920-5-16。

2. 心靈學家明晚演講〔N〕，時報 1926-11-6。

3. 波蘭心理教授來津〔N〕，大公報（天津）1926-11-8。

4. 心理學家劉廷芳赴美〔N〕，時報 1926-10-25。

5. 徐丹甫（梁實秋），「小青之分析」〔N〕，時事新報（上海）1927-10-16。

6. 存統，回頭看二十二—來的我〔N〕，民國日報，1920-9-20。

7. 存統，回頭看二十二—來的我（續）〔N〕，民國日報，1920-9-24。

8. 鼎元，懺悔〔N〕，民國日報，1923-8-31。

9. 戀芳，我的悔過〔N〕，花花世界 1927-6-1。

10. A. King，亡姊的日記〔N〕，民國日報・覺悟，1920-8-1。

11. 陸洸，我的心理〔N〕，蘇民報 1924-3-27。

12. 小少爺，嫖的心理〔N〕，荒唐世界，1927-3-4。

13. 吳宓，論傳記文學〔N〕，大公報（天津），1928-6-25。

14. 佚名，英國傳記作家斯特來奇逝世〔N〕，大公報，1932-7-25。

15. 論傳記文學〔N〕，大公報（天津），1928-6-25。

16. 曼如，歐洲作家近著鳥瞰〔N〕，申報，1928-12-24。

17. 佚名，英國傳記作家斯特來奇逝世〔N〕，大公報，1932-7-25。

18. 畢瑞兒，警告欲寫自傳者，孫洵侯譯〔N〕，大公報（天津），1936-3-4。

19. 郁達夫，傳記文學〔N〕，申報，1933-9-4。

20. 逸鷗，談傳記文學〔N〕，中央日報，1937-1-19。

21. 寧靜，談傳記文學〔N〕，中央日報，1935-12-29。

22. 白苧，傳記文學在中國〔N〕，申報，1935-1-5。

23. 中書君，約德的自傳〔N〕，大公報（天津），1932-12-22。

24. 漫天，關於自傳〔N〕，益世報（天津版），1933-5-2。

25. 王光濟，自傳能否替代小說的地位〔N〕，民報，1936-10-14。

26. 馮江，談自傳〔N〕，天津益世報，1934-6-23。

27. 玄郎，個人主義的潰滅〔N〕，社會日報，1937-12-29。

28. 佚名，表彰民族英雄中央選定四十名徵求傳記〔N〕，大公報（上海），1937-6-5。

29. 張小潤，編纂民族英雄傳記〔N〕，新聞報，1937-6-20。

30. 澤夫，關於民族英雄傳記的寫作〔N〕，申報，1939-4-1。

31. 孟晖，全謝山的〈鮚埼亭集〉〔N〕，時事新報（上海），1937-2-22。

32. 佚名，表彰民族英雄秦始皇竟在內〔N〕，盛京時報，1937 -6-9。

33. 夫，秦始皇能不能算民族英雄〔N〕，立報，1937-6-15。

34. 張小潤，編纂民族英雄傳記應把握兩點〔N〕，新聞報，1937-6-20。

35. 佚名，世界現代偉人選舉——希特拉當選第一〔N〕，晶報，1939-11-30。

36. 蘇民，談名人傳記（上）〔N〕，中央日報，1937-1-17。

37. 蘇民，談名人傳記（下）〔N〕，中央日報，1937-1-18。

38. 曼如，歐洲作家新著鳥瞰（四）〔N〕，申報，1930-1-24。

39. 蘿海，由傳記文學看維曼羅蘭的托爾斯泰傳〔N〕，前線日報，1945 5-20。

40. 曹聚仁，傳記文學〔N〕，前線日報，1941-1-26。

後 記

　　前有「序」，後有「記」，好像是一本書的該有的樣子。在我這樣一個學術上的下里巴人看來，因為前「序」和後「記」不屬於正文，所以或許可以在體例和內容上有很多自由，甚至怎麼寫都可以，幾個字，或者是一首詩都未嘗不可。有了這樣的一種自由，和我認為的現代傳記文學一樣，前「序」和後「記」可以任意發展它的「文學性」，也就使它的可讀性大大增加了。學術書籍一般是枯燥的，這本小書雖然不能稱得上有什麼學術，但枯燥大概是確定的。為了幫助讀者去掉一點枯燥，同時表達我對讀者打開這本書的感激之情，寫一篇有點可讀性的後記在我看來是非常必要的。

　　這本小書是關於傳記文學的，很多書的後記都有濃厚的自傳色彩，這些自傳性質的後記讓我對作者感起興趣來，並進而將這興趣轉化為閱讀的動力。這些動力蘊含著一種激情，於我而言，沒有這樣一種動力和激情，很多書我是讀不下去的，或者讀得下去也讀不好的。我當然不敢奢望這篇後記可以激發讀者去讀我這本小書，對我來說，寫一篇自傳類的後記，這一嘗試本身即是快樂的。同時，作為一個傳記文學研究者，以寫後記為名寫一篇自傳文學性質的文章，好像也是很有必要的，最起碼的，它或能以實踐的性質印證本書中提及一些傳記文學書寫元素。如此，這樣一片「後記」有兩個很明顯的目的：一、藉以說明是怎樣形成的「我」寫了這樣的一本小書，以及寫這本小書的目的是什麼；二、在自以為具備一定傳記文學理論的基礎上怎樣書寫自傳，它可以反映一個普通中國人在當代書寫自傳一些特徵，在不到半個世紀內，中國才在一定程度上完成了農業文明向工業文明的轉變，這些變化在一個中國人心靈上的影響

是不可忽視的。

　　我的家鄉在山東省莒南縣，對，是「勿忘在莒」的莒，屬古莒國。莒南就是莒縣之南的意思，因抗戰而設，民國三十年（1941 年）1 月 1 日莒南縣抗日民主政府建立，解放前是山東省政府（中國共產黨領導下的第一個省級人民政府，1945 年 8 月 13 日成立）所在地。1945 以後，和莒南有關係的濱海區、魯中南行政區的率先解放，攸關整個中國的命運。

　　我的家族是個小族，並無像樣的族譜，郯城大地震（1688）以後，大概本村所在的地面上少有人生活，老祖宗為了謀生，從二十里外的大赤澗村（今屬江蘇省贛榆縣）遷來此地，三百年來，漸漸成一個幾千人的村子（解放前只有幾百人）。說到文化或者文明，以功名而論，秀才也沒有一個。以建築而論，不說高堂大屋，連全磚全瓦的房子也沒有；以階級而論，無惡霸，無地主。村子的以中國的宗法制運行，過著天高皇帝遠的「封閉」生活，即使到了民國，對於我們那裏的老百姓拿來說，也不過就是換了個「龍庭」，皇糧還是要交，還是要交給該交的人，「龍庭」變，收皇糧的人不變。「龍庭」的不變化對他們的生活幾乎沒有絲毫影響。在跑鬼子之前，對他們的封閉生活影響最大的就是「馬子」（強盜），最惡劣的事情就是綁架撕票。村西有老廟，可能是全磚全瓦的建築，建國前是周圍十里八鄉著名的廟會地，建國後，拆掉改作小學，大的木料連同砍掉的大松樹做了縣裏新政府的家具。拆廟時，大概是冬天，父親說在牆裏挖出一筐一筐冬眠的蛇，父親後來成了這個小學的老師。廟會的事情是我姑姑講給我聽的，父親也許知道的更多，但他已經不在了，我常試圖利用我姑姑的描述想像這個老廟的摸樣，想像廟會的摸樣，想像著廟會上的先輩。

　　本村的老祖宗識不識字我不知道，從哪一代開始有人讀書我也不知道，我只知道我的祖上有好幾代都是讀過書的，我爺爺的爺爺大概讀書讀的不錯，還留下一個美好的故事，在他去世後不久，有一個人回村後說在村頭還碰見他，問他去哪裏，他說城隍爺請他去城隍廟教書。這個美好的故事很可能強化了我們這一支脈的讀書傳統，一直延續到我的讀書，我讀小學的時候很多同學遇到一些困難就輟學了，我們這一支沒有，我也從來沒想過不讀書。對於讀書，父親曾對我念叨過，說書中自有黃金屋，書中自有顏如玉；勞心者治人，勞力者治於人；十年寒窗無人問，一舉成名天下知。父親沒有解釋寒窗苦讀是為了金錢、美女、權力，解釋了我也不懂，懂了可能也不接受，接受也很可能做不到。就像現在的我，大概是懂了的，首先，讀書的目的就應該是為了做人上人，住

黃金屋，抱著顏如玉。其次，不能讓人做人上人住黃金屋，抱顏如玉的書不應該讀，或者說讓那些「人下人」去讀。很可惜，對於這些我懂的，我不能接受。

人之初，性本有善有惡，小的時候，和小朋友們一起玩捉迷藏，很多小朋友到了吃飯的時間不顧正在玩著遊戲就回家吃飯了，我還在守著「老家」防止他們衝進來（遊戲的規則是一方藏起來，一方去找；藏起來的一方不被找到算贏，出其不意衝進老家也算贏；找的一方，找到對方算贏，守住「老家」不讓對方衝進來也算贏）；家裏每次賣小豬，我都要伴隨著老母豬的嚎叫一起哭，苦著求大人不要賣（養母豬賣小豬，養雞賣雞蛋是那個年代中國農民的主要經濟收入）；因為覺得癩蛤蟆醜，嚇人，我和小夥伴一起打死過癩蛤蟆，後來不怕了就不打了，會把它藏進女同學的書桌、衣服兜裏；小青蛙很可愛，但是會用麥秸吹它的屁股把它吹脹，覺得好玩，還好持續的時間不長。現在，我也吃肉，但是主張科學盡快發展出可以代替肉類的事物（這個主張好像很不合理，我應該不吃肉或許是更合理的），我還有一個願望，地球萬物，包括人類都依靠太陽生長，孩子眼裏的動物世界，所有的動物都是朋友，誰也不吃誰。

我讀小學的時候，有一次吃飯的時候，父親對我說起記者是無冕之王這回事（80年代；父親對我的教育經常是在飯桌上）我大概有了我的第一個理想，考大學，讀新聞系，作記者。後來，考上了一個不怎麼樣的大學，讀了一個半拉子新聞系，沒有機會進媒體。再後來，相信工作單位領導大哥的心靈雞湯——財富意味著自由，想去通過掙錢得到自由，雖然不知道自由是什麼，得到自由之後幹什麼，就像魯迅說的那個似乎永恆的命題，娜拉出走之後要幹什麼。賺錢的機會當然少，賺錢當然難（窮人多，富人少），溫飽慢慢成了目的，很少想到自由，人只是被肚子餓推著走。如果一直能夠穩定的填飽肚子（穩定的工作和收入），我不知道我的過去會是怎樣，我只知道我走到今天是因為我經常找不到穩定的工作，這其中也包括有些穩定的工作是我不想要的，很多穩定在我看來太容易成為「圍城」，我怕「圍城」，並沒有多少逃出「圍城」的能力。沒有穩定的工作和收入，對於一個單身漢來說，或許不是什麼大事，而對於要負擔一個八口人家庭的我，可能就是個很大的問題了。加之，在我大學畢業的二十年裏，我在很多城市生活過，也嘗試過很多不同的工作，我大概知道我想要什麼，所以在我到了四十歲的時候，我選擇讀博，這是我認為的，能有一份且是我喜歡的穩定工作，能給我的家庭基本生活保障的一次嘗試。儘管，這一嘗試在現在的中國仍然有很大的不確定性，但起碼，不會比以前更差（顯然，

這只是我個人非常主觀的判斷和預見），當然，差了也就差了，人老不能再少年。

我是經常的似乎很有目的，很有計劃，很有毅力的做一些事情改變自己，使命運多一些確定性，又很經常的故意讓自己隨波逐流，讓命運多一些不確定性，這確定性與不確定之間的「游離」「把握」，似乎有「度」卻又看不到「度」在什麼地方。父親常對我念叨一個俗語：「一年不成驢，到老驢駒子」。很多年以來，我一直是個驢駒子，成不了驢，這讓我經常羞愧難當，父親的話音也一直在我耳邊響。至於為什麼不能成驢，現實是明擺在那裏的，四十多年蹉跎而去，我不但錯過了成驢的「那一年」，而且錯過了能通過「亡羊補牢」而成「驢」的一年又一年。至於「成驢」的標準，新時代是早已有了的，事業好（最好是國家幹部），收入高（最好是富豪）有車，有房。我呢，一事無成不說，且舉債度日，貧困潦倒。最重要的可能是還中了孔乙己的毒，脫不下長衫。人言可畏，我也想成驢。對於生存，學位是敲門磚，通過讀書拿到學位，是我向「成驢」發起的一次很重要的衝鋒。前面四十幾年的無「度」造成了今日的潦倒，也就是四十年「不成驢」，還是個小驢駒。幸虧，父親的教育養成了我的盲目自信，我自認為，四十幾歲可能還不算老。所以，我決定趕緊的有「度」起來，奮起直追，規劃人生，爭取「成驢」，讀博可以看做是「成驢」的投名狀，當然投名是否成功，仍然有很大一部分取決於時代。

讀博的要求之一就是完成一篇博士論文，這本小書，就是我的博士論文，我的博士論文和我個人的愛好有關，和書裏提到的鶴見佑輔一樣，我也喜歡看傳記。當然，鶴見佑輔也提到，很多人都喜歡看傳記，正像很多人都喜歡讀歷史一樣（恰巧，傳記和歷史難分難捨；胡適先生說他有歷史癖，有歷史癖的很多，我也有，我也見過很多人有）。傳記文學總得來說有兩大功用：改變讀者，讓傳主永生。傳記可以改變人，是因為傳記中的人可以改變人，人能感動人，這是多麼的顯而易見，又是多麼的被人們視而不見。我的所有的對真善美的愛，對假惡醜的很，都來源人，尤其是文學裏的人，因為傳記文學的人是真實的人，自有其非凡的感染力。於浩瀚宇宙中，生人類這一物種，於億萬人類中，有些異常值得去愛的人，是可以與宇宙並存的。

以我個人而論，我很願意以我之力用一點文字讓我的先輩們活的更久些（儘管時間不可控，但多久並不重要，多一天我也是滿足的。更何況，一天何嘗不是一萬年，一花何嘗不是一世界）。至於原因，再簡單不過，我想他們，

因為對他們的想念，我才能成為現在的我。由我往上，我首先想到的自然是我的父親。父親的名字是馮守同，因為白內障導致視力低下，在很長的一段時間裏，村里人稱他為「瞎眼守同」，做了手術之後帶上眼鏡又被稱為「四眼」，這些外號對豁達的父親沒有什麼影響。因為父親的豁達，所以跟父親相處是很愜意的，父親去世後，姑姑的朋友說的一句話我認為對父親是一個非常高的評價：「那麼好的一個人沒有了」。夏日的夜裏，父親常在乘涼的人群裏充當說書人的角色，我雖沒有父親「說書」的天賦，我想如果有一天我能寫一點看得過去的文字，自然受惠於父親。讀書讓人變好或者變壞是一件相當偶然的事，不然就不會有「滿嘴仁義道德，一肚子男盜女娼」。說著黃金屋、顏如玉的父親其實沒說過一句讓我掙錢的話，他的不是不懂卻懶的去搭理人情世故讓我以迂腐窮酸自洽，他的豁達和樂觀流傳到我身上，使我在艱難度日的常態中也能時常感到幸福。

父親有個好母親，我很小的時候，她把我抱在懷裏四處誇耀，這一種帶著期待的誇耀經過村人的轉述，後來成了我對自己的一種激勵，因為我愛她，所以我要對得起她的誇耀。我愛她，因為她在我輟學時鼓勵我，她說砸鐵壺（山東大集上的鐵壺、鋁壺製造與修理）也挺好的，不一定非要考大學。我愛她，因為她也是豁達的，樂觀的，想起她，首先映入腦海的就是她滿臉的笑容。我愛她，還因為她也是我們家的榮耀，她是新中國第一代接生婆，那是一個光榮的事業，幾十年間，車接車送，十里八鄉的新生命都由她接到世界上來（接送的是木質獨輪車，一般來說，主人家會用一把紅雞蛋——可能還會有兩包山東民間的麵食糖果——作為接生的費用，山東話稱為 xiehuo，可能是謝貨——感謝的貨物——的意思）。上小學的，經過奶奶家，經常會被奶奶叫住給一個紅雞蛋，常引起同學的羨慕，這是我的榮耀。現在，每當想起奶奶，我常想見奶奶那坐在獨輪車的日子，喜見每一個新生命的到來。

父親有個好父親，也是個能人，沒有讀過書的他，改革開放後開了全鄉第一家小賣部，後來又第一養兔子，成了村里第一個萬元戶。爺爺一生勤懇，老實做人，撫養八個子女（七個兒子都需要蓋房娶媳婦，很是辛勞）。我常懷念給爺爺獨輪車提貨押車的日子（我坐在獨輪車的一邊，防止獨輪車上的貨物一邊過重失去平衡，不好推）——日間光明，車輪壓路的沙沙聲、山溝的布穀鳥聲，爺爺的哼唱聲，實是我一生追憶的天籟。中學輟學的那一年，有一次和爺爺一起下田犁地，他在「哎」的一聲後的一句「有學還不好好上」讓我無地自

容，因為我知道爺爺的痛苦，曾祖父三個兒子，只有爺爺沒有讀最私塾，家裏農活最忙的那幾年正好是他讀書的年紀，懂事的他沒有強烈要求讀書，而是默默按照曾祖父的安排務農，這使得在解放前的幾年，家裏的天地變得越來越多。在這一年的中秋節後，我重新回到學校，開始好好上「學」。

知來處，有歸途，知道來處，方有歸途，說這樣的「乖巧」話似乎有些「甜膩」了。中國人說人不是石頭縫裏蹦出來的，這是來處。全世界人都會想人活著是為了什麼，這是歸途。這樣的話，似乎又標榜了一點「哲思」。無論是說點「甜膩」的話，還是標榜一點「哲思」，其實是為了給寫一點我的曾祖父增加一點世俗所謂的「文學性」。曾祖父是我家族中讓我感念的最早來處，在他之後，我的爺爺，他的兒子，我的父親，他的孫子，都是既受家人喜歡也受鄉里人歡迎的，對我來說，這是一種榮耀，這種榮耀在他們三代的時間裏一脈相傳。對我而言，我對我自己的期待也如同胡適母親對胡適的期待一樣，學我的父輩，不給他們丟臉。（胡適的母親對胡適說：「你總是要踏上你老子的腳步。我一生只曉得這一個完全的人，你要學他，不要跌他的股。」）。我們馮家在本村繁衍三百多年，在我之上有十七代，在曾祖父之上還有十四代，但是他們都不能給我很深的印象。我不能主觀的認為曾祖父的人格魅力最大，比他前面十四代都大，而只能客觀的認為祖父的魅力來源於父輩對他的言說，從傳記文學的角度來說，是口述歷史保存（塑造）了曾祖父在我心中的形象，而那十四代祖輩因為缺乏被口述，所以也就隨時間消失了，只能在家譜上留下一個用漢字書寫的名字，不能給人留下任何印象。最早對我說起曾祖父的是我的父親，他是一名小學教師，同時也是一名歷史愛好者，文化信仰者。他喜歡講故事，夏天乘涼的時節，在院子裏給我講故事，在大路邊，給鄉親講故事。給我講的故事中，除了劉邦項羽的故事，除了傻女婿的故事，就是祖輩的故事，其中以曾祖父的最多。父親去世以後的這些年，熱衷於談論曾祖父的是我的八叔，早年父親講給我聽的故事被歲月模糊之後，又在通過八叔的講述慢慢清晰。

惡劣生存環境下中國百姓情感遠不夠豐富，時間向前，物是又人非，關於曾祖父，留下的故事並不多。中國人普遍以善行為家族榮耀，信奉積善之家必有餘慶，希望祖輩善行成為道德教科書，所以，曾祖父的一生在後輩的言說中也就簡化為符合儒家行為規範的幾則善行。家庭之內，對母親孝順，一生不違母命。對兒女充滿慈愛，幾乎從不打罵孩子。這樣概括性的話語當然是傳記文學的大忌，因為嚴重缺乏細節。曾祖父之所以對母親孝，並不僅僅是因為孝道

的教育，更是因為父親死得早，能體會到母親不改嫁支撐這個家庭的不易。有
一次，母親要去外村看戲，曾祖父覺得天氣太熱，就對母親說，要不就不去了
吧，結果母親很是生氣，認為外祖父不孝，不能體會她守寡獨自撫養他的辛勞，
由此可見，平日裏曾祖父對母親是百依百順的。對子女的慈愛有一件小事也可
以反應出來，有一次，祖父給大姑奶奶買了一雙鞋，大姑娘娘不喜歡就把鞋扔
到了豬圈裏，曾祖父也不生氣，從豬圈裏把鞋撿出來，另外再給她買一雙。這
件事之所以被流傳以來，被視為溺愛自己的　個故事，就在於我那個封閉的小
山村，儒家倫理是很被看中的，大姑奶奶扔鞋的行為是很罕見的，可以視為對
父權的冒犯，是一種不孝的行為。村裏發生的另一件事足可以反應當時儒家倫
理在鄉間的統治地位：有一戶人家的兒子不孝順，結果家族會議做出決定，由
這個人的舅舅主持將其活埋。家庭之外，曾祖父的善行則有三個小故事組成：
1.村裏有一家住在村外的山嶺上，懷有身孕的女主人臨近生產卻沒有吃的，男
主人下山借糧卻因看人賭錢而將借糧之事拋之腦後，曾祖父聽說之後，急忙讓
家人煮好小米湯，救活了已經餓的昏死過去的女主人；2.有一年，曾祖父和族
人一起「看青」（秋天看守快熟的莊稼防止偷盜），族人發現有人偷高粱要用槍
打時被他勸止，在知道偷糧的人家裏孩子沒的吃之後，就讓他去自己家挑一些
糧食回家；3.有一次，曾祖父趕集回來的路上碰見一個放牛娃，看他可憐，順
手給他一塊餅吃。接著，每次趕集回來，放牛娃就在上次給餅的地方等著，每
次，照例，曾祖父會給他一些集上買來的東西吃。到了秋冬，慢慢牛沒有草吃
了，一到逢集的日子，放牛娃還牽著牛去曾祖父趕集的路上等著，曾祖父安慰
他說，等來年春天，有草了，再來。4.村裏逢集的日子，只要不是農忙的關鍵
時間，都會給家裏的雇工放假，還給他們發趕集的零花錢。之所以說起這幾件
事，是因為解放後，我們家被劃為一般中農，沒怎麼受批鬥，就是得益於這些
善行。村裏一個女地主，就是因為平時對人，對雇工過於苛刻，在一次批鬥中
被迫自沉水塘而死。晚年的曾祖父碰上饑荒，和同時代的很多人一樣，無可奈
何的餓死了（用姑姑的話說：「哪個胡同裏不死人」）。父親告訴我，曾祖父在
臨去世的那天夜裏，隔一段時間，就問一聲「天亮了沒」（山東話，和普通話
接近，只有「沒」讀成「門」音），直到聽到家人說天亮了之後，他才閉上眼
睛。父親問我知道這是為什麼，因為曾祖父一生不願意為別人著想，不想給別
人添麻煩，而如果死在夜裏，在他看來，對親人、鄉人來說都是一件「麻煩」
事。曾祖父是為了孫輩們餓死的，家裏開飯，他看著孫輩們不夠吃，他就不吃

了；出門帶著我大姑去要飯，要了看大姑不夠吃，自己就不吃了。餓死，於他，固然是一種無奈，當然也是一種選擇，犧牲自己保存後代的選擇。幾年前，我回村，聽一個長輩說，在埋曾祖父回來的路上，有一位鄉親歎息著說：「再過兩天就接下麥子了」（「兩天」是不太長的一段時間的意思，小麥即將成熟，統一收割之後各家各戶就能分得一些糧食，短時期內就沒有餓死的風險）。這樣一句話裏其實飽含著那個時代許多百姓無盡的無奈、悲憤與痛苦，我常想起曾祖父的死，常想見他問「天亮了沒」，很想知道那一個長夜裏，他是否想起他的一生，又是怎樣想的。而這些，一直影響著我的讀書和生活，深深的，影響著。

我的來處當然還包括我的母親，我要感謝我的母親，帶著三代貧農出身和生產隊鐵姑娘光環的她下嫁給成分不好的父親，生下了我。母親一生勤勞，從不睡懶覺，從不娛樂。疼孩子，也願意為孩子付出一切；從不占人便宜，從無害人之心。母親當然有缺點，脾氣暴躁，喜歡打孩子；不能理解父親，常和父親吵架；不識字，很多事理不明。這些讓父親很是痛苦，父親常說母親是一頭會頂人的牛，活幹了很多，但是難討主人喜歡，父親說完這樣的話，常見的就是母親用刀背或者擀麵杖在父親的腦門上輕敲幾下，父親就笑著說，你看牛開始頂人了。

我無法選擇我的來處，我的來處是整個中國大地，整個中國歷史，也是整個中國文化。如今，我的歸途是我的家庭和我的事業。我的家庭有壓力和動力組成，壓力是癱瘓在床的母親和車禍未能康復的弟弟。動力是小孩媽媽（山東話，老婆）和孩子們，作為她們那個山村歷史上唯一的研究生（有全家，全村的期待在身），她嫁我隨我，相夫教子，不能工作，忽而十幾年，幾無怨言，足以感我；孩子是可愛的，最可去愛的，他們是我很好的朋友和玩伴，和他們在一起，足以忘卻所有煩惱。而所謂事業，如果和收入聯繫在一起，就是我以後可能會從事的所謂學術研究事業。而所謂研究。其目的還是人生，即怎樣過一個只有一次的人生。於是，我以什麼樣的方式度過的人生其實才真正是我的事業。

從現代傳記文學的尺度來看，以上的書寫雖然寫了一點我，但是還遠遠不像現代傳記文學。對此，我願意把責任推給「後記」，作為這本小書的組成部分，它很容易被讀者期待為是與這本小書有關聯的。它的價值在於，這樣一種書寫映照著傳記文學研究難以忽略的部分——傳記文學性質的文章。前言、後

記的這一傳記文學性質，在中國由來已久。

　　寫完了這篇很不像樣的後記，越看越羞於把它公之於眾，但當我把它理解為對傳記文學書寫中羞於自曝「家醜」的一點細微的挑戰後，我願意讓讀者看到它，羞愧就羞愧吧。同時，它又很明顯的是我這一段人生中文筆糟糕的一個記錄，所以，如果編輯允許，就放在這裡吧。